सितारों से आगे

कृश्न चंदर

हिन्द पॉकेट बुक्स
पेंगुइन रैंडम हाउस इम्प्रिंट

हिन्द पॉकेट बुक्स

यूएसए। कनाडा। यूके। आयरलैंड। ऑस्ट्रेलिया। सिंगापुर
न्यू ज़ीलैंड। भारत। दक्षिण अफ्रीका। चीन

हिन्द पॉकेट बुक्स, पेंगुइन रैंडम हाउस ग्रुप ऑफ़ कम्पनीज़ का हिस्सा है,
जिसका पता global.penguinrandomhouse.com पर मिलेगा

पेंगुइन रैंडम हाउस इंडिया प्रा. लि.,
चौथी मंजिल, कैपिटल टावर -1, एम जी रोड,
गुड़गांव 122 002, हरियाणा, भारत

पेंगुइन
रैंडम हाउस
इंडिया

प्रथम हिन्दी संस्करण हिन्द पॉकिट बुक्स द्वारा 1970 में प्रकाशित
यह हिन्दी संस्करण हिन्द पॉकिट बुक्स में पेंगुइन रैंडम हाउस द्वारा 2022 में प्रकाशित

10 9 8 7 6 5 4 3 2

ISBN 9789353496210

मुद्रकः रेप्रो इंडिया लिमिटेड

www.penguin.co.in

FSC www.fsc.org MIX Paper from responsible sources FSC® C047271

This is a legitimate digitally printed version of the book and therefore might not have certain extra finishing on the cover.

हिन्द पॉकेट बुक्स

सितारों से आगे

कृश्न चन्दर हिन्दी और उर्दू के कहानीकार थे। उनका जन्म 23 नवंबर 1914 को वज़ीराबाद, ज़िला गूज़रांवाला (अब पाकिस्तान) में हुआ था। उनका बचपन पुंछ (जम्मू और कश्मीर) में बीता। उन्होंने अनेक कहानियाँ और उपन्यास लिखे हैं। उनके जीवनकाल में उनके बीस उपन्यास और 30 कथा-संग्रह प्रकाशित हो चुके थे। उन्होंने रेडियो नाटक और फिल्मी पटकथाएँ भी लिखीं। 1973 की प्रसिद्ध फिल्म मनचली के संवाद उन्हीं के लिखे हुए थे। उनकी भाषा पर डोगरी और पहाड़ी का प्रभाव दिखता है। उनकी कहानी पर धरती के लाल (1946) और शराफत (1970) जैसी फिल्में बनीं।

सितारों से आगे

यह आज से पचास वर्ष आगे की कहानी है, जब एटम बमों और राकेटों की लड़ाई से संसार की आधी से अधिक जनसंख्या समाप्त हो चुकी थी। पृथ्वी की धुरी बदल गई थी। पृथ्वी का धरातल नीचा हो गया था और समुद्र का धरातल ऊपर हो गया था, जिससे समुद्र का जल पृथ्वी पर चढ़ आया था और पृथ्वी का तीन-चौथाई भाग समुद्र में डूब गया था। इन दिनों इंसानी आबादी पहाड़ी स्थानों में रहने लगी थी। अब वर्ष में केवल दो ऋतुएं होती थीं—ग्रीष्म ऋतु और शरद् ऋतु। ग्रीष्म ऋतु नौ मास की होती थी और शरद् ऋतु तीन मास की; और गर्मी भी इतनी तेज होती थी और इस जोर की लू चलती थी कि स्कूल वर्ष में नौ माह बन्द रहते थे और केवल तीन माह के लिए खुलते थे। इसलिए हर स्कूल के लिए परीक्षा हर चार वर्ष बाद होती थी। लड़के चालीस वर्ष की अवस्था में मैट्रिक करते थे और छप्पन वर्ष की आयु में बी० ए० की डिग्री पाते थे। पृथ्वी आज की ही तरह सूर्य के चारों ओर घूमती थी, परन्तु अब एक दिन के बजाय तीन दिन में चक्कर लगाती थी। दिन आज से तिगुने लम्बे और रातें भी तिगुनी लम्बी हो गई थीं। अत्यधिक गर्मी के कारण मनुष्य और पशु दिन को सोते थे और रात को जागते थे। केवल उल्लू और चमगादड़, दो ऐसे जानवर थे जो अब दिन को काम करते थे और रात को सोते थे। सख्त गर्मी से सारे संसार के लोगों का रंग काला हो गया था और सफेद मनुष्य और सफेद हाथी कहीं ढूंढ़ने से नहीं मिलता था। हां, यह जरूर है कि पुरानी पुस्तकों में कहीं-कहीं सफेद मनुष्य का वर्णन था, जिससे मालूम होता था कि इस रंग का मनुष्य भी एक समय में इस संसार में पाया जाता था।

उन दिनों पाकिस्तान की राजधानी एबटाबाद हो गई थी और भारत की

अलमोड़ा और रेडियो सीलोन की आवाज कहीं सुनाई न देती थी, क्योंकि सीलोन का पूरा द्वीप पानी में डूब चुका था। लंका के लोग देश छोड़कर केरल और कुर्ग की पहाड़ियों में आबाद हो गए थे और अब सिंहाली भाषा के बोलने का अधिकार मांगते थे।

यही दशा ब्रिटेन के द्वीप की हुई। केवल स्काटलैण्ड के कुछ ऊंचे पर्वतों में कुछ हजार अंग्रेज जीवित थे और बड़ी कठिनाई से भेड़ें चराकर अपना पेट पालते थे। जापान भी पानी में डूब गया था। केवल फ्यूजी यामा पर्वत के चारों ओर कुछ सौ जापानी पाए जाते थे। कश्मीर का विषय बड़ी खूबी से हल हो गया था। अब कश्मीर में हब्शी नारियल के वृक्षों की खेती करते थे और स्विट्जरलैंड में अरब खजूरें उगाते थे और तेल के चश्मे, जिनके कारण अंतिम एटमी युद्ध लड़ा गया था, समुद्र के नीचे थे। अब सारे संसार की जनसंख्या दो अरब से घटकर डेढ़ करोड़ हो गई थी और अब सारी दुनिया की एक भाषा थी—पहाड़ी! और सारे संसार के लोग एक राग गाते थे—पहाड़ी!! और इन सब लोगों की एक ही जाति थी—पहाड़ी!!!

भारत और पाकिस्तान का अधिकतर भाग अब न था। केवल उन्हीं स्थानों पर इंसानी आबादी थी जहां पहाड़ थे और पृथ्वी का धरातल समुद्र से ऊंचा था। इस प्रकार बम्बई जल में डूबी हुई थी और कराची का कहीं पता न चलता था। यह जरूर था कि जब कहीं-कहीं मछलियां पकड़ने वाले मछुए इन स्थानों पर जाल डालते, तो मछलियों के बजाय ऐसी लम्बी और सुन्दर मोहरें उनके हाथ में आतीं, जिनसे पता चलता था कि कभी यहां मनुष्य रहते थे। जहां पर अब लाहौर है वहां पर व्हेल मछली पाई जाती थी और कराची में अमरीकी शार्क मछली भी बहुतायत से मिलती थी। दिल्ली की लम्बी-चौड़ी झील में बड़े भयंकर हजारपाये घूमते थे और लखनऊ की खाड़ी में मछलियां मीठे सुर में शे'र पढ़ती हुई तैरती थीं। बेचारी बनारस और अलीगढ़ की यूनिवर्सिटियां अपनी खास सभ्यता तथा संस्कृति को गले से लगाए समुद्र के नीचे—मीलों नीचे डूबी हुई थीं। उर्दू उन्नति सभा के घर में एक मगरमच्छ रहता था और अखिल भारतीय हिन्दी साहित्य सम्मेलन समुद्री सांपों के रहने का स्थान था। और अब सबके ऊपर समुद्र हंसता था। यद्यपि संसार की जनसंख्या छंटते-छंटते डेढ़ करोड़ हो चुकी थी, पर लड़ाई अभी तक हो रही थी। ऊंचे-ऊंचे पहाड़ों पर एटमी किलेबन्दियां थीं, जहां से हजारों मील तक मार करने वाले

राकेट बम फेंके जाते थे। दुनिया दो भागों में बंट चुकी थी। एक भाग वाले कहते थे, 'मैं लूंगा', दूसरा गिरोह कहता था, "मैं नहीं दूंगा'; तीसरे गिरोह में केवल एक मनुष्य था, उसका यह विश्वास था, 'मैं जीऊंगा,' परन्तु लोग उसकी बात नहीं सुनते थे और अपनी लड़ाई लड़े जाते थे।

यह तीसरा मनुष्य एक वृद्ध प्रोफेसर था और अपने युग का प्रसिद्ध वैज्ञानिक था, परन्तु अपने विश्वास के कारण यूनिवर्सिटी से निकाल दिया गया था। अब वह हिमालय के पहाड़ों में कंचनचंगा की चोटी पर सबसे अलग खामोश जीवन व्यतीत कर रहा था। उसके चार बच्चे थे। सबसे बड़े पुत्र की आयु सत्रह वर्ष की थी, उसका नाम उर्फी था। उससे छोटी चौदह वर्ष की लड़की थी जिसका नाम था नाज। उससे छोटी बारह वर्ष की एक लड़की थी जो बहुत प्यारी और शैतान थी, उसका नाम था मोहिनी। सबसे छोटे लड़के की आयु आठ वर्ष की थी और उसका नाम था जुम्मी। परन्तु जुम्मी कोई साधारण लड़का न था। वह दूसरे बच्चों की तरह मांस और हड्डी का बना हुआ न था। वह तो लोहे का लड़का था और उसकी आयु इसलिए आठ वर्ष की थी कि उसे प्रोफेसर ने बड़े परिश्रम से लोहे के टुकड़े जोड़-जोड़कर आठ साल में बनाया था।

जुम्मी के हाथ, पांव, आंख, नाक, कान यहां तक कि बाल तक थे, परन्तु वे सबके सब लोहे के बने हुए थे। उसका दिल एक था, परन्तु दिमाग दो थे। अगर एक दिमाग काम न करे तो दूसरा चालू हो जाए। इस प्रकार उसके दो मेदे थे। एक मेदे में हमेशा भोजन भरा रहता था। क्योंकि जुम्मी सारे का सारा लोहे का बना हुआ था, इसलिए इसे भूख, बहुत लगती थी। जुम्मी बिजली की सहायता से चलता था, परन्तु बिलकुल दूसरे बच्चों की तरह चलता था, हंसता था, खेलता था, गीत गाता था और स्कूल जाता था और स्कूल के बच्चों की तरह मास्टर से मार भी खाता था, मगर इस मार का उसपर कोई असर न होता था, क्योंकि वह लोहे का बना हुआ था। इसलिए स्कूल के लड़के तो क्या, बड़े-बड़े आदमी उससे लड़ते हुए डरते थे, क्योंकि जुम्मी लोहे का बना हुआ था। जुम्मी बड़ा ढीठ था, क्योंकि उसपर सर्दी-गर्मी का कोई असर न होता था। प्रोफेसर ने जुम्मी के दिमाग में बिजली का एक छोटा-सा डाईनमो फिट कर दिया था। यह डाईनमो सौ साल तक चलेगा। इस कारण से जुम्मी की आयु कम से कम सौ साल की होगी।

सौ साल के बाद फिर मया डाईनमो और जुम्मी फिर सौ साल के लिए तैयार! जुम्मी पर किसी रोग का भी असर नहीं हो सकता था। उस पर जुकाम, खांसी,

मलेरिया, इंफ्लूएंजा, हैजा, किसी रोग का असर न हो सकता था, क्योंकि जुम्मी लोहे का लड़का था। जुम्मी की आंखों में टेलीविजन की पुतलियां थीं और वह उनकी सहायता से कई सौ मील तक देख सकता था। उसके कानों में राडार था, जिससे वह कई हजार मील तक सुन सकता था। प्रोफेसर जुम्मी को बहुत चाहता था और यद्यपि जुम्मी की आयु केवल आठ वर्ष की थी, परन्तु उन आठ वर्षों में प्रोफेसर उसके दो दिमागों में विज्ञान, गणित, साहित्य, काव्य, दर्शनशास्त्र, समाज और सभ्यता का इतना ज्ञान भर दिया था कि इतनी कम उम्र में ही वह बड़े से बड़े प्रोफेसर को पढ़ा सकता था और इतना बलवान् था कि बड़े से बड़े पहलवान को गिरा सकता था। इतने अच्छे दिल का था कि हरएक से प्यार करता था। प्रोफेसर ने जुम्मी का हृदय इतना सुन्दर और इतना अच्छा बनाया था कि उसमें अच्छे विचारों के सिवा और कोई विचार समाता ही न था। जुम्मी एक बहुत ही अच्छा लोहे का लड़का था। प्रोफेसर ने कंचनचंगा पहाड़ की चोटी पर अपने घर से दो मील दूर एक लेबोरेटरी बना रखी थी, जहां पर वह दिन-रात काम करता था। वर्षों से वह एक ऐसा जहाज बनाने में लगा हुआ था जो उड़कर चांद तक पहुंच सके, जिसमें वह अपने बच्चों सहित उड़कर चांद तक पहुंच सके। यह जहाज अब करीब-करीब बन चुका है। इसपर दिन-रात काम होता था और जब प्रोफेसर के लड़के-लड़कियां स्कूल से पढ़ाई समाप्त कर घर आते तो वे लोग भी लेबोरेटरी में पहुंच जाते और अपने पिता की सहायता करते। मोहिनी बहुत ऊधमी थी। वह अक्सर अपने पिता से पूछती, "पापा, चांद में जाकर क्या करोगे?"

"हां पापा," नाज बोलती, "चांद में तो कुछ भी नहीं है।"

"हमारी साइंस की किताबों में लिखा है कि चांद में हवा और पानी भी नहीं है। दिन-रात रेत के बगूले उड़ते हैं और बड़े-बड़े ज्वालामुखी पहाड़ों के मुंह खामोश खड़े हैं। ऐसी भयानक जगह जाकर हम क्या करेंगे?"

प्रोफेसर समझाते हुए कहता, "बेटी, हमारी दूरबीनों से पृथ्वी के रहने वालों को चांद का केवल एक भाग नजर आता है। पृथ्वी और चांद के चक्कर लगाने का यह हिसाब है कि हमेशा वही भाग नजर आता है जो उजड़ा हुआ और बंजर है। जहां न हवा है न पानी, न पेड़ हैं न जानवर; लेकिन चांद का वह भाग जो हमारी दूरबीन की आंखों से ओझल है, उसमें क्या है—यह आज तक किसी को मालूम न हो सका। बेटी, मैं चांद की दूसरी तरफ देखना चाहता हूं।"

"वहां क्या होगा?"

"अभी क्या बता सकता हूं!" प्रोफेसर ने उत्तर दिया, "हां! जो चीजें वहां ढूंढ़ने जा रहा हूं, वे अगर मुझे मिल गईं तो फिर मुझसे बड़ा भाग्यवान् मनुष्य कोई न होगा।"

"वह क्या चीज है पापा?" मोहिनी प्रोफेसर की दाढ़ी से खेलते हुए पूछती।

प्रोफेसर कहता, "जब यह जहाज तैयार हो जाएगा तो फ़िर बताऊंगा।"

"यह जहाज कब तैयार होगा?" मोहिनी ने फिर पूछा।

प्रोफेसर ने जुम्मी से पूछा, "तुम बताओ बेटे!"

जुम्मी ने एकदम उत्तर दिया, "अभी इसमें दस दिन का काम बाकी है। जब यह जहाज तैयार हो जाएगा तो इसकी लम्बाई साठ मीटर होगी, चौड़ाई छः मीटर, वजन एक हजार टन। इसमें चार राकेट-पम्प होंगे जो पारे की भाप से चलेंगे।"

"शाबाश!" प्रोफेसर ने जुम्मी की पीठ ठोंकते हुए अपने सबसे बड़े लड़के उर्फी से कहा, "देखा तुमने; मेरा सबसे छोटा बेटा तुम सबसे होशियार है।"

उर्फी ने झेंपकर कहा, "लोहे का दिमाग जो पाया है।"

मोहिनी ने जीभ निकालकर जुम्मी को चिढ़ाते हुए कहा, "जू! जू! जू! बड़े आए लायक कहीं के!"

जुम्मी क्रोध में आकर मोहिनी के पीछे भागा तो प्रोफेसर ने रोककर कहा, "अपनी बहिन से लड़ेगा?"

जुम्मी रुआंसा होकर बोला, "तो फिर यह मुझे छेड़ती क्यों है? अगर मैं इन सबसे ज्यादा लायक हूं, तो इसमें मेरा क्या दोष है?"

"अच्छा जाओ, जाओ!" प्रोफेसर ने सब बच्चों को लेबोरेटरी से बाहर निकालते हुए कहा, "जाओ! मुझे काम करने दो।"

नवें दिन जहाज बिलकुल तैयार हो गया। बहुत सुन्दर तीर की तरह नोकीला और चमकता हुआ। रात को प्रोफेसर ने अपने बच्चों की सहायता से उसके इंजन चलाकर देखे। सब मशीनरी की जांच की। बच्चे हर तरह से सहायता कर रहे थे, क्योंकि वे भी आखिर एक वैज्ञानिक के बच्चे थे। प्रोफेसर ने इन्हें हर तरह से विज्ञान के भिन्न-भिन्न विभागों में योग्य बनाने का प्रयत्न किया था। उर्फी सबसे बड़ा लड़का था और हर बात में अपने पिता का हाथ बंटाता था,

परन्तु जहां कोई कठिनाई आ पड़ती थी तो जुम्मी ही सबकी सहायता को आता था, क्योंकि उसका मस्तिष्क लोहे का था और बिजली की सहायता से चलता था और इतना तेज चलता था कि जो बात किसी दूसरे को दस घंटे बाद सूझती, उसे एक मिनट में सूझ जाती थी। रात को सब काम समाप्तः कर, मशीनरी फिट करके खाने का सामान जहाज में रखकर कोई बारह बजे के लगभग वे घर लौटे। प्रोग्राम यह था कि सुबह सवेरे जहाज में बैठ लिया जाए। क्योंकि यह पहला जहाज था जो हमारी पृथ्वी से उड़कर चांद को जा रहा था इसलिए बच्चे एक नई दुनिया को देखने की कल्पना में मग्न और प्रसन्न थे। प्रोफेसर भी बहुत प्रसन्न दिखाई देता था। वह इस संसार का पहला मनुष्य था जो उड़कर चांद में जा रहा था। परन्तु रात को जब प्रोफेसर अपने बच्चों के साथ घर पहुंचा, तो क्या देखता है कि पुलिस उसके दरवाजे पर खड़ी है। वे लोग उसे गिरफ्तार करने आए थे। क्योंकि सारी दुनिया में वही एक व्यक्ति था जो न 'मैं लूंगा' फिलसफे में विश्वास रखता था, न 'मैं नहीं दूंगा' वालों में से था।

"अच्छा तो तुम 'मैं जीऊंगा' वाली बातों में विश्वास रखते हो?" पुलिस वालों ने उससे पूछा।

"जी हां।"

"और आज तक तुमने किसी तरफ से भी लड़ाई में भाग नहीं लिया?"

"नहीं।"

"तुम बहुत भयानक आदमी मालूम होते हो। गवर्नमेंट तुम्हें गिरफ्तार करके माउंट एवरेस्ट जेल में भेज रही है, जहां तुम आजन्म नजरबन्द रहोगे।"

"और मेरे छोटे-छोटे बच्चे?"

"गवर्नमेंट किसी तरह किसीके लिए उत्तरदायी नहीं है। हां! और सुना गया है कि तुम चांद में उड़कर जाने की कोशिश कर रहे हो। यह हरकत भी कानून के खिलाफ है। हमारी गवर्नमेंट के वैज्ञानिक सुबह आएंगे और तुम्हारी लेबोरेटरी को नष्ट कर देंगे। लो, यह हथकड़ी पहन लो।"

प्रोफेसर ने कहा, "अगर आप आज्ञा दें तो मैं दस मिनट में अपने बच्चों से विदा हो लूं।"

"जरूर, जरूर!" पुलिस इंस्पेक्टर बोला।

प्रोफेसर अपने बच्चों को जुम्मी-सहित एक अलग कमरे में ले गया और उनसे कहने लगा, "जिस बात का मुझे डर था, वही बात आखिर को होके रही।

मेरा वर्षों का परिश्रम बेकार जा रहा है। वे लोग मुझे गिरफ्तार करके मेरे जहाज को नष्ट कर देंगे। इस पृथ्वी पर मनुष्य के जीवित रहने की अंतिम आशा भी मिट जाएगी।"

"वह कैसे पापा?" उर्फी ने बहुत गम्भीर होकर पूछा।

प्रोफेसर ने अपने बड़े बेटे के कन्धे पर हाथ रखकर कहा, "बेटा, मैं तुमसे उम्र में बहुत बड़ा हूं। मैंने वह समय देखा है जब मनुष्य इस संसार के हर कोने में बसा हुआ था। जहां आज समुद्र है, वहां शहर बसे थे। गांव फूलों की तरह खिले थे। वहां पर बाग थे और खेत और कारखाने थे। मगर इंसानों ने लड़-लड़कर अपने-आप को तबाह कर लिया है। अब इस पृथ्वी के केवल पहाड़ी भाग समुद्र की सतह से ऊपर हैं। अगर हमारी एटमी और राकेटी लड़कियां इसी तरह होती रहीं तो पृथ्वी की धुरी और बदलेगी। पृथ्वी का धरातल और नीचे होगा और अगले पांच वर्षों में माउंट एवरेस्ट की चोटी भी पानी में डूब जाएगी। फिर कोई मनुष्य जीवित न रहेगा।"

उर्फी ने कहा, "मगर हम तो बच्चे हैं पापा। हम क्या कर सकते हैं?"

प्रोफेसर बोला, "बच्चे बहुत कुछ कर सकते हैं। जब बड़ों के दिल में सौदा समा जाए तो बच्चे ही अपनी उदारता से और निरीह अक्ल से सही रास्ते पर ला सकते हैं।"

"वह कैसे?" नाज बोली।

प्रोफेसर ने कहा, "तुम्हें मालूम है, मैं चांद में क्यों जा रहा था? अब तक वह भेद मैंने किसीको नहीं बताया है। आज मैं तुम्हें बता रहा हूं। मेरे बच्चो! एक समय यह दुनिया ऐसी न थी। लोग इस तरह नहीं लड़ते-झगड़ते थे। अपने-अपने घरों में, गांवों में, कस्बों में बड़े आराम से और चैन से रहते थे। उस काल में हमारी दुनिया में एक चिड़िया रहती थी जो हर समय शान्ति और चैन के गीत गाती थी। केवल एक ही ऐसी चिड़िया थी हमारी दुनिया में। परन्तु वह हमारे झगड़ों से तंग आकर चांद की दुनिया में चली गई है और जब से वह गई है, ये लड़ाई-झगड़े बराबर हो रहे हैं और एक मिनट के लिए भी बंद नहीं हुए। जब तक यह चिड़िया इस दुनिया में वापस न आएगी, यह दुनिया इसी तरह तबाह होती रहेगी।"

"तो पापा, क्या तुम उसी चिड़िया को लाने के लिए चांद जा रहे थे?" मोहनी ने पूछा।

"हां, बेटी।"

"उस चिड़िया की पहचान क्या है?" नाज ने पूछा।

प्रोफेसर ने कहा, "वह एक सफेद रंग की कबूतरी है और उसके सिर पर कमल के फूलों का ताज है और..."प्रोफेसर अभी इतना ही कह पाया था कि अचानक पुलिस वालों ने अन्दर आकर कहा, "चलो, चलो! बहुत समय हो गया। ऐसे तो तुम जिन्दगी-भर अपने बच्चों से विदा न होंगे।"

पुलिस वाले वृद्ध प्रोफसर को गिरफ्तार करके ले गए। सब बच्चे रोने लगे। जुम्मी को भी रोना आ गया। वह इतना बलवान् था कि अगर चाहता तो सब पुलिस वालों को मारकर प्रोफेसर को छुड़ा सकता था। मगर प्रोफेसर ने उसे मना कर दिया था इसलिए जुम्मी चुपचाप अपने स्थान पर खड़ा रोता रहा और पुलिस वाले प्रोफेसर को बन्दी करके ले गए। जब पुलिस वाले चले गए तो उर्फी ने सोच-सोचके दूसरे बच्चों से कहा, "क्या राय है? हम लोग चांद में चलें और चलकर उस चिड़िया को ले आएं।"

"हम बच्चे चांद में जाएंगे? पापा के बगैर?..." मोहिनी ने डरकर पूछा, "न भैया! मैं तो न जाऊंगी।"

नाज बोली, "मैं तो तुम्हारे साथ चलूंगी।"

जुम्मी बोला, "मैं भी चलूंगा।"

मोहिनी बोली, "मगर हम लोग इतना बड़ा जहाज कैसे चलाएंगे?" उर्फी बोला, "मैं जुम्मी की मदद से चला लूंगा। क्यों जुम्मी?"

"ठीक है।" जुम्मी बोला, "अभी चलो। सुबह को जहाज नष्ट करने वाले आ जाएंगे।"

चारों बच्चे रात के अंधेरे में छिपते-छिपते लेबोरेटरी के बाहर खड़े हुए और राकेट जहाज के पास पहुंचे। राकेट जहाज छ: सौ फुट ऊंचे जीने से लगा, तीर की तरह आकाश की ओर मुंह किए खड़ा था। बिजली की लिफ्ट में कुछ ही मिनटों में वे लोग जहाज के अन्दर पहुंचे। उर्फी ने कप्तान का काम संभाल लिया। नाज टेलीविजन और राडार की मशीनों पर बैठ गई। मोहिनी को रसोइये का काम सौंपा गया क्योंकि वह बहुत शैतान थी और उसे कुछ आता ही नहीं था। उर्फी ने हेडफोन लगाके पूछा, "रिएक्टर रेडी?"

"रेडी।" जुम्मी बोला।

"इलेक्ट्रोनिक्स रेडी?"

नाज ने उत्तर दिया, "रेडी।"

शैतान मोहिनी अपने-आप ही बोल उठी, "सैंडविच भी रेडी।"

उर्फी ने उसे डांट दिया, फिर बोला, "इलेक्ट्रोनिक्स टु फ्लाई।"

"शिप मास्टर टु फ्लाई।"

"रेडी? जुम्मी! स्टार्ट फर्स्ट पम्प।"

जुम्मी ने हैंडल घुमाके पहला पम्प खोला। आग की लपटों और भाप के तूफान में राकेट जहाज जीने से अलग होकर आकाश की ओर उड़ने लगा।

सेकंड पंप स्टार्ट!

थर्ड पम्प स्टार्ट!!

फोर्थ पंप स्टार्ट!!!

चौथे पम्प के खोलने तक राकेट जहाज पृथ्वी की आकर्षण शक्ति से आजाद हो चुका था और ऊपर के खुले स्थान में उड़ रहा था। यहां से पृथ्वी एक छोटी-सी गेंद थी। आकाश का रंग काला था और दूर-दूर तक वातावरण में सितारे जलते हुए हिंडोलों की तरह झूल रहे थे और बच्चों का जहाज चांद की ओर उड़ा जा रहा था।

बच्चों का जहाज तीस हजार मील प्रति घण्टे की तेजी से उड़ा जा रहा था। यहां पर पृथ्वी की आकर्षण शक्ति न थी, परन्तु जहाज की जिस केबिन में बच्चे बैठे थे, वह एक गोले की तरह अपनी कीली पर खुद ही घूमती थी। इससे जहाज में नकली आकर्षण शक्ति पैदा हो गई थी और जहाज के अन्दर बैठे हुए बच्चे यही महसूस कर रहे थे जैसे वे पृथ्वी पर अपने घर में बैठे हों। उनका वजन भी वही था जो पृथ्वी पर होता है। इसलिए वे जहाज के अन्दर चुंबक लोहे के जूतों की सहायता के बिना चल-फिर सकते थे। यद्यपि इससे पहले के जहाजों में यह बड़ी कठिनाई थी कि जैसे ही पृथ्वी की आकर्षण शक्ति से स्वतन्त्र होते, तो जहाज चलाने वालों का वजन एकदम कम हो जाता था और वे वातावरण में उड़ने लगते थे और जहाज के अन्दर एक मशीन से दूसरी मशीन तक जाने के लिए उन्हें लोह चुंबक जूते पहनने पड़ते थे।

रास्ते में बच्चों ने बहुत-से ऐसे जहाज देखे जो चांद तक पहुंच न पाए थे कि बिगड़ गए और अब वातावरण में चक्कर लगा रहे थे।

पृथ्वी जो पहले एक गोल गेंद की तरह दिखाई दे रही थी, अब और भी छोटी दिखाई दे रही थी। अचानक जुम्मी ने चिल्लाके उर्फी से कहा, "जहाज की दिशा 38

डिगरी पूर्व दिशा को कर दो।"

उर्फी ने पूछा, "क्यों?"

"पूर्व से एक दुमदार सितारा आ रहा है। कहीं टक्कर न हो जाए।"

"मुझे तो कहीं दिखाई नहीं देता।" उर्फी बोला।

जुम्मी ने चिढ़कर कहा, "तुम्हें कैसे नजर आएगा! राडार बता रहा है, जल्दी करो।"

शैतान मोहिनी ताली बजाकर बोली, "नहीं, भैया, रहने दो। मैं दुमदार सितारा देखूंगी। क्या इसकी दुम बहुत लम्बी है जुम्मी भैया?"

"हां।"

"कुत्ते की दुम से भी लम्बी?"

"लंगूर की दुम से भी लम्बी।"

मोहिनी ताली बजाते हुए बोली, "मैं दुमदार सितारों की दुम में पटाखे बांध दूंगी और फिर आग लगाकर तमाशा देखूंगी।"

"अरी पगली!" जुम्मी बोला, "दुमदार सितारों की दुम कई हजार मील लम्बी होती है। इस दुम में तुम्हारी पृथ्वी जैसे कई पटाखे बांधे जा सकते हैं। हमारा जहाज अगर उसकी दुम के कुछ पास से भी होकर निकला तो कुशल नहीं। जल्दी करो। जहाज की दिशा पूर्व की ओर मोड़ दो।"

उर्फी ने कहा, "मगर दिशा मोड़ देने से चांद और दूर जा पड़ेगा।"

जुम्मी ने जल्दी से आकर खुद जहाज की दिशा तेजी से पलट दी, "इस समय दुमदार सितारे से अपनी जान बचाओ, चांद बाद में देखा जाएगा।"

बड़ी कठिनाई से उसने जहाज की दिशा मोड़ी ही थी कि काला आकाश इस तरह प्रकाशमान हो गया जैसे लाखों सितारे फुलझड़ियों की तरह फूटने चले हों। रंग-बिरंगे चमकते हुए सितारे जहाज के दायें-बायें बरसते चले गए। अनार और फुलझड़ियां, हवाइयां और लाल, पीली, नीली; नारंगी आदि चक्रियां आकाश में चक्कर लगा रही थीं।

जुम्मी जहाज को पलटते हुए पूर्व की ओर ले जा रहा था। इन हवाई चक्रियों से बहुत दूर।

"यह तुमने क्या किया?" नाज जरा नाराज होकर बोली, "ऐसा अच्छा लग रहा था आसमान, बिलकुल दीवाली की तरह! हाय अल्लाह! कैसी सुन्दर चक्रियां थीं!"

जुम्मी ने कहा, "और अगर इनमें से एक चक्री भी हमारे जहाज को छू लेती तो हम खुद वहीं जिन्दगी-भर चक्कर लगाते रहते। वातावरण में और चांद तक कभी न पहुंच सकते।"

उर्फी ने कहा, बड़ी कठिनाई से दुमदार सितारे की दुम से बचे हैं।"

जुम्मी ने कहा, "इस कम्बख्त की दुम का तो कुछ ठीक नहीं है। अगर कभी हमारी पृथ्वी से टकरा जाए तो उसके टुकड़े-टुकड़े कर दे।"

नाज ने कहा, "मगर शुक्र यही है कि यह दुम हमेशा हमसे दूर ही रहती है।"

उर्फी ने कहा, "मुझे तो भूख लगी है।"

मोहिनी बोली, "मुझ भी।"

नाज ने कहा, "मोहिनी! रसोई की मालकिन तुम हो। तुम हम सबको खिलाओ। हम लोग तो अपनी मशीनों से उठ नहीं सकते।"

मोहिनी ने नाज और उर्फी को सैंडविच बनाकर दिए और खुद भी खाने लगी। जुम्मी तो पेट्रोल पीता था और ग्रीज खाता था। इसलिए मोहिनी ने ये दोनों चीजें अलग रख दीं।

"ऊंह!" उर्फी ने सैंडविच खाते हुए कहा, "मोहिनी! तुमने सैंडविच बहुत अच्छे बनाए हैं।"

जुम्मी ने पेट्रोल की बोतल मुंह में लगाते हुए कहा, "पेट्रोल भी बहुत बढ़िया है। इसकी खुशबू भी बहुत अच्छी है। कहां से लिया तुमने? कालटेक्स कम्पनी से?"

"नहीं तो" मोहिनी बोली, "यह तो ज्वालामुखी पहाड़ का पेट्रोल है।"

एकाएक जुम्मी पेट्रोल पीते-पीते रुक गया। उसका मुंह खुला का खुला रह गया।

"क्या बात है जुम्मी?" नाज घबराके बोली।

मगर जुम्मी ने कोई जवाब न दिया। उसका मुंह खुले का खुला और निर्जीव था।

"जुम्मी! जुम्मी!!" उर्फी जोर से चिल्लाया। वह अपनी मशीन से हटकर जुम्मी की ओर बढ़ने ही वाला था कि रुक गया, क्योकि जहाज के ठीक सामने नीले रंग की किरणों का तूफान बढ़ा चला आ रहा है। उर्फी ने जहाज का रुख बदलने की बहुत कोशिश की, मगर नीले प्रकाश की लहरों ने पहले ही जहाज को चारों ओर से घेर लिया था और अब जहाज इन नीली किरणों में इस प्रकार घूम रहा था, जिस प्रकार गहरे, पानियों के किसी बड़े भंवर में कोई नाव फंसकर

चक्कर लगाने लगे।

उर्फी अपनी ताकत से जहाज को इस नीले भंवर से निकालने का प्रयत्न करता रहा था; परन्तु जैसे-जैसे वह प्रयत्न करता, जहाज और भी भंवर के अन्दर फंसता जाता।

एकाएक मोहिनी जोर-जोर से हंसने लगी।

"चुप रह।" नाज बिगड़कर बोली, "यहां जान पर बनी है और तुम खड़ी हंस रही हो।" मगर मोहिनी हंसती ही चली गई। उसे हंसते देखकर कुछ क्षणों के बाद खुद नाज को भी हंसी आने लगी। एकाएक उर्फी की समझ में आया कि यह हंसी कुदरती न थी। यह हंसी शायद नीले प्रकाश के असर का परिणाम था। उर्फी ने फौरन एक बटन दबाया और बटन दबाते ही जहाज के चारों तरफ सफेद रंग का खोल चढ़ गया। यह सफेद रंग का खोल कई धातुओं का मिश्रण मालूम होता था। इस खोल के चढ़ते ही नीली किरणों का प्रकाश जहाज के अन्दर आना बन्द हो गया और जहाज के अन्दर अन्धकार छा गया। उर्फी ने दूसरा बटन दबाकर बिजली का प्रकाश किया और फिर उसने देखा कि जुम्मी का मुंह जो पहले लटका हुआ था, अब ठीक अपनी जगह पर है, मगर उसकी आंखों में रोशनी नहीं है। उर्फी जल्दी से उठकर जुम्मी के पास आया। उसने पेचकस से जुम्मी का सिर खोला। मालूम हुआ कि डाईनमो बन्द था। यह भी शायद नीली किरणों का असर था। उर्फी ने जल्दी से बिजली लगाकर डाईनमो को ठीक किया और जुम्मी फिर चालू हो गया।

उर्फी ने पूछा, "क्या हुआ था तुम्हें?"

"कब? किस वक्त?" जुम्मी ने आश्चर्य से पूछा।

"अभी थोड़ी देर पहले!" मोहिनी घबराकर बोली, "न तुम बात कर रहे थे, न किसी बात का जवाब देते थे और तुम्हारा मुंह खुला का खुला था।"

"और तुम भी तो बेहद हंस रही थीं।" नाज ने जुम्मी की ओर बोलते हुए ताना दिया।

जुम्मी बोला, "शायद यह नीली किरणों का असर था। मुझे तो बस ऐसा मालूम हुआ जैसे अचानक किसी ने मेरे सिर पर हथौड़ा मारा हो। फिर मुझे कुछ याद न रहा। असल में हमसे गलती हुई। हमें जहाज के खोल को हर समय चढ़ाकर सफर करना चाहिए। जाने सफर में कैसी-कैसी किरणों से पाला पड़े।" जुम्मी ने टेलीविजन से देखकर बताया,

"हम अभी तक नीली किरणों के तूफान से गुजर रहे हैं। मगर तूफान का जोर उत्तर दिशा की ओर अधिक है, दक्षिण की तरफ कम है। तुम पूर्व से अब दक्षिण की ओर बढ़े चलो।" जुम्मी ने उर्फी को सलाह दी।

"उत्तर की ओर नीला ग्रह घूम रहा है।" नाज बोली, "तो हम नीले ग्रह पर क्यों न चलें? चांद ही क्यों जाएं?"

"नीले ग्रह तक पहुंचने के लिए हमें दस दिन का सफर करना पड़ेगा और हमारे पास सिर्फ पांच दिन की खुराक है।" जुम्मी ने कहा, "और जिस ग्रह की किरणें इतनी तेज हैं वहां के लोग कैसे होंगे!"

"मेरे ख्याल में तो हंस-हंसकर पागल हो गए होंगे।" मोहिनी बोली।

उर्फी ने कहा, "हां! यह भी हो सकता।"

जुम्मी ने राडार के पर्दे पर देखकर कहा, "अबे नीले आकाश का तूफान केवल अगले चार हजार मील तक फैला हुआ है। अगले आठ मिनट में हम लोग तूफान से निकल जाएंगे..."फिर जुम्मी ने उर्फी की तरफ देखकर कहा, "मैं तुम्हारी होशियारी की दाद देता हूं। तुमने जहाज पर खोल चढ़ाकर हम सबकी जान बचा ली, वरना यह नीला प्रकाश हमें ढकेलकर नीचे ग्रह पर ले गया होता।"

जुम्मी घड़ी देखता रहा। ज्योंही आठ मिनट समाप्त हुए, प्रकाश का तूफान भी समाप्त हो गया। अगले दो मिनट में वह प्रकाश के तूफान को एक हजार मील पीछे छोड़ आए थे। अब वह तूफान नीले प्रकाश का एक बल खाता हुआ गुच्छा मालूम होता था, नीली ऊन का गुच्छा। जुम्मी ने उर्फी से कहा, "कम से कम केबिन की खिड़कियों से खोल तो हटा दो। बाहर का दृश्य देखें।" उर्फी ने नाज से कहा। नाज ने केबिन की खिड़कियों का पर्दा हटा दिया तो उन्हें अपने सामने एक अजीब दृश्य दिखाई दिया। सामने सैकड़ों मीलों तक फैला हुआ एक शहर था और यह शहर पूरे का पूरा वातावरण में लटका था। इस शहर के नीचे कुछ न था। कोई धरती न थी। शहर के नीचे आकाश था और शहर के ऊपर भी आकाश था और बीच में यह शहर लटका हुआ था। "भई, यह किस तरह का शहर है!" नाज आश्चर्य से बोली।

मोहिनी ने कहा, "जहाज ठहराओ! हम यह शहर देखेंगे।" मगर जहाज अब इस शहर के ऊपर से उड़कर आगे चला गया था। लड़कियों के बहुत कहने पर जहाज को वापस लाया गया। रिएक्टर को बन्द करके जहाज की चाल धीमी होते-होते बिलकुल रुक गई और जहाज शहर से बाहर के हवाई अड्डे पर आकर ठहर गया।

यह हवाई अड्डा भी बड़ा अजीब था। इसकी इमारत मोतियों की बनी हुई थी और वातावरण में सैकड़ों फीट ऊपर उठे हुए मीनार भी मोती जोड़-जोड़कर बनाए गए थे, और इन मीनारों पर लाल रोशनियां झिलमिझा रही थीं जैसे हमारी जमीन के हवाई अड्डे पर होती हैं। लेकिन इस हवाई अड्डे पर पृथ्वी की तरह सड़कें न थीं, केवल सड़क के दोनों ओर मोतियों के हाशिये चुन दिए गए थे और बीच का स्थान खाली था और मीलों तक खाली चला गया था। ज्योंही बच्चों का जहाज इस अद्भुत हवाई अड्डे पर आकर रुका, तो एक तेज चलने वाली गाड़ी, जो शक्ल में हमारी मोटरों से मिलती-जुलती लगती थी, जहाज के पास आकर रुकी और उसमें से एक लड़की निकली जिसका रंग तांबे का-सा था। बाद में मालूम हुआ कि वह केवल तांबे की बनी हुई थी और बिजली से चलती थी। तांबे के रंग की लड़की ने बच्चों के जहाज का दरवाजा खोला और कहा, "स्वागतम्! मेरा नाम पुतली है।" उसने अपना नाम बताया। उत्तर में उर्फी, नाज, मोहिनी और जुम्मी ने भी अपना-अपना नाम बताया और पुतली से हाथ मिलाया।

पुतली ने जुम्मी को देखकर कहा, "यह कुरूप लड़का कौन है?"

उर्फी ने कहा, "यह जुम्बी है। यह लोहे का बना हुआ है।"

पुतली बड़ी घृणा से बोली, "छिः, छिः! हमारे शहर में तो कोई भी लोहे का बना हुआ नहीं है। सबके सब तांबे के बने हुए हैं। लोहा तो बड़ी बदसूरत धातु है। इसका रंग तो देखो और मेरा रंग भी देखो।"

सचमुच पुतली बड़ी सुन्दर थी। तांबे के रंग के बाल, तांबे के रंग के गाल, तांबे के रंग का स्कर्ट उसने पहन रखा था। जब बात करती थी तो ऐसी मीठी गूंज पैदा होती थी जैसी किसी ढले-ढलाए तांबे के बर्तन को पानी की धारा के नीचे रखते समय पैदा होती है। जुम्मी तो उसे देखते ही मुग्ध हो गया। उसे देख-देखकर आहें भरने लगा।

उर्फी ने कहा, "हम आपका शहर देखना चाहते हैं।"

"शौक से देखिए।" पुतली बोली।

"क्या नाम है आपके शहर का?"

"मोतीनगर।"

और सच में यह शहर मोतीनगर था। यहां जो इमारतें दिखाई देती थीं, मोतियों को जोड़-जोड़ कर बनाई मालूम होती थीं, दुधिया रंग की छः-छः, सात-सात मंजिल की इमारतें बहुत ही सुन्दर और हृदयस्पर्शी। हर इमारत ताजमहल की तरह सुन्दर

दिखाई देती थी। दीवारें मोतियों की थीं, लिफ्टें मोतियों की थीं, कमरे के अन्दर टेलीफोन मोतियों का, लोगों का पहनावा मोतियों का, मगर लोग तांबे के थे। पुरुष तो खैर इतने अच्छे प्रकार के तांबे के न थे, मगर औरतें बहुत ही बढ़िया पालिश किए हुए तांबे की थीं।"

नाज ने पूछा, "यहां हाड़-मांस के मनुष्य नहीं होते?"

पुतली ने उत्तर दिया, "किसी जमाने में होते थे, मगर अब नहीं होते। किसी जमाने में इस शहर में उन्हीं लोगों का राज्य था। उस समय यह शहर मोती सितारे पर बसा हुआ था, जहां अब असंख्य मोती होते हैं। उन्हीं लोगों ने शुरू-शुरू में इस शहर को बसाया और इस शहर को बनाने के लिए तांबे के आदमी बनाए।"

"तांबे के क्यों, लोहे के क्यों नहीं?"

"तांबे के आदमियों में बिजली खूब दोड़ती है और वे बड़ी चुस्ती से काम करते हैं।" पुतली बोली, "इसके अतिरिक्त लोहे के आदमियों को बड़ी जल्दी जंग लग जाता है और वे देखने में भी बड़े कुरूप होते हैं। मोती सितारे के मनुष्य बड़े अच्छे, हंसमुख तथा सभ्य थे। वे आरामपसन्द भी थे। धीरे-धीरे उन्होंने सारा काम मशीनों से लेना आरम्भ कर दिया। मशीनों के अन्दर उन्होंने ऐसी बुद्धि, ऐसी स्मरण-शक्ति और भावुकत भर दी थी कि प्रत्येक मशीन खुद अपने स्थान पर एक व्यक्तित्व की मालिक होती थी।"

"जुम्मी भैया की तरह!" मोहिनी हंसकर बोली।

जुम्मी बोला, "मार बैठूंगा बहिन!"

पुतली बोली, "मगर यह सब कुछ धीरे-धीरे हुआ। धीरे-धीरे मनुष्य आरामतलब होते गए। धीरे-धीरे मशीनों को अक्ल आने लगी कि काम तो सब हम करते हैं फिर हम पुरुषों की गुलामी क्यों करें। धीरे-धीरे मशीनों में विद्रोह का भाव उभरने लगा। तांबे के आदमियों में यूं भी क्रोध बहुत होता है। हर वक्त बिजली की तेज लहर उनके अन्दर जो घूमती रहती है। एक रात शहर की सारी मशीनों ने फैसला कर लिया कि हम लोग अपने-आप को मनुष्य की गुलामी से स्वतंत्र करेंगे। इसलिए रातों-रात हमने इंसानों को मार डाला और बिजली की सहायता से इस शहर को उठाकर यहां खाली स्थान में ले आए और अब यह हमारा शहर है—तांबे के लोगों का। मगर इस बात को भी अब कई सौ वर्ष हो चुके हैं।"

"तब से यह शहर यहां पर लटका हुआ है?" जुम्बी ने पूछा।

"हां।"

"आप लोगों को अपना देश याद नहीं आता?"

"देश क्या होता है?" पुतली ने पूछा।

"अपने देश की धरती याद नहीं आती है?"

"धरती यानी जमीन के तो हम लोग बिल्कुल विरुद्ध हैं। हमने अपने सुन्दर शहर की सड़कों, गलियों, बाजारों से धरती निकाल फेंकी है। धरती का क्या लाभ है? जमीन से बड़ी गन्दगी फैलती है। जमीन को साफ रखना पड़ता है। दिन में दो बार झाड़ू देना पड़ता है, फर्श को धोना पड़ता है। इन चीजों की किसी भी सभ्यता वाले शहर को क्या आवश्यकता है? हमारे शहर की हर गली और बाजार में हवाई जहाज और हवाई मोटरें चलती है।

"मगर किस तरह? बिजली कहां से आती है?"

"सूरज की रोशनी जो है। इससे हम दिन-रात अपने लिए बिजली पैदा करते हैं।"

"आप लोग खाते क्या हैं?"

"बिजली! शहर के हर घर में बिचली का नल हैं। सुबह उठते ही हम लोग अपने पेट की टंकी खोलकर उसमें बिजली भर लेते हैं और फिर दिन-भर काम करते रहते हैं।"

"दिन-भर भला आप काम क्या करते हैं?" उर्फी ने पूछा।

"वहां! इतना बड़ा शहर है। कई लाख तांबे के लोग इसमें रहते हैं। यहां काम की क्या कमी है? मगर तुम हमारे घर चलके रहो तो तुम्हें कुछ पता चले, हम कैसे रहते हैं।"

उर्फी, नाज़, मोहिनी और जुम्मी ने आपस में सलाह की। आखिर यह तै किया मि वे लोग यहां एक दिन के लिए अवश्य ठहर सकते हैं। यहां से चांद का सफर कुछ घंटों का था। इसलिए भय की कोई बात न थी। वे लोग सलाह करके अपने जहाज़ से उतरे और अन्तरिक्ष-पोशाक पहनकर पुतली की मोटर में बैठ गए जो बिजली से चलती थी। कुछ। मिनटों में वे लोग पुतली के सुन्दर फ्लैट में थे।

"आप लोग नहाएंगे?" पुतली ने नाज़ और मोहिनी से पूछा।

"हां। यह तो तुमने बहुत अच्छी बात बताई।"

पुतली उन्हें गुसलखाने में ले गई।

मोतियों की टाइलों का गुसलखाना था। आईना भी मोतियों का था।

गुसलखाने में दो नल लगे थे और दो फव्वारे। पुतली ने पूछा, "आप ए० सी० स्नान करेंगी या डी० सी०?"

"वह क्या होता है?" मोहिनी से पूछा।

पुतली को मोहिनी की अज्ञानता का अब अन्दाज़ा हुआ। कुछ गर्व से बोली, "हमारे यहां कुछ लोग ए० सी० बिजली से स्नान करते हैं, कुछ लोग डी० सी० बिजली से—आपको कौन-सी बिजली पसन्द है?"

"बिजली का स्नान? बाप रे! यहां क्या पानी नहीं होता है?" नाज बोली।

मोहिनी और नाज दोनों एक-दूसरे का मुंह देखने लगीं। अब वे इस तांबे की लड़की को क्या समझाएं? अन्त में उन्होंने फव्वारे की ओर इशारा करके पूछा, "यह क्या है?"

पुतली ने उत्तर दिया, "यह फव्वारा है, बटन दबाओ।"

नाज ने डरते-डरते बटन दबाया तो फव्वारे से पानी के बदले मोतियों के दाने, छोटे-छोटे बारीक मोतियों के दाने पानी की बूंदों की तरह बरसने लगे।

"कुछ लोगों को फव्वारे से नहाना बहुत पसन्द है। मोतियों का हर दाना बिजली से चार्ज होकर शावर से निकलता है और जब शरीर से छूता है तो बड़ा मजा आता है आप लोग शावर में नहाइए।"

इसका तो नाज और मोहिनी ने कोई उत्तर नहीं दिया। उन्होंने आईने के पास ब्रासो की एक शीशी को देखकर कहा, "यह क्या है?"

"ब्रासो है।" पुतली ने बड़े आश्चर्य से पूछा, "आप ब्रासो भी नहीं जानतीं? यहां हम लोग रोज सुबह उठकर बिजली से नहाते हैं और अपने शरीर को ब्रासो से साफ करते हैं। ब्रासो से हमारा तांबे का शरीर स्वच्छ रहता है और हर वक्त चमकता रहता है। हमारे यहां जो फैशनेबल औरतें हैं, वे तो दिन में कई बार ब्रासो का प्रयोग करती हैं।"

"हम लोग साबुन प्रयोग में लाते हैं।"

"साबुन?—साबुन क्या होता है?" पुतली ने पूछा।

"एक तरह का ब्रासो ही है।" नाज ने उत्तर दिया। पुतली ने कहा, "अपनी-अपनी जगह की रीति है। खैर, यहां जो है हाजिर है। यह रहा मोतियों का ब्रुश, यह मोतियों की कंघी, यह मोतियों का तौलिया। हम लोग तांबे के गरीब पुतले हैं। मगर हमारा शहर अतिथि-सत्कार के लिए इस सृष्टि में किसीसे कम नहीं है।"

यह कहकर पुतली गुसलखाने से बाहर चली गई। खैर, वे लोग बिजली का स्नान तो क्या करतीं, यूंही थोड़ी देर बाद बाहर आ गईं। इतने में पुतली ने शहर के

मेयर को टेलीफोन करके बुला लिया था। मेयर भी तांबे का था, मगर उसके तीन सिर थे। इसलिए कि अगर किसी कारण से दो सिर सोचते-सोचते व्यर्थ हो जाएं तो तीसरा काम दे सके। कभी-कभी वह तीनों सिरों से सोचता था।

मेयर ने उन्हें सारा शहर दिखाया। बच्चों ने शहर की बहुत प्रशंसा की। खास कर उन्हें बच्चों का पार्क बहुत पसन्द आया जिसमें मोतियों की झाड़ियों पर मोतियों के जगमगाते हुए फल थे। नाज और मोहिनी ने दो-चार फूल तोड़कर अपने बालों में लगा लिए। इस पार्क में तांबे के बड़े-बड़े पुराने छोटे-छोटे पुतलों को लिए घूम रहे थे, उंगली से पकड़े हुए।,

जुम्मी ने पुतली से पूछा, "क्या आप लोगों के यहां भी बच्चे होते हैं?"

"वाह! क्यों न होंगे?" पुतली ने चमककर उत्तर दिया, "क्या हुआ अगर हम लोग तांबे के हैं? आखिर हमारे भी दिल है।"

"दिल है?" जुम्मी ने दिलचस्पी से पूछा।

"हां, है और बिजली से धड़कता है और इस दिल में बच्चों के लिए बड़ा प्रेम है।"

"तुम्हें बहिन, बच्चे पसन्द हैं?" जुम्मी ने पुतली से पूछा।

"हां! बहुत पसन्द हैं और मैंने फैसला किया है, जब मैं ब्याह करूंगी तो वर्कशाप से दो बहुत अच्छे बच्चे खरीदकर लाऊंगी।"

"तो तुम्हारे यहां बच्चे क्या वर्कशाप में ढलते हैं?" उर्फी ने आश्चर्य से पूछा।

"और क्या, आसमान से आते हैं?" पुतली ने हंसकर कहा, "वर्कशाप में जाओ। जिस साइज का, जिस बुद्धि का, जिस शक्ल का बच्चा चाहिए, ले आओ। कुछ धनवान् लोग खास आर्डर देकर बच्चा बनवाते हैं।"

"फिर तुम्हारे यहां तो बच्चे सदा बच्चे रहते होंगे?"

"और क्या? बच्चे बच्चे रहते हैं, बड़े बड़े। यह तो अपने-अपने भाग्य की बात है।"

"फिर तो यह शहर बहुत बुरा है," मोहिनी बुरा-सा मुंह बनाकर बोली, "जहां बच्चे कभी बड़े न हो सकें।"

उर्फी ने पुतली को क्रोधित होते हुए देखकर बताया कि पृथ्वी पर किस प्रकार बच्चे बड़े होते हैं, जवान होकर बूढ़े हो जाते हैं। मेयर बड़े ध्यान से उर्फी की बातें सुनता रहा। फिर कहने लगा :

“जब हमारे शहरों में मनुष्यों का राज्य था, तब यहां भी, सुना है, ऐसा होता था। मगर हमने अब वह सब कुछ समाप्त कर दिया है। अब तो यहां हर चीज प्लान करके होती है। इस शहर में कितने लाख पुतले रह सकते हैं उससे अधिक हम लोग बनाते ही नहीं। कितने बच्चे इस शहर में रह सकते हैं उससे अधिक हमारी वर्कशाप बनाती ही नहीं। यहां कोई बच्चा भूखा नहीं होता, कोई बड़ा बेकार नहीं घूमता। सबके खाने के लिए बिजली है, पहनने के लिए मोती हैं।”

“तब तो आप लोग बहुत खुश होंगे?” नाज ने पूछा।

नाज का प्रश्न सुनकर मेयर एकदम उदास हो गया और बोला, “खुशी तांबे के इंसानों के भाग्य में नहीं है। यद्यपि हमारे पास सब कुछ है—खाना, पहनना, बुद्धि और सूरत किसी बात की कमी नहीं। यहां खाना-कपड़ा सबके लिए है। हम लोग मूर्ख और अज्ञान तांबे के पुतले नहीं बनाते, न ही कुरूप पुतले बनाते हैं। हमारे शहर का हर पुतला सुन्दर है। क्या पुरुष, क्या स्त्री? यहां कोई बीमार नहीं पड़ता। हां, सुना है, जिस जमाने में यहां मनुष्य रहा करते थे, यहां शहर में बहुत-सी बीमारियां हुआ करती थीं और बहुत-से रोग फैलते थे; मगर तांबे के इंसान होने से एक यह लाभ भी हुआ कि हमारा स्वास्थ्य कभी खराब नहीं होता और हममें से कोई बीमार नहीं होता।”

“तब तो आप लोग बहुत खुश होंगे!”

मेयर ने कहा, “आप नहीं जानते, यह शहर बहुत अभागा है। जब यह शहर जमीन पर था, मोती के सितारे पर था, तो हजारों मील तक फैला हुआ था, परन्तु यहां फिजा में आते ही यह शहर अकेला पड़ गया। यहां अक्सर किसी न किसी वक्त चमकते हुए तारे उड़कर आते रहते हैं। हजारों टन के चमकदार तारे जिस बिल्डिंग से गुजर जाएं, उसे गिराकर अपने साथ नीचे ले आते हैं, और आप जानते हैं, हम लोग खाली स्थान में रहने वाले हैं। यहां न तांबा मिलता है, न मोती; जो सामान हम एक बार अपनी जमीन से लाए थे, बस वही हमारे पास है। धीरे-धीरे चमकदार तारे के हमले से यह शहर खत्म हो रहा है। अब कुछ सौ मील ही रह गया है। अगले सौ सालों में यह शहर धीरे-धीरे समाप्त हो जाएगा और हमारी तांबे की सभ्यता नष्ट हो जाएगी—सदा के लिए, और फिर किसी को याद भी न रहेगा कि कभी यहां तांबे के लोग रहते थे।” मेयर की आंखों में एक आंसू झलकने लगा।

बच्चों को उस पर बहुत दया आई। जुम्मी ने पुतली की ओर देखकर कहा,

"तुम मुझसे शादी कर लो। मैं तुम्हें अपने साथ ले चलूंगा।"

"वाह!" पुतली चमककर बोली, "मैं तुमसे शादी क्यों करूंगी? तुम घटिया लोहे के आदमी, मैं तांबे की पुतली। अपना रंग देखो और मेरा रंग देखो। तुम्हारा-मेरा क्या मेल?"

जुम्मी ने कहा, "मैं तुम्हें बहुत बढ़िया पेट्रोल पिलाया करूंगा।"

पुतली बोली, "ईश्वर न करे। कौन यह गन्दा,पेट्रोल पिए। मैं तो बिजली से चलती हूं।"

जुम्मी चुप हो गया। उसके हृदय में विचार आया कि काश, मैं भी तांबे का होता!

थोड़ी देर के बाद मेयर का टेलीफोन आया और वह टेलीफोन सुनते ही घबरा गया। बोला, "थोड़ी देर में चमकदार तारे का एक तूफान हमारे शहर से निकलने वाला है। शहर के स्थान को यहां से एकदम बदल देना होगा।"

"क्या आप अपने शहर की जगह बदलते रहते हैं?"

"हां! बदलनी पड़ती है। इसकी निर्भरता चमकदार तारे अथवा दूसरे आवारा सितारों के चक्कर पर है। इसके हिसाब से हम अपने शहर को खाली स्थान में एक दूसरे स्थान पर उड़ाते रहते हैं।"

"बड़ी मुसीबत का काम है यह तो।" जुम्मी बोला।

"जीवित रहने के लिए सब कुछ करना पड़ता है।" मेयर ने उत्तर दिया।

जुम्मी ने कहा, "तो इसका मतलब यह भी हुआ कि हम लोगों को भी फौरन यहां से चल देना चाहिए।"

"वह क्यों?" मेयर ने पूछा।

जुम्मी ने कहा, "पूरे शहर का स्थान बदलने में समय लगेगा; और कभी चमकदार सितारे का तूफान समय से पहले आ गया?".

"ऐसा भी होता है।" मेयर ने कहा, "इस प्रकार शहर के बहुत-से भाग नष्ट हो जाते हैं। कई बिल्डिंगें चकनाचूर हो जाती हैं।"

जुम्मी ने फ्लैट की खिड़की खोलकर अपनी टेलीविजन की पुतलियों से बहुत दूर तक देखा—इतनी दूर तक कि वहां तक कोई इंसान की आंख या दूरबीन की आंख नहीं पहुंच सकती थी। तुरन्त ही उसने खिड़की से सिर अन्दर करते हुए कहा—

"भागो! भागो!! चमकदार सितारे का तूफान आ रहा है।" मेयर जल्दी

से टेलीफोन पर शहर की पुलिस और फौज को आज्ञा देने लगा और स्थानीय इंजीनियरों को शहर घुमाकर दूसरी ओर ले जाने की आज्ञा देने लगा। इतने में पुतली ने अपनी मोटर स्टार्ट की और उर्फी, नाज, मोहिनी और जुम्मी को लेकर हवाई अड्डे पर पहुंच गई। उर्फी ने जल्दी-जल्दी हवाई जहाज को स्टार्ट किया। पुतली ने जल्दी-जल्दी सबसे विदा ली और अब वह जहाज के दरवाजे पर खड़ी विदा हो रही थी कि जहाज चलने लगा और खट से जुम्मी ने जहाज का दरवाजा बन्द कर लिया। "खोलो! खोलो!! दरवाजा खोलो!!!" पुतली घबराकर बोलो। जुम्मी ने मुस्कराकर कहा, "अब यह दरवाजा तो चांद की धरती पर जाकर खुलेगा।" पुतली ने दरवाजा खोलने का बहुत प्रयत्न किया, मगर पुतली तांबे की थी और जुम्मी लोहे का था और लोहा तांबे से अधिक बलवान होता है। पुतली हारकर रोने लगी।

मोहिनी ने उसे आश्वासन दिया; बोली, "घबराओ नहीं, हम तीनों लड़कियां बहनों की तरह रहेंगी। हम तुम्हें नई-नई दुनिया दिखाएंगे। ऐसी दुनिया जो तुमने इससे पहले कभी न देखी थी। तुम उन दुनियाओं को देखकर बहुत प्रसन्न हो जाओगी।"

"और अगर तुम्हारा दिल प्रसन्न न हुआ तो हम तुम्हें वापस यहीं तुम्हारे शहर में छोड़ जाएंगे।" नाज ने वायदा किया। पुतली मान गई, मगर कहने लगी, "एक शर्त है। मैं इस कुरूप लोहे के लड़के से बिल्कुल बात न करूंगी।"

"कौन? जुम्मी!" नाज मुस्कराकर बोली, "अरे, यह तो बिलकुल गधा है, तुम इसकी फिक्र मत करो। इधर आओ, राडार की मशीनों पर मेरी सहायता करो।" पुतली जुम्मी से मुंह फेरकर नाज के साथ बैठ गई। यकायक उर्फी ने खुशी से चिल्लाकर कहा :

"चांद से सिगनल आ रहा है, चन्द्रमा का एयर पोर्ट पास आ रहा है।"

मोहिनी ने खुशी से उचककर जहाज के अन्दर के माइक्रोफोन के बटन खोल दिए।

माइक्रोफोन पर आवाज आ रही थी :

"हैलो—पृथ्वी के राकेट—हैलो! हैलो, हमसे बात करो, यह एयर पोर्ट चन्द्रमा है। एयर पोर्ट चन्द्रमा..."

जुम्मी ने टेलीविजन के पर्दे पर सबको दिखाया। दूर-दूर सैकड़ों मील तक एयर पोर्ट चन्द्रमा के नारंगी प्रकाश झिलमिला रहे थे। हजारों गज ऊंचे खम्बों पर

राडार के एंटिना काम कर रहे थे।

उर्फी चिल्लाया, "रैक्टर टु लैंड।"

"इलेक्ट्रोनिक्स टु लैंड!!"

"शिप मास्टर टु लैंड!!!"

"रेडी!"

जुम्मी, नाज, मोहिनी और पुतली सबने अपनी-अपनी मशीनों का टेस्ट करके कहा, "रेडी।"

उर्फी ने ब्रेक घुमाए और राकेट जहाज की चाल हजारों मील से केवल सौ मील प्रति घंटा रह गई और राकेट वातावरण में अर्धगोलाकार रूप में चक्कर लगाकर नीचे उड़ने लगा।

मोहिनी ने केबिन की खिड़की से देखा। जहाज धीरे-धीरे चांद की धरती पर उतर रहा था। जब बच्चों का राकेट जहाज चन्द्रमा एयर पोर्ट पर उतर गया, तो बच्चे प्रसन्नता से झांककर खिड़की के बाहर देखने लगे। हजारों वर्ष से बच्चों ने चन्दा मामा की कहानी सुनी थी और अपने छोटे-से हृदय में चन्द्रमा को पाने की इच्छा की थी। उन्होंने झील में, तालाब में, नदी में, समुद्र में और कहीं नहीं तो आईने ही में चांद की परछाई को देखकर अपना दिल बहला लिया था, परन्तु चांद तक वे न पहुंच सके थे, क्योंकि अब तक ऐसे तेज हवाई जहाज न बन सके थे जो मनुष्य को चांद तक पहुंचा सकते। परन्तु आज यह असम्भव बात भी सम्भव हो गई थी; और मनुष्य के बच्चे पहली बार चांद की धरती पर पांव रख रहे थे। वे बहुत प्रसन्न थे ओर खिड़की से बाहर देखते हुए चांद देश में रहने वाले लोगों की शक्लें देखने के लिए बेचैन नजर आते थे, परन्तु जब आधा घंटा निकल गया और उन्हें लेने के लिए कोई नहीं आया, तो बच्चे बहुत हैरान हुए। पुतली बहुत नाराज होकर बोली :

"नाज! तुम मुझे कहां ले आईं? यहां के लोग तो बहुत ही बदतमीज दिखाई देते हैं। यह भी नहीं सोचते, इतनी दूर से चलकर इनके घर अतिथि आए हैं!"

"मगर तुमको बुलाया किसने था?"

अचानक जहाज के अन्दर के माइक्रोफोन से जोर से एक आवाज आई। सब चौंक पड़े और इधर-उधर देखने लगे। मगर वहां कोई न था। सब स्तम्भित रह गए, यह आवाज किधर से आई थी! इससे पहले जब वे एयर पोर्ट पर उतर रहे थे तो बराबर जहाज को उतरने के लिए आज्ञा चांद के अड्डे पर से दी जा रही थी। अब वे सब आबाजें बन्द थीं। उर्फी ने माइक्रोफोन पर बहुत बार 'हैलो, हैलो, एयर

पोर्ट चन्द्रमा, हमसे बात करो' कहा, परन्तु किसी ने उसका उत्तर तक न दिया। ऐसा मालूम होता था जैसे चन्द्रमा के हवाई अड्डे पर कोई है ही नहीं। थोड़ी देर और प्रतीक्षा करने के बाद आखिर उर्फी ने कहा, "मेरे ख्याल में तो अब जहाज से उतरकर देखना चाहिए कि क्या बात है। तुम सब लोग अपने-अपने सूट पहन लो और आक्सीजन की दोनों नलकियां अपनी-अपनी जेबों में रख लो, क्योंकि चांद पर वायु नहीं है।"

राकेट से उतरकर बच्चों को चांद पर पैर रखना बहुत अजीब-सा लग रहा था। एक तो चांद पर पहुंचते ही वे यह महसूस करते थे कि उनका वजन पहले से एक-चौथाई रह गया है। जुम्मी अपने-आप को बिलकुल हलका-सा महसूस कर रहा था। वह दो-एक बार उछला तो पन्द्रह-बीस फुट ऊपर वातावरण में उछल गया। बहुत प्रसन्न हुआ, क्योंकि पृथ्वी पर तो वह इतना भारी था कि बिलकुल एक फुट उछलना उसके लिए असम्भव था। उसकी देखादेखी दूसरे बच्चे भी उछलने लगे और बिलकुल ऐसा लगता था कि मनुष्य के बच्चे मेढ़कों की तरह उछल रहे हैं। पुतली भी बहुत प्रसन्न हुई, क्योंकि वह तुलना में जुम्मी से ज्यादा उछल सकती थी। पुतली जुम्मी को चिढ़ाते हुए बोली, "अरे, तुम लोहे के बुद्धू क्या उछलोगे?"

मोहिनी ने पुतली से पूछा, "चांद तुम्हें कैसा लगा?"

पुतली बोली, "भई यह बात तो मुझे बहुत पसन्द आई चांद की कि यहां आकर वजन बहुत हलका हो जाता है। अपने शहर में तो मैं इतना तेज कभी न चल सकती थी। मगर यह क्या बात है, हमें लेने के लिए कोई नहीं आ रहा है। यह पूरा हवाई अड्डा बिलकुल निर्जन और सुनसान पड़ा है।"

सचमुच अब जो जुम्मी और उर्फी और दूसरे बच्चों ने देखा तो उन्हें कहीं पर कोई इन्सान या इन्सान की तरह जानवर या कोई चलती-फिरती चीज दिखाई न दी। हवाई अड्डे का फर्श नीले रंग के किसी कांच का था; परन्तु जब उर्फी ने उसे भली प्रकार देखा तो आश्चर्य से चिल्लाने लगा, "अरे, यह तो नीलम है।"

"नीलम?"

"हां, हवाई अड्डे का फर्श नीलम का है। देखो तो!" सचमुच मीलों तक, जहां तक दृष्टि काम करती थी, जमीन पर नीलम ही नीलम बिछा हुआ दिखाई देता था और सूर्य के प्रकाश में इतना सुन्दर दिखाई देता था कि दृष्टि नहीं टिकती

थी। बच्चे आश्चर्य से उसे देखने आगे बढ़े तो उन्हें हवाई अड्डे की आलीशान हरे रंग की बिल्डिंग दिखाई दी, जो इतनी स्वच्छ रंग और नाजुक-सी छिली हुई सतहों की दिखाई देती थी कि आप बिल्डिंग के बाहर से बिल्डिंग के अन्दर सुन्दर कमरे भी देख सकते थे। बिल्डिंग के अन्दर घूमते ही बड़े हाल के छः आलीशान खम्भे दिखाई देते थे, जो सैकड़ों फीट ऊपर की छत को संभाले हुए थे। इन खम्भों का रंग स्वच्छ गुलाबी-सा था और चमक मोतियों की-सी थी। जुम्मी ने एक खम्भे को हाथ लगाकर कहा, "अरे, ये तो हीरे के बने हुए हैं, हीरे के! ... सचमुच!!"

मोहिनी ने ऊपर छत की तरफ दृष्टि उठाकर कहा, "ऊपर देखो।"

सब बच्चों की दृष्टि ऊपर उठी। दूधिया रंग के बल्बों की छत में से बड़े-बड़े फानूस गहरे लाल रत्न-से बने हुए लटक रहे थे। एक-एक पत्थर कोहनूर से अच्छा और महंगा और सुन्दर दिखाई देता था। "इतने हीरे तो हमारी सारी दुनिया में कहीं न होंगे, जितना यहां चांद की एक एयर पोर्ट की बिल्डिंग में लगे हुए हैं।" उर्फी ने फटी-फटी आंखों से चारों तरफ देखकर कहा।

"मगर यहां कोई है नहीं!" मोहिनी उदास होकर बोली, पर उसने चिल्लाकर कहा, "हैलो चन्दा मामा! चन्दा मामा!!" किसी ने कोई उत्तर न दिया। बच्चों ने घूम-घूमकर हर कमरे में देखा, मगर कहीं पर उन्हें कोई दिखाई न दिया। कमरों में मेजें थीं; कुर्सियां थीं; कागज और फाइलें थीं; कलम, दवात, पेंसिलें; स्याहीसोख तक थे; परन्तु कोई मनुष्य उन्हें वहां काम करता हुआ दिखाई न दिया। घूमते-घूमते वे लोग कैण्टीन में धुसे, यह सोचकर कि यहां तो कोई आदमी उन्हें खाना खिलाएगा, मगर वहां पर कोई भी न था। परन्तु मेजों पर जरूर छोटी-छोटी प्लेटों में हीरे, मोती, नीलम...मूंगा, लाल, रत्न और पन्ने सजे हुए थे।

मोहिनी ने जोर से चिल्लाकर कहा, "अरे भई! एक कप चाय लाओ।"

परन्तु ऐसा लगता था कि उसकी आवाज किसी ने नहीं सुनी। यहां तक कि बच्चों ने भी नहीं सुनी। उनको मोहिनी के होंठ ही हिलते हुए नजर आए, इसलिए जुम्मी ने पूछा, "क्या कर रही हो? मुझे तो बस तुम्हारे होंठ हिलते हुए दिखाई दे रहे हैं, आवाज तो सुनाई नहीं देती।"

उर्फी ने कहा, "मोहिनी तुम्हें जिससे बात करनी हो उसके कान की सीध में किया करो। यहां हवा नहीं है इसलिए आवाज बन्दूक की गोली की तरह एक ही

तरफ को चलती है और सीधी आगे निकल जाती है, अगर बात कान की सीध में न करोगी, तो तुम्हारी आवाज भी सुनाई न देगी।"

"फिर वह आवाज कहां जाएगी?" मोहिनी ने पूछा।

"एक क्षण में हजारों मील दूर चली जाएगी।"

मोहिनी बोली, "मुझे एक कप चाय चाहिए, और यहां होटल में मुझे तो इन अमूल्य हीरों के सिवा कुछ दिखाई नहीं देता।"

जुम्मी बोला, "चलो! बिल्डिंग के बाहर चलें, देखें चांद का देश कैसा है।"

बिल्डिंग से बाहर लाल रंग की एक सड़क थी जो दूर तक बड़ी-बड़ी चट्टानों, गहरी घाटियों और ऊंची-नीची पहाड़ियों के बीच में से चली जा रही थी। वे सब लोग उस सड़क पर हो लिए। चारों तरफ न कोई मानव, न कोई जानवर, न चिड़िया, न वृक्ष, न झाड़ी—बस, काले और पीले रंग का लावा जगह-जगह जमा हुआ था। चट्टानों का रंग सुरमई था और सड़क पर ऐसी स्वच्छ और सुनहरी रंग की छनी हुई मिट्टी बिखरी थी, जैसे सुनहरी धुल हो। नाज ने इस मिट्टी को हाथ लगाकर देखा तो आश्चर्यचकित-सी रह गई। चिल्लाके बोली, "अरे, यह तो सोना है, सोना!"

सचमुच ही अब इन बच्चों ने सड़क की मिट्टी को अपने हाथ में उठाकर देखा, तो चमकता हुआ सोना नजर आया। उर्फी ने अपनी एक जेब सोने से भर ली। दूसरी जेब में उसने अनमोल हीरे भर रखे थे। दूसरे बच्चों ने भी ऐसा किया था। चलते-चलते दोपहर हो गई और सड़क थी कि सीधी-सपाट चली जा रही थी, कहीं पर कोई मोड़ न था। चलते-चलते दोपहर भी ढल गई। आकाश का रंग नीला न था, बल्कि वातावरण में उड़ने वाली सोने की धूल के कारण गहरा सुनहरी था और सूर्य की किरणों से इस प्रकार झिलमिलाता था जैसे उसने आकाश को इस कोने से उस कोने तक सुनहरी लहरिया बांध दिया हो। फिर चलते-चलते शाम हो गई और सूर्य एक लाल रंग के समुद्र में डूब गया और फिर एकदम सारे आकाश पर अंधेरा-सा छा गया और पीले-पीले लाखों सितारे जगनुओं की तरह बिखर गए। अब बच्चे बिलकुल घटाटोप अंधेरे में, चल रहे थे, एक-दूसरे का हाथ पकड़े हुए। अंदाजे से अब तक वे पन्द्रह-बीस मील आ गए होंगे। मगर उनके पांव बहुत तेज पर हलके-हलके-से पड़ रहे थे और कम वजन होने से अब तक उन्हें थकान नहीं लग रही थी। इतनी दूरी अगर उन्होंने पृथ्वी पर चली होती तो अब तक थककर चूर-चूर हो गए होते।

कुछ मील इसी प्रकार चलने के बाद अकस्मात् उर्फी का सिर एक दीवार से टकराया और उसने अपने दूसरे साथियों को सजग करते हुए कहा, "रुक जाओ।"

जुम्मी और पुतली, नाज और मोहिनी उर्फी के पीछे-पीछे रुक गए।

उर्फी ने दीवार पर चारों ओर अपना हाथ फेरा। दीवार बिलकुल सीधी और साफ थी। अचानक उर्फी का हाथ एक बटन पर पड़ा : उर्फी ने डरते-डरते उस बटन को दबा दिया। बटन दबाते ही दूर-दूर तक अंधेरा छंट गया और चारों ओर हलका, निर्मल, दूध की तरह मुलायम और नर्म प्रकाश फैल गया। उर्फी ने और दूसरे बच्चों ने सिर उठाकर देखा तो उन्हें अपने सम्मुख एक बहुत ऊंची सफेद रंग की दीवार दिखाई दी जिसके अन्दर हलके आसमानी रंग का एक सुन्दर-सा दरवाजा था और उस दरवाजे के ऊपर चांदी के शब्दों में लिखा था :

"चांद देश।"

फिर कुछ क्षण पश्चात् धीरे-धीरे यह दरवाजा खुला और सुन्दर गीत सुनाई देने लगा और बच्चों के सिर पर चांदी और सोने के तारे गिरने लगे। उर्फी डरते-डरते दरवाजे के अन्दर घुसा, तो वह और उसके साथी बच्चे दरवाजे के अन्दर का सुन्दर संसार देखकर अचम्भे में आ गए। एक हलका-हलका और सुहाना प्रकाश चारों ओर फैला हुआ था। आकाश बहुत निर्मल तथा हलके-से नीले रंग का था। कहीं-कहीं सरू की तरह नाजुक और सुन्दर वृक्ष दिखाई देते थे, परन्तु इन वृक्षों के पत्ते, टहनियां, तने सब चांदनी के बने हुए मालूम होते थे। दूर सामने पानी के रंग का एक ऊंचा पहाड़ खड़ा था जिसकी चोटी से ऐसा लगता था जैसे कि पिंघली हुई चांदनी का एक झरना गिर रहा था।

जब बच्चे दरवाजे के अन्दर आए, तो उन्होंने अपने-आप को सुन्दर औरतों के समूह में पाया। इन औरतों के कन्धों पर चांदनी के पर थे और सिर से पैर तक चांदनी की बनी मालूम होती थीं। और जब वे चलती थीं तो उनके पैरों से चांदी की घंटी की आवाज आती थी, और जब वे बात करती थीं, तो ऐसा लगता था मानो चांदनी की किरण बोल रही है। उनके साथ जो पुरुष थे, वे भी सुन्दर सफेद परों वाले थे और सिर से पैर तक चांदनी में ढले हुए मालूम होते थे। यहां हर वस्तु जो दिखाई देती थी, वह बेहद सुन्दर और निर्मल और मानो दूधिया रंग की धुंध में खोई-खोई मालूम होती थी। वायु में एक हलकी-हलकी नींद लानेवाली सुगन्ध थी। उन्हें ऐसा लग रहा था कि जैसे वह चांद देश न हो, सुन्दर चांदनी का सपना हो। नाज बोली,

"हाय! यह चांद देश कितना सुन्दर है!"

पुतली बोली, "और यहां के लोग कितने सुन्दर हैं! मैंने तो ऐसे सुन्दर लोग संसार में कहीं नहीं देखे।"

पुतली ने बड़ी घृणा से जुम्मी की ओर देखा और बोली, "तुम नीच लोहे! तुम कितने कुरूप हो!" और यह कहकर उसने जुम्मी से अपना हाथ छुड़ा लिया।

जुम्मी को क्रोध तो बहुत आया, मगर चुप रहा। इतने में चांद देश, का एक बहुत सुन्दर पुरुष पुतली के पास आया और उससे मुस्कराकर बातें करने लगा। एक औरत ने जो सबसे आगे थी और सबकी रानी मालूम होती थी, और सबसे सुन्दर थी, उसने उर्फी का हाथ पकड़कर कहा, "आइए! स्वागतम्! चांद देश में पृथ्वी देश के बच्चों को स्वागतम् कहती हूं। आइए, हमने आपके सम्मान में एक बहुत बड़ी गार्डन पार्टी का आयोजन किया है, तशरीफ लाइए।"

वे लोग एक बहुत बड़े चांदी के गलीचे पर रानी के साथ बैठ गए। यह गलीचा बहुत बड़ा था और एक गोल दायरे की शक्ल में कटा हुआ था। जब सब लोग गलीचे पर बैठ गए, तो रानी ने चांदी की छड़ी से गलीचे को छुआ और गलीचा हवा में उड़ने लगा और बच्चे चांद देश को देखने लगे। वे लोग धीरे-धीरे उड़े जा रहे थे और उनके नीचे सुन्दर महल, किले, नदियां, शहर, गांव, कस्बे, खेत, मैदान, पहाड़ और बाग तथा जंगल गुजरते जा रहे थे। हर चीज अपनी पृथ्वी की तरह थी, परन्तु हर चीज का रंग यहां सफेद था, बल्कि निर्मल दूधिया चांदनी के रंग का-सा था।

पन्द्रह-बीस मिनट तक इसी तरह उड़ने के बाद रानी ने गलीचे को फिर अपनी चांदी की छड़ी से छुआ और गलीचा धीरे-धीरे एक सुन्दर बाग में उतर गया। उस बाग में जितने भी फल थे वे चांदी के बने हुए दिखाई देते थे और फुव्वारों से जो पानी छलकता था वह पिघली हुई चांदी का मालूम होता था और क्यारियों पर जो फूल खिले हुए थे, वे भी चांदी की पत्तियों के बने हुए थे। मोहिनी ने एक फूल तोड़कर अपने बालों में लगाना चाहा तो वह फूल को तोड़ न सकी। फूल की पंखुड़ी किरण की तरह निर्मल थी, फूल की पत्तियां भी इसी प्रकार निर्मल थीं और जब मोहिनी ने उन्हें तोड़ना चाहा तो वे उसकी उंगलियों के आरपार हो गईं। इसी तरह जब नाज ने फव्वारे के पानी को हाथ लगाया तो उसका हाथ बिलकुल गीला न हुआ। जुम्मी ने जब देखा कि चांद देश का एक सुन्दर पुरुष

पुतली को हाथ से पकड़े लिए घूम रहा है, तो उसे बड़ा क्रोध आया। उसने उस आदमी को जोर का एक घूंसा दिया। मगर जुम्मी के आश्चर्य की कोई सीमा न रही जब उसका घूंसा उस मनुष्य के आपपार हो गया, मगर उसे कोई हानि न पहुंचा सका। जुम्मी को ऐसा लगा मानो उसका हाथ धुनी रुई से भी निर्मल और मुलायम और नर्म ऊपरी भाग को छूकर वापस आया। वह मनुष्य जुम्मी को देखकर उसी प्रकार मुस्कराता रहा और बोला, "भाई, मैं चांदनी का बना हुआ हूं। तुम्हारा मुक्का मुझमें से पार हो जाता है और मुझे कुछ मालूम नहीं होता। अगर विश्वास न हो तो एक मुक्का और मारकर देखो।"

जुम्मी ने उसे दस-बारह मुक्के मार के देखे, उस व्यक्ति को जरा भी चोट न लगी।

उर्फी ने रानी से पूछा, "मेरी समझ में यह नहीं आया कि आपके एयर पोर्ट पर हमें लेने कोई क्यों न आया था?"

रानी ने मुस्कराते हुए कहा, "हम सब लोग वहां उपस्थित थे।"

"मगर हमने तो आपको नहीं देखा!" उर्फी ने बड़े आश्चर्य से कहा।

रानी एक आह भरकर बोली, "उसका कारण यह है कि हम लोग चांदनी के बने हुए हैं। चांदनी दिन में किसीको दिखाई नहीं दे सकती, न हमारी आवाज संसार में किसीको सुनाई दे सकती है, इसलिए आज दिन में तुम्हें चिल्ला-चिल्लाकर स्वागतम् कहा, मगर तुम न तो हमें देख सके, न हमारी आवाज सुन सके। हम लोग तो केवल रात को दिखाई दे सकते हैं और रात ही हमारा दिन है। दिन को अक्सर हम लोग कोई काम नहीं करते और जहां होते हैं वहीं पड़कर सो जाते हैं। हमारे देश में सब काम रात को होता है। दिन सोने के लिए होता है।"

नाज ने पूछा, "तो यहां जो चीजें दिखाई दे रही हैं सब चांदनी की बनी हैं?"
"और क्या यह वृक्ष, फूल, फल, पत्ते, झरने, पहाड़, झीलें सब चांदनी की किरणों से बनी हैं?"

थोड़ी देर में निर्मल चांदी की मेजों पर चांदी के बर्तन सज गए और उनमें सुन्दर मिठाइयां, केक और भांति-भांति के खाने की वस्तुएं, जैसे ये बच्चे पृथ्वी पर खाते आए थे, दिखाई देने लगीं। परन्तु यहां प्रत्येक वस्तु चांदनी की तरह निर्मल थी। गुलाबजामुन और इमरती, मोतीचूर और सोहनहलवा हर वस्तु का रंग सफेद था। चांदी के गिलासों में भी अब निर्मल पानी भरा हुआ था; परन्तु ज्योंही वे लोग पानी पीते, उन्हें ऐसा मालूम होता कि उन्होंने कुछ पिया ही नहीं।

गिलास खाली हो जाता, मगर उनके पेट में कुछ नहीं पहुंचता, लड्डू उठाकर वे लोग मुंह में रखते और मुंह में रखते ही जबड़े जलने लगते, मगर मुंह में लड्डू उन्हें मालूम न देता। बच्चे बड़े परेशान हुए कि यह किस प्रकार का खाना है और किस प्रकार की मिठाइयां हैं, जिनका न कोई स्वाद है, न इनके खाने से भूख कम होती है।

जब उर्फी ने रानी से पूछा तो उसने बताया, "यह खाना भी चांदनी से बनाया जाता है। हम लोग चांदनी के बने हुए हैं, इसलिए हमारी भूख उससे समाप्त हो जाती है; परन्तु आप लोग...हाड़-मांस के मनुष्य हैं और आपके साथ ये दो जीव तांबे और लोहे के हैं। अब हम लोग क्या करें? वास्तव में इस विषय में यह बड़ी कठिनाई है और यही इसकी सबसे बड़ी व्यवस्था है, यहां भिन्न-भिन्न नक्षत्रों और सितारों के लोग भिन्न-भिन्न तत्त्व के बने हुए हैं। इनकी अपनी-अपनी जीवन की व्यवस्था है, आपकी व्यवस्था सूर्य है, तो हमारी व्यवस्था भूमि है। यहां हर व्यक्ति अपनी डेढ़ ईंट की मस्जिद अलग बनाये हुए है। इससे सृष्टि में इतनी अव्यवस्था फैल चुकी है कि मैं तो सोच-सोचकर तंग आ चुकी हूं। मेरे विचार में तो सृष्टि में एक इंकलाब लाने की आवश्यकता है। भिन्न-भिन्न ग्रहों और सितारों के भिन्न-भिन्न तत्त्वों को एक सूत में पिरोने की आवश्यकता है। मेरा नारा है, 'सृष्टि के सितारो! एक हो जाओ।'

"हेयर! हेयर!" पुतली ने रानी की वार्ता का समर्थन करते हुए कहा, "देखिए न, मैं एक निर्धन देश की रहने वाली हूं। यूं तो हमारा शहर सृष्टि में सबसे सुन्दर और मोतियों का बना हुआ है, मगर मुसीबत देखिये कि हमारे यहां दिन में दो-तीन बार टूटे हुए सितारों के तूफान आते हैं और हमें दिन में चार बार अपने शहर का स्थान बदलना पड़ता है। अब आप ही सोचिए कि इस तरह से कोई शहर कभी उन्नति कर सकता है?" "फिर दुमदार सितारे को देखिए।" जुम्मी क्रोध में बोला, "उसके चक्कर का कुछ ठीक नहीं है। एक ऊंट की तरह जिधर चाहे थूथनी उठाये चल देता है। बड़ी कठिनाई से जान बचाई है रास्ते में उससे।"

उर्फी ने कहा, "गैस का गोला है कि फैलता ही जा रहा है। दूसरा गोला है कि सिकुड़ता ही जा रहा है। कहीं कोई हाइड्रोजन गैस का बना हुआ सितारा हमारे सूरज से एक लाख गुना बड़ा अचानक फट पड़ता है और लाखों छोटे-छोटे सितारे नष्ट हो जाते हैं। ऐसे सितारे, जो नक्षत्र होते जा रहे थे, जिनपर कभी हमारी पृथ्वी की तरह हवा चलती, समुद्र गरजते, वृक्ष और जानवर पैदा होते, मनुष्य की तरह कोई

बुद्धिमान जीव जन्म लेते, मगर उस एक हाइड्रोजन धमाके ने सब समाप्त कर दिया। दुःख उन व्यक्तियों पर है जो बिना खिले मुर्झा गए।"

नाज उदास होकर बोली, "सचमुच इस विश्व में बड़ा अन्याय हो रहा है।" चांद का वह सुन्दर पुरुष जो पुतली का हाथ पकड़े हुए था, हंसकर बोला, "अरे भई, छोड़ो यह बेकार की बातें। खूबसूरत बातें करो।"

रानी ने मुस्कराकर कहा, "ठीक कहते हो चन्दरन। जरा साजिन्दों को कहो।"

चन्दरन ने उत्तर में इशारा-सा किया और एक स्टेज पर से पर्दा-सा हटा और एक नृत्य-सा आरम्भ हो गया। हर वस्तु धुली-धुली और स्वप्न का-सा आवरण लिए हुए थी, गीत और नृत्य भी ऐसे मालूम होते थे मानो इससे पहले कहीं सुने और देखे हुए हैं।

जब उर्फी ने रानी से पूछा तो उसने बताया, "यह तो स्वाभाविक है। हम लोगों का कल्चर, सभ्यता, रहन-सहन पृथ्वी के लोगों से बहुत मिलता है। कभी चांद पृथ्वी ही का एक टुकड़ा था।"

नृत्य बहुत सुन्दर था। गीत मधुरता लिए हुए और धुन ऐसी स्वप्निल और नशे में बसी हुई कि थोड़ी देर में बच्चों को नींद आने लगी और ये लोग गीत सुनते-सुनते वहीं सो गए।

सुबह को जब वे लोग उठे तो वहां पर न कोई बाग था, न फूल थे, न फल, न रानी थी, न उसके दरबारी। वहां न निर्मल पहाड़ थे, न झरने, न झीलें, न गीत, न मधुर राग, न खाना। वहां तो कुछ न था। उनके सिर पर सूरज चमक रहा था और वे लोग एक खाई में लेटे थे और उनके चारों ओर चांद के दहकते हुए ज्वालामुखी पहाड़ खड़े थे।

देर तक इधर-उधर देखने के बाद भी जब बच्चों ने चारों ओर निर्जनता ही निर्जनता देखी, तो वे लोग चांद से बहुत निराश हो गए। बच्चों को चांद का यह भाग बिलकुल न भाया।

उर्फी कहने लगा, "भला जहां न मनुष्य हो न कोई जीव, वहां अगर हीरों के पहाड़ भी खड़े हों तो किस काम के?"

पुतली बोली, "नाज! यह चांद के रहनेवाले भी कैसे हैं! रात को दिखाई देते हैं, दिन को नजर नहीं आते।"

शैतान मोहिनी चमककर बोली, "अगर मेरी आंखें उल्लू या बिल्ली की सी

होतीं, तो मैं चांदवासियों को दिन में भी देख सकती।"

जुम्मी बोला, "उर्फी भैया, मेरे विचार में तो चांद की दूसरी ओर जाकर देखना चाहिए, वहां क्या है। यह इधर वाला चांद, जो हम पृथ्वी वालों को इतनी दूर से इतना प्यारा मालूम होता है, बिलकुल मजेदार नहीं है।"

सबने जुम्मी को यह सलाह मान ली कि हमें चांद की दूसरी तरफ अवश्य जाना चाहिए।

नाज बोली, "और हमें यह नहीं भूलना चाहिए कि चांद में क्यों आए थे।"

"शांति की फाख्ता ढूंढ़ने के लिए।" मोहिनी बोली, "मुझे अच्छी तरह याद है, मगर इस निर्मल स्थान में, जहां हवा है न पानी, जंगल हैं न पहाड़, जहां अपने सिवा और किसी जीव की सूरत दिखाई नहीं देती, वहां अपनी फाख्ता आकर क्या करेगी?"

थोड़ी देर इसी प्रकार सोच-विचार करने के बाद सब बच्चे वापस चांद एयर पोर्ट को आ गए और अपने राकेट में बैठकर चांद की दूसरी ओर प्रस्थान कर गए।

जाना राकेट का चांद की दूसरी ओर! पहुंच जाना बच्चों का झूठों के शहर में ◆ ◆ ◆

आह मित्रो! वर्णन क्या करूं मैं चांद की दूसरी ओर का। चांद की यह हमारी वाली तरफ जितनी उजाड़ और वीरान थी, दूसरी ओर उतनी ही हरी-भरी और सुन्दर थी। सारी पृथ्वी पर नीले रंग की घास फैली हुई थी और कहीं पर भूरी मिट्टी दिखाई न देती थी। स्थान-स्थान पर सुन्दर वृक्षों के झुंड थे और प्रत्येक वृक्ष की अपनी सुगन्ध थी, कोई गुलाब की तरह सुगन्धित था, तो किसी में से मोतिये की सुगन्ध आती थी। सब पत्तों का रंग सुनहरा था और सारे फूल सफेद थे और नदी-नालों में पिघली हुई चांदी बहती थी। बादलों का रंग गुलाबी था और बादल बहुत ऊचे नहीं उड़ते थे। केवल वृक्षों की चोटियों को छूकर निकलते थे तो उनमें से पानी की बारिश के बजाय रागिनियों की वर्षा होती थी और धीमे-धीमे सुरों में सुन्दर राग हर समय बरसते रहते थे। गाने की यह बारिश ज्योंही यहां की धरती पर गिरती तो किसान लोग खेतों में हल चलाने लगते। देखते ही देखते गीतों के पौधे बड़े हो जाते। यहां के किसानों को फसल

उगाने के लिए अधिक काम नहीं करना पड़ता था। हल चलाने के बाद किसानों को दिन में तीन बार अपने खेतों में बांसुरी बजानी पड़ती थी। उस बांसुरी की आवाज सुन-सुनकर पौधे बड़ होते रहते थे। कोई किसान बांसुरी बजाता था, तो कोई जलतरंग, कोई सितार, तो कोई रुवाब।

जिस प्रकार हमारे यहां अनाज अनेक प्रकार का होता है, उसी प्रकार वहां के पौधे और उनके अनाज अनेक प्रकार के थे। किसी का नाम विहाग था तो किसी का नाम पूरिया। कोई मल्हार था तो कोई दरबारी। हर व्यक्ति अपनी पसन्द का राग खाता था, जिस प्रकार हमारी पृथ्वी पर लोग अपनी पसन्द का अनाज खाते हैं। जैसे किसी को चावल पसन्द है तो किसी को गेहूं की रोटी। इसी प्रकार वहां के लोग अपनी-अपनी पसन्द का राग पकाते थे—वे लोग इस अनाज को अपने मुंह से नहीं, अपने कानों से खाते थे और मुंह से केवल झूठ बोलते थे।

इस बात का पता बच्चों को उस समय लगा, जब वे अपने राकेट को चांद के दूसरी ओर उतारने में सफल हो गए। सबसे पहले उनकी दृष्टि मनुष्यों के एक झुंड पर पड़ी। वे लोग फटे चीथड़े पहने उनकी ओर देखकर गालियां बक रहे थे और कह रहे थे, "चले जाओ, नहीं तो जान से मार डालेंगे। हमारी धरती पर पांव रखने का तुम्हें क्या अधिकार? पृथ्वी के मूर्खों! हमारे चांद को अपनी लालची निगाहों से अपवित्र मत करो। चले जाओ।"

यह सुनकर बच्चों ने सोचा, जिस देश के अतिथि-सत्कार की यह दशा हो वहां से चले जाना ही ठीक है। यह सोचकर वे लोग वापस अपने राकेट में बैठने को चले कि इतने में एक आदमी, जो इन सबसे कुरूप, गन्दा और मैला दिखाई देता था, आगे बढ़ा और उर्फी के समीप आकर धीरे से कहने लगा, "आप चले जा रहे हैं? आश्चर्य है! हम लोग हालांकि आपका स्वागत करने के लिए इकट्ठे हुए हैं।"

"क्या मेहमानों को इस तरह स्वागतम् कहा जाता है?" उर्फी ने क्रोध में पूछा।

"आप नाराज न हों।" वह आदमी बड़ी नम्रता से बोला, "यहां का नियम ही ऐसा है। जिस स्थान पर आप उतरे हैं, यह झूठों का शहर कहलाता है। हमारे सम्राट् की आज्ञा है कि उसकी प्रजा का कोई मनुष्य सच न बोले। जो बोले सो झूठ बोले। इसलिए जब आपको हम कहते हैं 'चले जाओ' तो इसका मतलब है 'आ जाओ'। जब हम आपको मूर्ख कहते हैं तो उसका मतलब है, आप बड़े

बुद्धिमान आदमी हैं।"

"आप बड़े मूर्ख हैं।" उर्फी ने झुंझलाकर कहा, "और बहुत ही बेहूदा है आपका बादशाह।"

"वाह! वाह! क्या तारीफ की है आपने हमारे बादशाह की! बादशाह सलामत सुनें तो बहुत ही खुश होंगे।"

जुम्मी ने पूछा, "यहां अगर कोई सच बोलना चाहे तो क्या करे?"

"सच बोलने के लिए राशन कार्ड बनवाना पड़ता है और दिन में तीन बार से अधिक आप सच नहीं बोल सकते। एक बार सुबह, दूसरी बार दोपहर, तीसरी बार शाम। परन्तु यहां के लोग बहुत गरीब हैं। हर रोज सच नहीं बोल सकते और यहां का बादशाह बहुत ही निर्दयी है। बहुत ही कम राशन-कार्ड देता है कि लोग सच के लिए तरसते ही रहते हैं।" उस मनुष्य ने उत्तर दिया।

"मगर तुम इस समय सच क्यों बोल रहे हो?" नाज ने पूछा।

"मैं यहां के विदेश मंत्रालय का मंत्री हूं।" वह मनुष्य बोला, "मुझे बादशाह ने अधिकार दे रखा है, जब चाहूं सच बोलूं, जब चाहूं झूठ बोलूं। जी चाहे तो झूठ और सच दोनों को मिलाकर बोलूं।"

"आपका बादशाह बहुत बुद्धिमान मालूम होता है।" जुम्मी ने कहा।

"हाय! हाय!!" वह मनुष्य घबराकर बोला, "हुजूर बादशाह को गाली क्यों देते हैं? उसके अगर किसी जासूस ने सुन लिया तो गजब हो जाएगा।"

"क्षमा कीजिए, गलती हुई।" जुम्मी बोला, "मेरा मतलब है, मेरा मतलब नहीं है। मुझे मत क्षमा कीजिए, मुझसे कोई गलती नहीं हुई।"

"अब ठीक है।" मंत्री प्रसन्न होकर बोला, "आप कोशिश करें तो झूठ बोलना सीख जाएंगे।"

विदेश मंत्री के बहुत कहने पर बच्चे बादशाह के महल को चल दिए। रास्ते में उन्होंने विदेश मंत्री को मना लिया। उन्हें क्योंकि झूठ बोलने की आदत नहीं है, इसलिए उनके लिए सच बोलने के राशन कार्ड बनवा दिए जाएं।

मंत्री बोला, "विदेशियों के लिए इसकी आवश्यकता नहीं है, बल्कि विदेशियों से तो हम यह आशा करते हैं कि वे हमसे सच ही बोलते रहें, चाहे हम उनसे कितना ही झूठ क्यों न बोलें।"

"इसका नाम डिप्लोमेसी है।" जुम्मी ने मुस्कराकर कहा।

"बेशक! बेशक!!" मंत्री ने सिर हिलाकर कहा, "वह मैं कर दूंगा।"

विदेश मंत्री ने वायदा किया, "मगर आप इतना वायदा तो कीजिए कि कम से कम हमारे बादशाह के सामने सच नहीं बोलेंगे, क्योंकि हमारे बादशाह झूठ बहुत पसन्द करते हैं।"

नाज बोली, "वायदा करते हैं।"

उर्फी एकदम चमककर बोला, "वाह, कैसे वायदा करते हैं? तुम तो हो ही झूठी। तुम्हारे लिए वायदा करना क्या कठिन है?" नाज उर्फी को चांटा मारने ही वाली थी कि पुतली ने बीच-बचाव कर दिया और बच्चे आगे चले गए।

पहुंचना बच्चों का झूठों के बादशाह के दरबार में और आश्चर्यजनक वर्णन वहां के दरबारियों का ◆◆◆

प्यारे बच्चो! मैं क्या हाल बताऊं झूठों के बादशाह के दरबार का! वह इतना बड़ा दरबार था कि दरवाजे में प्रविष्ट होकर बादशाह सलामत के चरणों तक पहुंचने में एक घंटा लगता था। बादशाह और दरबारी एक-दूसरे से माइक्रोफोन पर बात करते थे। बादशाह सलामत ने बहुत बढ़िया कपड़े पहन रखे थे, परन्तु दरबारियों के कपड़े फटे दिखाई दे रहे थे। झूठनगर के बादशाह सलामत की आज्ञा थी कि उनकी रियासत में कोई उनके सिवा अच्छे कपड़े न पहने, वरना बादशाह तथा उनकी प्रजा में क्या अन्तर रह जायेगा। इसी तरह प्रजा को न केवल अच्छे कपड़े पहनना, बल्कि अच्छा खाने, अच्छे मकान बनाने, यहां तक कि अच्छा सोचने की भी आज्ञा न थी। इस दरबार की छत इतनी ऊंची थी कि अगर दरबार की छत को देखो तो पगड़ी सिर से नीचे गिर पड़ती थी। इस दरबार में इतने फानूस थे, जितने आकाश पर तारे हैं। बादशाह का तख्त पन्ने का बना हुआ था। जब पृथ्वी के बच्चे बादशाह के दरबार में पहुंचे तो उस समय बादशाह एक दरबारी को कोड़े लगा रहा था और दरबारी से पूछ रहा था :

"दर्द तो नहीं होता?"

और दरबारी, जिसकी पीठ कोड़े खा-खाकर लहूलुहान हो रही थी, बराबर कहे जा रहा था, "आ हाहा हा। हुजूर और मारते जाइए, और मारते जाइए। हुजूर, बहुत मजा आ रहा है।"

दरबार में सूली लगी हुई थी। वहां पर एक दरबारी कवि सूली पर चढ़ा हुआ बादशाह की शान में एक कविता पढ़ रहा था।

जब बच्चे दरबार के अन्दर आए तो चारों ओर से दरबारी कहने लगे, "लानत हो तुम पर पृथ्वी के रहने वालो!"

"तुम पर भी लानत है झूठनगर के वासियो!" उर्फी ने उत्तर. दिया।

फिर विदेश मन्त्री ने सिर झुकाकर बादशाह से कहा, "ऐ, निर्दय झूठे बादशाह! गोलाकार पृथ्वी के वासी तेरी सेवा में हाजिर नहीं हैं।"

झूठों के बादशाह ने बच्चों की ओर बड़े ध्यान से देखा और फिर बोला, "बड़े बदसूरत बच्चे हैं!"

जुम्मी ने कहा, "बादशाह सलामत के चेहरे पर थूकने को जी चाहता है। हालांकि बड़ों ने कहा है, चांद का थूका अपने मुंह पर ही पड़ता है!"

"जिन लोगों ने यह बात कही है, वे बड़े मूर्ख थे," बादशाह सलामत ने सिर हिलाकर कहा और फिर मुस्कराकर मन्त्री से बोले, "इन्हें महल के बाहर खड़ा करके भूखा मार दो।"

"इसका मतलब है," मन्त्री ने उत्तर दिया, "बादशाह सलामत ने फरमाया है, इन्हें महल के अन्दर ले जाकर खूब खाना खिलाओ।"

"शुक्रिया!" उर्फी बादशाह सलामत की ओर देखकर मुस्कराया। फिर घबराकर बोला, "मेरा मतलब बिलकुल शुक्रिया नहीं! हम जाते हैं। मेरा मतलब है, अभी हाजिर होते हैं।"

"मगर यह तो बिलकुल हैदराबादी भाषा है।" मोहिनी चमककर बोली, "वहां भी तो यही कहते हैं। हैदराबाद में जब विदा होते हैं तो कहते हैं, 'अभी हाजिर होता हूं।'"

विदेश मन्त्री मुस्कराकर बोला, "हमारा कोई उस इलाके में। चलिए, आपको महल दिखा लाऊं।"

बादशाह का महल बड़ा सुन्दर था। दरवाजे तथा दीवारें नीलम पत्थर के बने हुए थे। स्थान-स्थान पर सोने-चांदी के खंभे खड़े थे। महल की बुर्जियां और गुंबद और मीनार लाल और मूंगे के थे। पाइन-बाग में बड़े सुन्दर वृक्ष थे और उन पर सुन्दर पक्षी बैठे हुए चहक रहे थे। लान की हरी-भरी घास में एक सफेद कुत्ता बच्चों को देखकर भौंकने लगा। बड़ा ही प्यारा कुत्ता था! मोहिनी को कुत्ते बहुत पसन्द थे। उससे न रहा गया। दौड़ी-दौड़ी उस कुत्ते के पास गई और प्यार से उसके सिर पर हाथ फेरने लगी। थोड़ी देर बाद जब कुत्ता दुम हिलाने लगा तो मोहिनी ने कुत्ते को अपनी गोद में लेना चाहा, मगर देखती है कि कुत्ता उसकी

गोद में नहीं आया। जब उसने गौर से देखा, तो उस कुत्ते के पांव जमीन में गड़े दिखाई दिए।

"यह कुत्ता तो जमीन में गड़ा हुआ है।" मोहिनी घबराकर बोली।

मन्त्री ने बताया, "गड़ा हुआ नहीं, उगा हुआ है।"

"हाएं!" नाज दौड़कर कुत्ते के पास जाकर देखने लगी। सचमुच कुत्ते के चारों पांव उगे हुए मालूम होते हैं।

मन्त्री ने समझाया, "हमारे यहां गाय, बैल, भेड़, बकरी सब जानवर जमीन से उगते हैं। न केवल पशु, बल्कि पक्षी भी। आपने उस चिड़िया को देखा! कब से उस डाली पर बैठी हुई चहक रही है, पर एक बार भी नहीं उड़ी।"

"हां, सचमुच।" जुम्मी ने ध्यान दिया।

"यह चिड़िया वृक्ष पर उगी हुई है। हमारे यहां वृक्षों पर फूल नहीं उगते, चिड़ियां उगती हैं। कोई बुलबुल का वृक्ष है, उस पर केवल बुलबुलें उगती हैं। कोई कव्वे का पेड़ है, वहां केवल कव्वे उगते हैं। इसी प्रकार मोर का पेड़ है। वह देखिए मोर का पेड़।"

सचमुच आश्चर्यजनक संसार था यह। यहां जानवर जमीन पर उगते थे और पक्षी वृक्षों से लटकते थे। यहां न कोई पशु चल सकता था न कोई पक्षी उड़ सकता था। हां, इन पशु और पक्षियों की शक्ल बिलकुल हमारी पृथ्वी के पशु-पक्षियों की तरह थी। बस, यह अन्तर था कि यह पशु या तो जमीन पर उगे हुए थे या फूलों की तरह पक्षी डालियों पर लगे हुए थे। बाग में एक जगह दो-तीन गायें उगी हुई थीं और दूध दुहनेवाले बड़े आराम से दूध दुह रहे थे।

"चांद की गाय इस लिहाज से तो बहुत अच्छी है। दूध दुहते समय लात नहीं मारती।"

"हां," मोहिनी बोली, "मेरे विचार में इस गाय की खेती पृथ्वी पर भी की जानी चाहिए।"

'हमारी पृथ्वी पर तो पक्षी उड़ते हैं।" जुम्मी ने मन्त्री से कहा।

मन्त्री आश्चर्य से बोला, "आप सच कह रहे हैं कि झूठ?"

"सच।"

"असंभव!" मन्त्री ने उत्तर दिया। "असंभव है कि पक्षी उड़ सकें, पक्षी तो डालियों पर उगते हैं।"

"हमारे यहां तो जानवर भी चलते हैं। गाय, भैंस, बकरियां सब जमीन पर

चलती हैं," नाज बोली, "हम मनुष्यों की तरह।"

मन्त्री की आंखें फटी की फटी रह गईं, "यह कैसे हो सकता है? ईश्वर के लिए इतना झूठ तो न बोलिए।"

उर्फी ने कहा, "और हम लोग कान से नहीं, मुंह से खाते हैं।"

"ओ हो हो!" मन्त्री हंसते-हंसते बेदम होने लगा।

"भाई, झूठ की भी कोई हद होती है। मुंह से खाना खाते हो? हा हा हा...अरे मैं तो मर जाऊंगा...इतना झूठ तो न बोलो...ही ही ही...मैं बादशाह को बताऊंगा कि पृथ्वी के वासी तो चांदवासियों से भी ज्यादा झूठे हैं।"

"यह झूठ नहीं है जनाब, यह बिलकुल सच है," नाज क्रोधित होकर बोली, "हम लोग तुम्हारी तरह नहीं है। हम लोग सच बोलने के अभ्यस्त हैं और हमारे देश में केवल शासनकर्ता झूठ बोलते हैं।"

"केवल शासनकर्ता? हो हो हो!! बस नाज, इतना तो झूठ न बोलो—यानी इतना! यानी हम झूठों के सामने भी तुम इतना झूठ बोलती हो। झूठ तो कानूनन हरएक को बोलना पड़ता है। बादशाह की आज्ञा से।"

"परन्तु यहां पृथ्वी पर कोई ऐसा नियम नहीं है जिसमें झूठ बोलना आवश्यक हो।"

मन्त्री ने सिर हिलाते हुए कहा, "बड़े चालाक हो तुम लोग। पृथ्वी का असल हाल मुझे नहीं बताते। कितना बड़ा झूठ है यह कि तुम्हारी पृथ्वी पर झूठ बोलना क़ानूनन आवश्यक नहीं! अरे, झूठ के बिना राज्य एक दिन नहीं किया जा सकता।... क्या तुम! क्या तुम्हारी पृथ्वी होगी! कल तुम कहोगी तुम्हारी पृथ्वी के फूलों पर लिपस्टिक नहीं लगाई जाती।"

"लिपस्टिक?" नाज आश्चर्य से बोली, "लिपस्टिक का फूलों से क्या सम्बन्ध है?"

"वह देखो।" मन्त्री ने बाग की एक क्यारी की ओर इशारा किया। उन लोगों ने मुड़कर देखा तो सचमुच बाग की एक क्यारी में, जहां सफेद फूल खिले हुए थे, वहां पर तीन माली हाथों में लिपस्टिक लिए फूलों को लाल कर रहे थे।

"यह क्या मामला है?" जुम्मी ने आश्चर्य से पूछा।

"हमारे यहां यह प्रथा है," मन्त्री ने उत्तर दिया, "कि जब सफेद फूल बड़े हो जाते हैं तो माली उनकी पत्तियों पर लिपस्टिक लगाते हैं।"

"मगर..." मोहिनी आश्चर्य से कहने लगी, "मगर हमारे यहां तो लिपस्टिक

फूल नहीं लगाते, औरतें लगाती हैं।"

"औरतें! लिपस्टिक लगाती हैं?" विदेश मन्त्री आश्चर्य से चकराकर बोला, "आप तो झूठों की रानी चुनी जा सकती हैं। देखिए..."और अब विदेश मन्त्री ने नाराज होना शुरू किया, "देखिए, आप लोग बेशक झूठ बोलिए, मगर इतना तो मत बोलिए। मैं आपसे कम-से-कम यह आशा तो रखता हूं कि आप मुझे गोलाकार पृथ्वी का ठीक-ठाक हाल बताएंगे।"

"हम बिलकुल ठीक कह रहे हैं।"

"आप बकवास कर रहे हैं। क्या मैं इतना मूर्ख हूं कि अभी तक वह न समझ सका कि सच क्या है और झूठ क्या है? आप चाहते हैं कि मैं यह विश्वास कर लूं कि पृथ्वी पर फूल नहीं बल्कि औरतें लिपस्टिक लगाती हैं? जहां जानवर उगते नहीं बल्कि मनुष्यों की तरह चलते हैं? और पक्षी उड़ते हैं? अजी आपने मुझे क्या समझ रखा है? मूर्ख? जाहिल? नालायक?" मारे क्रोध के मन्त्री के होंठ से झाग बहने लगा। उसने जोर से ताली बजाई। उसी समय दस-बारह हृष्ट-पुष्ट गुलाम राइफलें लेकर हाजिर हो गए।

मन्त्री ने उनसे कहा, "ये लोग झूठनगर में एक क्षण के लिए भी नहीं रखे जा सकते। इनके व्यवहार से हमारे लोगों का आचार खतरे में है। इसलिए इन्हें फौरन बांधकर किसी नाव में डालकर नदी में छोड़ दो।"

गुलाम बच्चों को गिरफ्तार करने के लिए आगे बढ़े। जुम्मी और उर्फी ने खूब जमके लड़ाई की। जुम्मी ने अपने फौलादी मुक्कों से कई गुलामों को ढेर किया। नाज, मोहिनी और पुतली ने उर्फी और जुम्मी की बड़ी सहायता की; परन्तु ये लोग आखिर बच्चे थे, पकड़े गए। गुलामों ने इन सबको रस्सियों में बांधा और शहर से बाहर ले जाकर एक नाव में डालकर उसे नदी में छोड़ दिया। बच्चे बेबसी से नाव में रस्सों से बंधे हुए पड़े थे और नाव नदी के तूफानी पानियों में घूमती हुई बहती चली जा रही थी और झूठनगर बच्चों की दृष्टि से ओझल हो रहा था।

बच्चे नाव में बंधे पड़े थे। उन्होंने अपने को स्वतन्त्र करने का बहुत प्रयत्न किया, मगर झूठनगर के गुलामों ने उन्हें लोहे के मजबूत रस्सों से इस प्रकार जकड़ दिया था कि जुम्मी, जो लोहे का बना हुआ था, वह भी अपना पूरा बल लगा लेने के बाद स्वतन्त्र न हो सका। थक-हार के बच्चे नाव में पड़े रहे और नदी कभी धीरे, कभी तेज बहती रही।

सुबह बीत गई। दोपहर आने लगी। सूरज सिर पर चमकने लगा। मोहिनी और नाज भूख और प्यास से परेशान होकर रोने लगीं।

मोहिनी बोली, "उर्फी भैया बेकार ही हमें चांद में ले आए। एक निगोड़ी फाख्ता के लिए।"

नाज बोली, "हाय, यह धूप तो हमें झुलसा देगी!"

पुतली बोली, "अरे, मैं तो अपने मोतियों के शहर में कैसे आराम से थी! अरे लोगो, देखो मेरा शरीर मानो ज्वर से तप रहा है।"

"ज्वर नहीं मूर्ख लड़की! यह धूप की गर्मी है।" जुम्मी धीरे बोला। "जाहिल तुम! मूर्ख तुम!" पुतली ने फौरन क्रोध में आके कहा।

उर्फी ने कहा, "आपस में झगड़ने से क्या फायदा! अब हमें अपने-आप को स्वतन्त्र कराने का प्रयत्न करना चाहिए।"

"कैसे?"

"सब मिलकर आवाज दें, 'अरे लोगो, हमें बचाओ, हमें बचाओ। हम डूबे जा रहे हैं।" उर्फी ने उत्तर दिया।

पुतली बोली, "नाज! यह तो झूठों का देश है। यहां हमारी बात का विश्वास कौन करेगा?"

"तो हम कहेंगे," जुम्मी ने सोचकर कहा, "अरे लोगो! हमें मत बचाओ। हम बड़े मजे में हैं।"

नाज बोली; "मगर यह भी हो सकता है कि हम लोग झूठों के देश से बाहर आ गए हों और कोई हमारी बात का विश्वास तक न करे।"

"अजीब मुसीबत है!" मोहिनी रुआंसी होकर बोली, "मुझे तो भूख लग रही है।"

उर्फी ने कहा, "मैं समझता हूं—हम सब मिलकर शोर मचाएं, कोई न कोई अल्लाह का बन्दा तो हमारी मदद को आएगा।"

बहुत देर तक बच्चे नाव में बंधे शोर मचाते रहे, मगर कोई उनकी सहायता को न आया। बच्चे चिल्लाते-चिल्लाते चुप हो गए। धूप बहुत तेज हो गई। नदी का पानी धीरे-धीरे बहने लगा। बच्चे भूख और प्यास से बेहोश होने लगे। थोड़ी देर में उर्फी को आकाश में एक बाज दिखाई दिया जो हवाई जहाज की तरह बड़ा था।

"अरे देखो, कितना बड़ा उकाब है!" नाज आश्चर्य और भय से चिल्ला पड़ी।

बाज चक्कर लगाता हुआ आकाश से नीचे उतरने लग। कई गज लम्बी तो उसकी चोंच थी और सैकड़ों फीट तक उसके फैले हुए पर थे और उसके भयानक

पंजे किसी भयंकर लोहे के क्रेन के शिकंजे की तरह दिखाई दे रहे थे। बाज चक्कर लगाते हुए नाव के सिर पर आ गया। अब ऐसा लगा मानो काली बदली आकाश में फैल गई हो।

"या अल्लाह अब क्या होगा!" नाज भय से बोली। उसने अपनी आंखें बन्द कर लीं।

बाज ने एक जोर का झपट्टा मारा और अपने पंजे में नाव को एक तिनके की तरह उठा लिया। अब बाज आकाश पर बहुत-बहुत ऊंचे उड़ गया। नाव उसके पंजे में लटक रही थी। जहां बच्चे नाव में बैठे थे, वहां से वे लोग केवल बाज के फैले हुए काले पर देख सकते थे और उसका गर्व से तना हुआ सफेद वक्ष। बाज की आंखें एक घड़े जितनी बड़ी थीं और आग की तरह लाल नजर आती थीं। पुतली बोली, "मुझे तो इसकी आंखों से बड़ा डर लगता है। कैसी भयानक आंखें हैं इसकी!"

जुम्मी, जो नाव की एक ओर बंधा हुआ था और इसलिए जरा गरदन मोड़कर नीचे देख सकता था, बोला, "इस वक्त अगर यह बाज हमें छोड़ दे, तो चांद की धरती पर हम लोग गिरकर इस तरह टुकड़े-टुकड़े हो जाएं कि हमारा अंजर-पंजर तक न मिलेगा।"

अभी यह बात जुम्मी के मुंह में ही थी कि बाज ने नाव को अपने पंजे से छोड़ दिया। नाव डगमगाती हुई, चक्कर खाती हुई, ऊपर-नीचे होती हुई बहुत तेजी से नीचे गिरने लगी। अगर वे लोग नाव से बंधे न होते तो अब तक सबके सब जमीन पर गिरकर मर गए होते। परन्तु बाज बहुत तेजचाल था। वह बिजली की तेजी से नीचे गया और इससे पहले कि नाव जमीन पर गिरे, उसने उसे फिर अपने पंजे में दबा लिया और फिर आकाश की ओर उड़ने लगा।

बच्चों का सांस हवा में अटक गया था। उर्फी ने रुकते-रुकते कहा, "मौत आ गई थी।"

जुम्मी बोला, "मेरी तो बैटरी डाउन हो गई थी।"

पुतली बोली, "मगर इससे इस बात का पता चलता है, यह बाज बुद्धिमान जानवर है। हमारी बात समझता है।"

मोहिनी ने कहा, "जाने यह मुआ हमें किधर उड़ाए लिए जा रहा है?"

अकस्मात् बादलों की एक गरज-सी पैदा हुई। यह बाज बोल रहा था, "मैं आपको सम्राट् उकाव के सम्मुख ले जा रहा हूं।"

सारा दिन बाज उस नाव को पंजे में दाबे पश्चिम दिशा की ओर उड़ता रहा।

उसके उड़ने की चाल सात सौ मील फी घण्टे के हिसाब से क्या कम होगी! परन्तु इस बीच में उसने एक बार भी अपने पैरों को आराम नहीं दिया। अन्त में जब संध्या का समय हुआ और सूर्य पश्चिम को जाने लगा, तो बाज ने अपनी चाल कम की और वह धीरे-धीरे उतरने लगा।

उर्फी ने जुम्मी से कहा, "तुम किनारे पर बंधे हो। नीचे देख के बताओ कि हम कहां हैं।"

जुम्मी ने नीचे देखकर कहा, "यह तो मैं नहीं बता सकता कि हम कहां हैं। मगर हम नीचे उतर रहे हैं। चारों ओर बड़े भयानक पहाड़ नजर आते हैं, जिनकी सीधी खड़ी चट्टानों पर बड़े-बड़े आलीशान महल खड़े हैं। पहाड़ों से नीचे एक खूबसूरत घाटी है, मगर इस घाटी में एक भी खेत नहीं है। जिधर देखो, जंगल ही जंगल दिखाई देता हैं। हां... नहीं, नहीं...अब खेत नजर आने लगे। अरे, यहां तो नहरें भी है! इसका मतलब है, यहां पर खेती-बाड़ी करने वाले लोग रहते होंगे।"

इसके बाद जुम्मी कुछ बोल न सका, क्योंकि अब बाज बहुत जल्दी-जल्दी चक्कर खा रहा था और नाव इधर-उधर उसके पंजे में डोल रही थी। एकाएक बाज ने चोंच नीची करके वातावरण में एक डुबकी-सी लगाई और सांय-सांय करता हुआ एक बहुत बड़े दरवाजे के अन्दर से मानो तैरता हुआ निकल गया और सीधे एक तख्त के नीचे जाकर रुक गया। उसने अपना पंजा ढीला छोड़ दिया और नाव गिरते-गिरते एक चट्टान से टकराकर टुकड़े-टुकड़े हो गई। लकड़ी की नाव थी, उसके टुकड़े होते ही लोहे की जंजीरें ढीली हो गईं और बच्चे कुसमुसाते हुए उनमें से बाहर निकल आए और इधर-उधर देखने लगे। सामने एक बहुत ऊंची तख्त की तरह की चट्टान पर भयानक उकाव बैठा था। वजन और शरीर में बाज से दुगना-तिगुना मालूम हो रहा था। उसी तख्त के पीछे शाही झण्डा लहरा रहा था, जिसपर बड़े-बड़े शब्दों में लिखा था :

"तू बाज है बसेरा कर चट्टानों पर"

बाज ने बच्चों से कहा, "बा अदब बा मुलाहजा होशियार! शाहं-शाह उकाव सिंहासन पर विराजमान हैं। झुककर दण्डवत् करो।" बच्चों ने झुककर प्रणाम किया।

सम्रांट् उकाब पत्थर की एक बहुत बड़ी तिपाई पर एक बहुत बड़ी तश्तरी में कुछ रखे हुए था और बार-बार तश्तरी की ओर झुककर चोंच से कुछ टूंगता जाता था। तश्तरी में मक्खियों के भिनभिनाने की-सी आवाज पैदा हो रही थी।

"तश्तरी में क्या है?" मोहिनी ने जरा दिलचस्पी से पूछा।

सम्राट् उकाब जोर से हंसा। उसने अपनी चोंच बढ़ाकर उर्फी को ठूंग लिया। फिर उसे पत्थर की बड़ी तश्तरी में ले जाकर छोड़ दिया।

उर्फी देखकर आश्चर्यचकित रह गया। उस तश्तरी में पचास-साठ इन्सान होंगे। इन्सान तो न थे, इन्सान की तरह जानवर थे जिनका कद मुश्किल से दस इंच होगा। मगर शक्ल-सूरत और चलने में बिलकुल इन्सान दिखाई देते थे। वही आंखें, वही बाल, वही बांहें, वही टांगें।

भय और आश्चर्य से उर्फी की घिग्घी बंध गई। कुछ देर तक वह उन्हें आंखें फाड़े देखता रहा। अन्त में उससे रहा नहीं गया। बोला, "आप इन्सान हैं?" वे लोग भी उसे ध्यान से देखते रहे। अन्त में उनमें से एक आदमी जो शक्ल-सूरत से वृद्ध जान पड़ता था, बड़े दुःखी स्वर में बोला, "हां, कभी हम भी इन्सान थे।"

"मगर आपकी यह दशा कैसे हो गई? इतना छोटा कद आपका कैसे हो गया? या शुरू ही से आप लोग ऐसे थे?"

"नहीं भाई!" वह बूढ़ा बोला, "कभी हम भी तुम्हारी ही तरह कद वाले इन्सान थे। यह सारी घाटी हमारी थी। इस देश पर हमारा राज था। मगर..."

इसके आगे वह बूढ़ा कुछ न कह सका, क्योंकि उकाब उसे अपनी चोंच में टोंगकर साबुत और पूरा ही निगल गया। उसके बाद उसी चोंच से सम्राट् उकाब ने उर्फी को तश्तरी से उठाकर वापस बच्चों में रख दिया। नाज तो भय से चीख-सी उठी थी। उसका ख्याल था, उर्फी को उकाब खा जाएगा।

सम्राट् ने बाज से पूछा, "ये इन्सान तुम्हें कहां से मिले? ये तो हमारे देश के इन्सान नहीं मालूम होते। ये तो बड़े मोटे-ताजे इन्सान हैं और इनमें कुछ औरतें भी हैं।"

बाज बोला, "हुजूर! मैं सीमा पर उड़ रहा था कि झूठों के देश से जो नदी बहती हुई समुद्र को जाती है, उस नदी में एक बहती हुई नाव में ये लोग बंध पड़े थे।"

सम्राट् ने पूछा, "तुम लोग कहां से आए हो?"

उर्फी ने कहा, "पृथ्वी के ग्रह से।"

"अच्छा, अच्छा। समझ गया।" सम्राट् उकाब बोला, "यह पृथ्वी। जो हमारे चांद के चारों ओर चक्कर खाती है।"

जुम्मी ने कहा, "पृथ्वी नहीं, चांद हमारी पृथ्वी के चारों ओर चक्कर खाता है।"

"क्या बकते हो?" उकाब क्रोध से बोला, "तुम्हारी पृथ्वी तो बस इतनी-सी है, जितना एक बड़ा गोला। वह हमारे चांद का क्या मुकाबला कर सकती है! चांद तो पृथ्वी से बहुत बड़ा है।"

"नहीं, हमारा चांद बड़ा है। साफ बड़ा मालूम होता है। अरे, तुम उस जलील पृथ्वी के रहने वाले हो, जिसे हर वर्ष ग्रहण लगता है!"

"अजी जनाब!" मोहिनी उंगलियां बचाकर बोली, "हमारी पृथ्वी को नहीं आपके चांद को हर साल ग्रहण लगता है।"

"ज्यादा बढ़-बढ़के बात करोगी तो खा जाऊंगा।"

उकाब ने अपनी चोंच खोली और मोहिनी की आंखों के सामने एक कुआं-सा खुल गया, जिसके अंधकार में एक लाल-लाल कई गज लम्बी जीभ मोहिनी के रक्त की प्यासी मालूम होती थी। मोहिनी डर के मारे पीछे हट गई।

सम्राट् उकाब ने बाज से कहा, "इन्हें ले जाकर जेल में बन्द कर दो। सुबह नाश्ते पर हम इन्हें खायेगे। मैं मर्दों को खाऊंगा। महारानी साहिबा औरतों को खाएंगी। कल सुबह नाश्ते पर हम इन्हें बताएंगे कि जमीन बड़ी है या चांद; इन्सान बड़ा है या उकाब। हा हा हा!"

इसके बाद सम्राट् उकाब ने जो अपनी चोंच चलाई तो कुछ क्षणों ही में उसने इन्सानों से भरी हुई तश्तरी को खाली कर दिया और उड़कर अपने महल में चला गया। शाहंशाह के जाने के बाद बाज ने कुछ मनुष्य की तरह बालिश्तियों को आज्ञा दी कि वे इन पृथ्वी के इन्सानों को ले शाही जेलखानों में बंद कर दें।

थोड़ी देर में लकड़ी की एक बहुत बड़ी गाड़ी आई जिसके आगे कई सौ बालिश्तिये इन्सान घोड़ों की तरह जुते हुए थे। बाज ने उर्फी, नाज; मोहिनी, पुतली, जुम्मी सबको बारी-बारी से अपनी चोंच में उठाकर बन्द गाड़ी का दरवाजा खोलकर उसमें रखा और फिर दरवाजा बन्द कर दिया। एक बाज का बच्चा कोड़े मार-मारकर गाड़ी चलाने लगा और बालिश्तिये इन्सान गाड़ी ढकेलते हुए उसे जेलखाने की ओर ले गए।

रात-भर बच्चों को जेलखाने में नींद नहीं आई। और आती भी कैसे? सुबह उन्हें नाश्ते पर अपनी मृत्यु दिखाई दे रही थी। जेल का बालिश्तिया चौकीदार उनके खाने के लिए बहुत-सी घास छोड़ गया था। पहले तो बच्चों को ध्यान न आया कि

यह घास उनके लिए है, परन्तु जब उन्होंने एक बालिश्तिये कैदी को, जो उनके कमरे में कैद था, घास खाते देखा तो हैरान होकर बोले :

"तुम लोग इन्सान होकर घास खाते हो?"

"और क्या खाएं?" वह बालिश्तिया आश्चर्य से बोला।

"रोटी खाओ।"

"रोटी?..."रोटी क्या होती है?"

इस बालिश्तिये के समीप एक वृद्ध सफेद दाढ़ी वाला बैठा था। रोटी का नाम सुनकर वह चौंक पड़ा। उसका सारा शरीर कांपने लगा। थोड़ी देर के बाद वह बच्चों की तरह फूट-फूटकर रोने लगा। उर्फी, जुम्मी, मोहिनी, नाज सबने उसे बहुत धैर्य बंधाया। उससे उसके रोने का कारण पूछा। वृद्ध ने कहा, "यह बड़ी भयानक कहानी है। मगर तुम्हें इसलिए सुनाता हूं कि शायद तुम लोग किसी तरह इस जालिम उकाब के पंजों से बचकर अपने घर को लौट सको और वहां के रहनेवालों को शिक्षा दे सको।

"प्यारे दोस्तो! कभी हम बालिश्तिये मनुष्य भी तुम्हारी तरह पूरे कद के इन्सान थे। कभी हम भी स्वतन्त्र थे। इस घाटी में हरदम हमारी स्वतन्त्रता रहती थी। स्वतन्त्रता और शासन, न्याय और सत्यता का यहां पर राज्य था। इस घाटी में सारे मनुष्य एक-दूसरे की सहायता करते थे, एक-दूसरे की भलाई के लिए जीते थे। हमारी घाटी में हत्या, डाके, चोरी का नाम-निशान न था। इस घाटी की धरती बहुत उपजाऊ है। इसलिए प्रत्येक व्यक्ति को पेट-भर खाने को मिल जाता था... इसलिए कोई किसी को देखकर जलता न था...इसलिए हमारी सरकार के पास कोई फौज न थी, और फौज न थी इसलिए कोई हथियार भी न थे। पांच हजार वर्ष तक इसी प्रकार हमारे देशवासी खेतीवाड़ी करते रहे और आराम और चैन से रहते रहे।

"फिर ईश्वर की क्या इच्छा हुई कि हमारे देश में दो जानवर आए। एक अपने-आप को उकाब कहता था, दूसरा बाज। ये दोनों बड़े भयानक जानवर थे और हर समय लड़ते रहते थे। इससे पहले हमारी घाटी में किसीने बाज और उकाब को न देखा था, इसलिए हमने जरा बड़ी जाति के पक्षी समझकर इनके सामने अनाज डाला तो उन्होंने घृणा से मुंह फेर लिया और बोले, 'हम बाज-बच्चे हैं। हम अपना शिकार खुद करते हैं।' इसके बाद ये दोनों ऊपर उड़ गए आकाश में और चकरियां खाते रहे। अन्त में एक झपट्टा मारकर उकाब ने मनुष्य के एक

बच्चे को पंजे में उठा लिया, जिसे पैदा हुए अभी दो दिन हुए थे। उसे अपनी चोंच से नोच-नोचकर खा गया। बाज ने भी ऐसा ही किया। इनकी निर्भीकता, साहस और वीरता को देखकर हमारे नवयुवकों के दिलों पर बहुत असर हुआ और सारी जाति दो भागों में बंट गई। एक समूह उकाब की पूजा करने लगा, दूसरा बाज की। आपस में लड़ाई-झगड़े, रक्तपात बढ़ता गया। जमीनों पर, वृक्षों पर, खेतों पर, हवा और पानी पर झगड़े बढ़ते-बढ़ते भयानक जंगलों की शक्ल में बदल गए। पांच सहस्र वर्ष इसी वादी में लड़ाइयां होती रहीं। इस बीच में हम बराबर उकाब या बाज की पूजा करते रहे और इन्हें पवित्र जानवर मानते रहे। हम लड़ाई से गुलामों का रक्त और मांस इनकी भेंट करते रहे। उकाब और बाज इन्हें खा-खाकर फैलते गए। मोटे और भयानक होते गए। अन्त में एक दिन वह आ गया जब उकाब और बाज के वंश ने मनुष्य को नीचे दबा लिया। उस दिन से इस वादी में उकाब और बाज का राज है। ये लोग हमें पालते हैं और खाते हैं। मनुष्य जाति निर्बल होते-होते बालिश्तों से भी घटती जा रही है। हम लोग अब खेती-बाड़ी नहीं कर सकते, क्योंकि उकाब हमें आकर खेतों से अपनी चोंच में दबाकर खा जाते हैं। सारी वादी पर एक घना जंगल उग आया है और हम उसकी लम्बी-लम्बी घास में छिपकर अपनी जान बचाते फिरते हैं और कल सुबह नाश्ते पर मेरी बारी है।" बूढ़ा भय से रोने लगा। यह कथा सुनकर मोहिनी, नाज और पुतली का जी भर आया। वे भी रोने लगीं।

जुम्मी ने कहा, "मगर बाज का काम तो कबूतरों पर झपटना था..."

उर्फी बोला, "भई जब कबूतरों पर झपटने में मजा न रहे तो इंसानों की बारी आ जाती है और अगर मजा झपटने ही में है तो यह झपटना कबूतरों तक ही क्यों सीमित रहे?"

"तुम्हारी बुद्धिमानी बेमौके है यहां?" वह वृद्ध उर्फी से कहने लगा, "कल सुबह तुम भी उकाब के नाश्ते में होगे...।"

"दुआ कीजिए बड़े भाई!" जुम्मी बोला, "हम निर्बोध बच्चे हैं। हम तो एक छोटी-सी फाख्ता की खोज में आए हैं यहां और किसीका बुरा नहीं चाहते। इसलिए हमारा बुरा कोई क्यों चाहेगा?"

"और अगर कोई चाहे?" वृद्ध ने पूछा।

"तो वह अपने किए का दण्ड पाएगा।" जुम्मी ने बड़े ठोस लहजे में कहा और उसकी हाथों की उंगलियां फौलादी मुक्के में तन गईं।

बच्चों की वह रात न सोते में कटी न जागते में। कुछ अजीब-सी दशा थी।

इसपर जुम्मी ने सोच-सोचकर बच्चों को काम पर लगा दिया। जिस जेलखाने के कमरे में वे कैद थे, उसकी दीवारों पर बहुत-से रस्से लटके हुए थे, जिनसे कैदियों को बांधकर पीटा जाता था। जुम्मी ने ये सब रस्से दीवारों पर से उतरवा लिए और उन्हें जोड़कर एक लम्बा रस्सा तैयार कर लिया। जब यह रस्सा तैयार हो चुका तो जुम्मी ने हरएक से कहा कि वे बारी-बारी कुछ गज की दूरी छोड़कर इस रस्से को अपनी कमर के चारों ओर लपेट लें और गांठ लगा लें। रस्से के आरम्भ में ही सबसे पहले जुम्मी आया। उसके बाद नाज, फिर मोहिनी, फिर पुतली और सबसे अन्त में उर्फी। जब सब बच्चे बारी-बारी से एक ही रस्से में बंध गए, तो जुम्मी ने सबको आराम से सो जाने को कहा। मगर यहां नींद किसको आती थी! उकाब की तेज और जान-लेवा चोंच हर समय आंखों के आगे घूमती थी।

जब सुबह हुई और सूर्य उदय हुआ तो कारावास का दरवाजा खुला और बच्चों को वापस उसी लकड़ी की गाड़ी में सवार कराके उकाब के सामने एक बड़ी थाली में रख दिया गया।

उकाब ने हंसकर जुम्मी से पूछा, "रात कैसी कटी?"

जुम्मी ने बड़ी शान्ति से उत्तर दिया, "हम लोग बड़े आराम से सोए।"

उकाब ने हंसकर कहा, "अभी थोड़ी देर में आप हमेशा के लिए सो जाएंगे।"

"हम आपको शांति का संदेश देने आए हैं। आप बहुत बड़े उकाब हैं। यह आपको शोभा नहीं देता कि गरीब मनुष्यों पर अत्याचार करें।"

उकाब ने कहा, "जब एक बलवान् एक निर्बल पर प्रमुखता पाता है, तो इसमें किसी तरह के अत्याचार का प्रश्न नहीं उठता। संसार इसी प्रकार चलता है।"

जुम्मी ने कहा, "संसार दूसरे तरीके से भी चल सकता है और ज्यादा अच्छी तरह से चल सकता है।"

उकाब ने चोंच में जुम्मी को उठा लिया। जुम्मी के साथ-साथ दूसरे बच्चे भी रस्सी में बंधे हुए लटके नजर आए।

उकाब ने पूछा, "यह रस्सा क्यों बांध रखा है?"

जुम्मी ने कहा, "बस, यही सोचा कि जब तक जिएं साथ जिएं, जब मरें तो साथ मरें।"

उकाब ने चोंच से झटका दिया तो जुम्मी उसकी चोंच के अन्दर चला गया।

जुम्मी ने अन्दर जाते ही अपने दोनों लोहे के बाजु फैला दिए और दूसरे झटके में नाज और मोहिनी अन्दर आ गईं। तीसरे झटके में पुतली और उर्फी। अब सब बच्चे चोंच के अन्दर थे। परन्तु जुम्मी ने क्योंकि अपने लोहे के हाथ फैला रखे थे, इसलिए उकाब को बच्चों के निगलने में कष्ट महसूस हो रहा था। जुम्मी ने कहा, "जल्दी से मेरी बात सुन लो। उकाब की चोंच से बाहर हम उकाब का सामना नहीं कर सकते थे, परन्तु मुकाबला हम उकाब के अन्दर से ही कर सकते हैं।"

"वह कैसे?"

जुम्मी ने कहा, "उकाब हमें निगलने का पूरा प्रयत्न कर रहा है। इसकी चोंच की हड्डी लोहे की तरह कठोर है। इसने हमें अगर अपनी चोंच में दबाकर पीस दिया तो हम यहीं मर जाएंगे। इसलिए आप लोग मेरे पीछे-पीछे आइए। ज्योंही मैं अपना हाथ छोड़ दूंगा, उकाब अपनी चोंच चलाएगा। उसी क्षण हम लोग उसके पेट की नाली में कूद जाएंगे।"

'एक, दो, तीन' कहकर जुम्मी ने अपने हाथ छोड़ दिए और रस्से को जोर से झटककर पेट की नाली में कूद गया। रस्सी के झटके से नाज, मोहिनी, पुतली और उर्फी सब नाली में कूद गए।

कुछ क्षणों तक तो इन्हें ऐसा लगा जैसे वे किसी गुफा के अन्दर कुद गए हों। किसी गहरे कुएं में छलांग लगा गए हों। कुछ क्षणों तक तो उनके पांव कहीं न लगे। फिर उन्हें ऐसा लगा, जैसे वे किसी गहरी झील में गिर गए हों।

जुम्मी ने तैरते हुए कहा, "यह उकाब का पेट है। मैं इसे अपनी फौलादी उंगलियों से फाड़ देता हूं।"

"हाय, हाय!" उकाब चिल्लाया, "यह मेरे पेट में क्या हो रहा है?" मारे दर्द के वह लोट-पोट होने लगा।

पेट के अन्दर बच्चे ऊपर-नीचे होने लगे, परन्तु जुम्मी बड़े साहस से अपना काम करता रहा। पुतली भी तांबे की थी। बड़े साहस से उसका हाथ बंटाती रही। जुम्मी और पुतली ने मिलकर पेट को फाड़ दिया और उकाब के हृदय को अन्दर ही अन्दर से टुकड़े-टुकड़े कर डाले और उसके अन्दर मांस और झिल्लियों को चीरते हुए उकाब के शरीर से बाहर आ गए। उनकी आंखों के सामने उकाब तड़प-तड़पकर मर गया।

जुम्मी ने कहा, "हर निर्दयी ऊपर से बहुत कठोर दिखाई देता है, परन्तु अन्दर से बड़ा कमजोर होता है।"

फिर जुम्मी ने बाज से कहा, "क्या विचार है, आप हमें खाएंगे?"

बाज तो आश्चर्य से इस सारे दृश्य को देख रहा था, चुपचाप चोंच खोले जुम्मी की ओर देखता रह गया। जीवन में पहली बार उसकी आंखों में भय की चमक पैदा हुई। जब उसने अपने सम्राट् उकाब की लाश देखी तो उसने अपनी चोंच नीचे गिरा ली और बच्चों की ओर पीठ कर ली।

जुम्मी ने कहा, "नहीं, नहीं, आप हमें खा लें। हम हाजिर हैं।"

बाज ने अपने पर खोले और कहा, "अब मैं जाता हूं। अब मैं यहां कभी नहीं आऊंगा।"

यह कहकर वह हवा में उड़ गया और शीघ्र ही दृष्टि से ओझल हो गया।

सारी घाटी में उकाबों की पराजय का समाचार आग की तरह फैल गया। वनों में जहां-जहां मनुष्य छिपे बैठे थे, स्वतन्त्रता का नारा लगाते हुए बाहर निकल आए और उन बच्चों को धन्यवाद देने लगे। जेलखाने के दरवाजे खोल दिए गए और खेतों में, जहां वर्षों से गेहूं का दाना न बोया गया था, वहां फिर से हल चलने लगे।

वृद्ध ने जुम्मी और बच्चों को धन्यवाद देते हुए कहा, "गुलामी ने हमे बौना बना दिया था, परन्तु शीघ्र ही हम लोग फिर से मनुष्यों का कद पा लेंगे।"

सात दिन तक वादी में स्वतन्त्रता का उत्सव मनता रहा। सात दिन तक बच्चे इस घाटी के अतिथि रहे। सात दिन के बाद :

उर्फी ने उस वृद्ध से पूछा, "अब हमें आज्ञा दीजिए। हम तो यहां शांति की फाख्ता की खोज में आए थे। आपको मालूम है, वह कहां होगी? आपकी वादी में किसी ने उसे देखा है?"

वृद्ध ने कहा, "एक फाख्ता आई तो थी। उसका गीत खूबसूरत था और उदास था और जब हमने उसकी आवाज सुनी तो हमारी आंखों में आंसू आ गए और हमारे दिल में उस जमाने की तस्वीर आई जब हम आजाद थे। वह एक रात हमारे जेलखाने में भी आई थी, क्योंकि उसके लिए कहीं पर कोई दीवार नहीं है और कोई दरवाजा उसके लिए बन्द नहीं है। हमने रो-रोकर उससे रुक जाने के लिए कहा, परन्तु वह नहीं रुकी। उसने कहा कि तुम्हारी वादी में अत्याचार और युद्ध का राज है और जहां अत्याचार और गुलामी हो, वहां मैं नहीं रह सकती। इसलिए वह यहां नहीं रुकी और दक्षिण दिशा की ओर प्रस्थान कर गई।"

"दक्षिण दिशा की ओर कौन-सा देश है?" उर्फी ने पूछा।

"दक्षिण की ओर मत जाओ," वृद्ध ने घबराकर कहा, "दक्षिण में कहते हैं, जादूगरों का राज है जो हर बाहर से आने वाले को मन्त्र पढ़-कर पत्थर बना देते हैं। वहां जो गया, आज तक वापस नहीं आया।"

उर्फी ने कहा, "अगर फाख्ता उधर गई है तो हम भी जाएंगे। जिस काम के लिए घर से निकले हैं, उसे पूरा करके रहेंगे।"

जब बच्चे किसी तरह नहीं माने और बुद्ध के समझाने पर भी उन्होंने फाख्ता की तलाश में जादूगरों के देश में जाने की ठान ली तो उकाब घाटी के लोगों ने हमारी पृथ्वी के बच्चों को बहुत-बहुत धन्यवाद दिया जिन्होंने पृथ्वी से चांद में वहां के लोगों को गुलामी से छुटकारा दिलवाया था। उन्होंने अपने अतिथियों को अपनी रियासत की सीमा तक पहुंचाने के लिए सात घोड़ों वाले रथ तैयार किए और उनमें खाने का बहुत-सा सामान रखा और बच्चों को बहुत-से इनाम देकर अपने यहां से विदा किया।

रथ पांच दिन और पांच रात उकाब घाटी में से गुजरते रहे। अन्त में सीमा आ गई। सीमा पर आकर रथ रुक गए। यहां पर उकाब वादी समाप्त हो जाती थी और वादी के साथ-साथ लहलहाती हुई हरियाली भी। अब बच्चों के सामने उजाड़ रेगिस्तान थे, जिनका दूसरा सिरा नजर न आता था, परन्तु इस रेगिस्तान में मिट्टी की रेत न थी, चारों ओर, जिधर दृष्टि जाती थी, चांदी की रेत बिछी नजर आती थी। मोहिनी ने अपनी मुट्ठी में रेत लेकर सबको दिखाई और खुशी से चिल्लाकर बोली, "यह तो चांदी की रेत है। देखो!!"

उर्फी ने पूछा, "इस स्थान को क्या कहते हैं?"

वृद्ध सारथी ने कहा, "यह चन्द्रमा का रेगिस्तान है और जहां पर यह रेगिस्तान समाप्त होता है वहां से जादूगरों का देश आरंभ होता है।"

"इस रेगिस्तान को पार करने में कितने दिन लगेंगे?"

"सात रातों की यात्रा के बाद जादूगरों का देश आएगा। परन्तु जादूगरों के देश में हम लोग नहीं जा सकते और न ही वे लोग हमारी वादी में आ सकते हैं। हां, इन दोनों देशों के बीच में यह जो रेगिस्तान है, इसे खास-खास मौकों पर दोनों देशों के लोग व्यवहार में ला सकते हैं, परन्तु इसके आगे हम लोगों को अपने रथ के आगे का चांद का झण्डा लटकाना होगा और केवल रात में यात्रा करनी होगी।"

"सिर्फ रात में क्यों?" मोहिनी ने पूछा।

"क्योंकि रात में जादूगरों का जादू नहीं चलता। सिर्फ दिन में चलता है।"

सात रातों की यात्रा के बाद बच्चे जादूगरों के देश की सीमा पर पहुंच गए। अभी कुछ रात बाकी थी। सुबह हुई न थी। सामने जहां चन्द्रमा का रेगिस्तान समाप्त होता था, वहां पर एक बहुत बड़ा दरवाजा बना हुआ था जिसमें चमकदार शब्दों में लिखा था :

जादूगरों का देश

हमारे देश में प्रवेश करने के लिए नीचे लिखी हुई शर्तें ध्यान से पढ़िए :

1. बिना आज्ञा अन्दर आना मना है।
2. बिना आज्ञा अन्दर आने वालों को मक्खी बना दिया जाएगा।
3. माचिस की डिबिया या सिगरेट-लाइटर या ऐसी कोई वस्तु, जिससे आग जलती हो, वहीं कस्टम्ज पर जब्त कर ली जाएगी।
4. दिन में आप हर जगह घूम सकते हैं, परन्तु रात को पुलिस की हवालात में सोना होगा।
5. जितने दिन रहना हो, उतने दिन का खाना साथ लाइए।
6. प्रवेश करने के लिए किसी एक न एक जादू का जानना आवश्यक है। जादू न जानने वालों को कान घुमाकर खरगोश बना दिया जाएगा।
7. औरतों को जादू जानने की आवश्यकता नहीं है, क्योंकि हर औरत जादूगर होती है। इसलिए उनका प्रवेश फ्री है।

आज्ञानुसार सरदार आला देश जादूगरी

"आहा! मजा आ गया," मोहिनी आज्ञापत्र पढ़कर बोली, "हम औरतों के लिए कोई जादू जानने की आवश्यकता नहीं है। परन्तु तुम पुरुषों ने अगर कोई जादू न बताया, तो जादूगरों के देश में प्रवेश तक न कर सकोगे।"

"देखा जाएगा।" उर्फी क्रोध में बोला, "चलो, आगे बढ़ो!" उर्फी ने दरवाजे की ओर इशारा करते हुए कहा।

"ठहरो!"

बच्चों ने आश्चर्य से देखा। सामने एक साधु-शक्ल का व्यक्ति एक हाथ में भिक्षा का पात्र, दूसरे हाथ में मोतियों की माला लिए खड़ा था। उसकी दाढ़ी घुटनों तक आती थी और उसने चांदी के कपड़े का चोगा पहन रखा था और उसके पांव नंगे थे, परन्तु उसके पांव देखकर नाज के मुंह से आश्चर्य की एक चीख निकल गई, क्योंकि उस साधु के पांव नंगे थे परन्तु पत्थर के बने हुए थे।

"यह क्या माजरा है?" उर्फी आश्चर्य से साधु की ओर देखकर बोला।

"बेटा!" साधु ने उसे अपनी रामकहानी सुनाते हुए कहा, "सौ वर्ष का समय हुआ, जिस वन से तुम निकलकर आए हो, वहां एक लहलहाता हुआ हरा-भरा इलाका था। यहां दिन को सूर्य उदय होता है और रात को पृथ्वी! मैं उस इलाके का राजकुमार था। मेरा नाम माहे-तमाम है। एक रात को जब मैं अपनी बाईसवीं वर्षगांठ के उत्सव में सम्मिलित था, चारों ओर पृथ्वी पर हलका-हलका प्रकाश फैला हुआ था। मैंने एक नर्तकी को देखा। उसका नृत्य बहुत सुन्दर था और वह खुद भी बेहद खूबसूरत थी। वह चांद की रहने वाली मालूम होती थी। ऐसा मालूम होता था मानो वह पृथ्वी की परी हो।" साधु ने नाज और मोहिनी की ओर इशारा करके कहा, "वह औरत तुम लोगों की तरह बदसूरत न थी।"

"अजी जनाब," मोहिनी ने क्रोध में आकर कहा, "आप क्या कहते हैं? हम लोग पृथ्वी ही से आए हैं।"

"बिलकुल झूठ!" साधु ने और भी क्रोधित होकर कहा, "पृथ्वी पर तो परियां रहती हैं। हमारी दादी अम्मां बताया करती थीं।"

"और हमारी दादी अम्मां," नाज ने कड़ककर कहा, "हमें बताया करती थीं कि चांद पर परियां रहती हैं। बस, दूर के ढोल सुहावने मालूम होते हैं। चांद में आकर पता चल गया, यहां कैसी-कैसी परी की सन्तानें रहती हैं, जिनके पांव पत्थर के हैं और दाढ़ी घटनों तक लम्बी है।'

साधु उदास होकर बोला, "मेरी यह दशा तो इन कम्बख्त जादूगरों ने कर दी है।"

जुम्मी ने पूछा, "यह कैसे हुआ?"

साधु ने आह भरकर कहा, "मैं उस कम्बख्त नर्तकी को विवाह का सन्देश दे बैठा, मगर उसने इन्कार कर दिया। जब मैं बहुत गिड़गिड़ाया तो उसने कहा, 'मैं तुमसे विवाह तो कर लूंगी, मगर एक शर्त पर।'

"मैंने डरते-डरते पूछा, 'वह शर्त क्या है?'

"वह बोली, 'अगर तुम अपना देश जादूगरों के नाम लिख दो तो मैं तुमसे शादी कर लूंगी।"

"मैंने कहा, 'यह देश तो मेरा नहीं है, मेरी प्रजा का है। मैं उसे किसी के नाम कैसे कर सकता हूं?'

"फिर वह बोली, 'अच्छा, तो मुझे आज्ञा दो कि मैं तुम्हारी प्रजा को जादू के जोर से होशियार कर दूं।

"मैंने कहा, 'इसकी भी आज्ञा नहीं दे सकता। वे लोग अगर होशियार हो गए

तो मेरा राज चला जाएगा।'

"वह बोली, 'अच्छा, तू मुझे एक लाख डालर सोने के लाकर दहेज में दे।'

"मैंने कहा, 'मेरे देश में सिर्फ चांदी होती है। सोना कहां से लाऊं?'

"वह बोली, 'अच्छा, तू जो कहता है—मैं तुझसे सच्चा प्रेम करता हूं—तो तू मेरे लिए क्या कर सकता है?'

"मैंने कहा, 'मैं तेरे लिए रो सकता है।'

" 'और क्या कर सकता है?' वह जलकर बोली।

" 'और तुमसे प्रेम कर सकता हूं।' मैंने फिर उससे कहा।

"मेरी बात सुनकर वह कुछ सोचने लगी। फिर कहने लगी, 'क्या तू यही शब्द मेरे देश में चलके सबके सामने कह सकता है?"

"मैंने कहा, 'जरूर कह सकता हूं।"

"यह सुनकर वह मुस्कराई और उसने नाचना आरम्भ किया और नाचते-नाचते पीछे हटती गई और मैं उसके सुन्दर मुखड़े और उसके नाच में मदहोश होकर उसके साथ-साथ जादूगरों के देश में चला आया। मुझे पता भी नहीं चला कि मैं कहा हूं। परन्तु जब वह मुझे अपने देश में ले आई, तो अपने शहर के सबसे बड़े चौक में ले जाकर कहने लगी, 'अब यहां सबके सामने कह दे कि मैं तुमसे प्रेम करता हूं।"

"मैं इधर-उधर देखने लगा और यह देखकर मुझे बड़ा आश्चर्य हुआ कि जादूगरों के देश में एक से एक खूबसूरत लड़की मौजूद थी। हर युवती राजकुमारी बल्कि परी मालूम होती थी। क्योंकि वे जादू के जोर से बनाई होती हैं इसलिए बेहद सुन्दर होती हैं। यहां तक कि उनके सामने तो यह लड़की साधारण शक्ल-सूरत की मालूम होती थी। यहां आकर वह औरत बिलकुल मेरी नजरों से गिर गई। अब मेरा जी नहीं चाहता था कि मैं उस औरत से कहूं कि मैं तुमसे प्रेम करता हूं। वह बराबर आग्रह करती जा रही थी कि कहो मैं तुमसे प्रेम करता हूं, तथापि शर्माशर्मी में मैंने कह दिया, 'मैं तुमसे प्रेम करता हूं।' मेरा यह कहना था कि आकाश से आवाज आई, 'झूठे, मक्कार! छल करता है? हमारे देश की मासूम औरत को धोखा देता है! जा, तुझे पत्थर कर दिया और जितना तेरा प्रेम है, उतना ही तुझे पत्थर किया!"

"उसी समय से मेरे पांव पत्थर के हो चुके हैं। उस नर्तकी ने जब मेरी यह दशा देखी तो रोने लगी। बोली 'अफसोस, तुम्हारा प्रेम सच्चा न था, वरना मैं तुम्हें अपने घर ले जाती।

" 'वह कैसे?' " मैंने पूछा।

"वह बोली, 'अगर तुम्हारा प्रेम सच्चा होता तो तुम प्रेम शब्द बोलते ही सिर से पांव तक पत्थर के हो जाते और फिर मैं तुम्हें उठाकर अपने घर ले जाती और तुम्हें अपना पति मानकर दिन-रात तुम्हारी पूजा करती; परन्तु तुम बड़े झूठे निकले, तुम्हारे तो केवल पांव पत्थर के हुए हैं।'

" 'तो क्या तुम लोगों के पति बिलकूल पत्थर के होते हैं?' मैंने पूछा।

"वह बोली, 'यह उन लोगों के प्रेम और वफा पर निर्भर करता है। कुछ पति केवल घुटनों तक के पत्थर के होते हैं, कुछ कमर तक, कुछ सीने तक। जो बिलकुल सच्चे और वफादार होते हैं वे सिर से पांव तक पत्थर के बन जाते हैं। फिर हम उन्हें ताक में रखकर उनकी पूजा करते हैं।'

" 'अब तुम मुझे क्या सजा दोगी?' मैंने पूछा।

"नर्तकी ने ताली बजाकर दो जादूगरों को बुलाया और उनसे कहा कि मुझे दरवाजे के बाहर छोड़ आएं। मैंने उसे समझाने का बहुत प्रयत्न किया। समझाया-बुझाया कि पति पत्थर का नहीं, हाड़-मांस का अच्छा होता है; मगर वह बोली, 'नहीं, मुझे तो पत्थर का पति चाहिए जो बिलकुल मेरा ही, जिसे मैं ताक में बन्द कर सकं, जिसे मैं चौबीस घंटे अपने सामने रख सकें। तुम्हारे तो सिर्फ पांव पत्थर के हुए हैं। तुम्हें अपने घर ले जाऊंगी तो गली-मुहल्ले की औरतें मुझसे क्या कहेंगी?'

"तथापि उस दिन से मैं इस दरवाजे के बाहर पड़ा हूं और अपना दंड भोग रहा हूं। जादूगरों ने जादू के जोर से मेरे राज्य को वन में बदल दिया है और मुझसे क्योंकि चला नहीं जाता, इसलिए इस दरवाजे के बाहर खड़ा भीख मांगता हूं और जो लोग जादूगरों के देश में जाना चाहते हैं, उन्हें अन्दर जाने से मना करता हूं। सौ साल से मेरा यही काम है।"

"तुम्हें इस दंड से मुक्ति कैसे मिल सकती है?" जुम्मी ने उससे सहानुभूति दिखाते हुए पूछा।

"अगर कोई औरत, दुनिया की कोई औरत, विश्व की कोई औरत मेरे लिए रो दे और उसके दो आंसू मेरे पांवों पर पड़ें तो मेरे पत्थर के पांव फिर से ठीक हो जाएंगे और मैं चल-फिर सकूंगा।" यह कहकर साधु बड़ी दीनता से नाज और मोहिनी की ओर देखने लगा।

नाज क्रोध में बोली, "किस औरत को पड़ी है जो तुम्हारे ऐसे झूठे, मक्कार के लिए दो आंसू बहाए! चलो जी, अन्दर चलें।"

"तुम ठीक कहती हो।" मोहिनी ने नाज की हां में हां मिलाते हुए कहा।

"और मैं बेचारी तो तांबे की हूं।" पुतली बोली, "रो ही नहीं सकती। इसलिए मुझे तो क्षमा कीजिए।"

उर्फी ने कहा, "क्यों एक बूढ़े फकीर की जान को आ रही हो? चलो, अन्दर चलो!" यह कहकर उर्फी ने अपने हिस्से के भोजन में से थोड़ा-सा साधु के भिक्षा-पात्र में डाला और आगे बढ़ गया।

साधु उसे आशीर्वाद देकर बोला, "बच्चा, तू मुझे दिल का बहुत नेक मालूम होता है। मेरी एक सलाह मान ले। जादूगरों के देश में न जा। वहां की औरतें परियां होती हैं। तू जरूर पत्थर का बन जाएगा।"

उर्फी ने कहा, "आप फिक्र न करें साधु जी। आप की कथा सुनने के बाद मैं बिलकुल किसी धोखे में न आऊंगा।"

साधु अपनी जेब टटोलते हुए बोला, "जाता है तो जा, मगर मेरा एक तावीज लेता जा।"

साधु ने एक छोटा-सा कागज का तावीज उर्फी को दिया। उर्फी ने तावीज को अपनी जेब में रखकर पूछा, "बाबा, इसको इस्तेमाल करने का तरीका क्या है?"

साधु बोला, "बेटा, जब तू किसी संकट में फंस जावे, तो तू इस तावीज को जेब से निकालकर तीन बार चूमना। तीन बार चूमकर तीन बार उसे अपने माथे से लगा लेना, फिर अपने सिर पर सात जूते मारकर बोलना:

गुड़म बड़म बा, गुड़म बड़म बा
मेरी मदद को आ, मेरी मदद को आ

फिर देखना क्या होता है। मगर अपने सिर पर सात जूते मारना न भूलना।"

"बहुत अच्छा!" उर्फी ने तावीज लेकर अच्छी तरह से अपनी जेब में रख लिया और सब बच्चों को लेकर जादूगरों के देश में गया।

जादूगरों के देश में अन्दर जाते ही बच्चों को कस्टम चौकी पर रोक लिया गया और उनके सामान की तलाशी ली गई और माचिस की डिबिया जब्त कर ली गई। पूछने पर कस्टम आफिसर ने कुछ न बताया। मुस्कराकर कहने लगा, "अब आप लोग हमारे देश के अन्दर जा सकते हैं। मगर इससे पहले आपको जादू का तमाशा दिखाना होगा।"

"किस प्रकार का तमाशा?" जुम्मी ने पूछा।

"कोई भी जादू का खेल।"

"पहले तुम करके दिखाओ।" जुम्मी बोला।

कस्टम आफिसर ने जुम्मी के सिर पर हाथ फेरा। अब उसके हाथ में मुर्गी के तीन अंडे थे।

जुम्मी ने कस्टम आफिसर के सिर पर हाथ फेरा। अब उसके हाथ में रेडियो के बल्ब थे।

"यह क्या है?" कस्टम आफिसर ने पूछा।

जुम्मी बोला, "यह कांच के अंडे हैं।"

कस्टम आफिसर रेडियो-बल्ब को आश्चर्य से देखता रह गया। उसने जुम्मी से कहा, "तुम अन्दर जा सकते हो।"

अब उर्फी की बारी थी। कस्टम आफिसर ने फिर कहा, "जादू का तमाशा दिखाओ।"

"पहले तुम दिखाओ।" उर्फी ने उत्तर दिया।

कस्टम आफिसर ने मेज पर से एक कागज उठा लिया और कहा, "देखो यह सफेद कागज है न?"

"हां।"

कस्टम आफिसर ने कागज को दोहरा-तिहरा किया। उसे मुंह में डालकर निगल गया। फिर उर्फी से पूछा, "कहो—एक, दो, तीन, चार।"

उर्फी ने कहा, "एक, दो, तीन, चार।'

'चार' सुनते ही कस्टम आफिसर ने मुंह से कागज की एक लम्बी-सी नलकी निकाली, जिसका रंग बिलकुल लाल था। कस्टम आफिसर ने कहा, "देखा मेरा जादू! मुंह में डाला था सफेद कागज, निकाला लाल कागज।"

"यह कौन-सी बड़ी बात है?" उर्फी ने कहा, "अब मेरा जादू देखिए।" उसने अपने पानदान से एक पान का पत्ता निकालकर कहा, "यह पत्ता देखिए। इसका रंग कौन-सा है?"

"हरा है।"

उर्फी ने पान मुंह में डाला और कहा, "अब आप कहिए—एक, दो, तीन, चार।"

कस्टम आफिसर धीरे से कहने लगा, "एक, दो, तीन, चार।"

"एक बार फिर कहो।"

"एक, दो, तीन, चार।"

"वह रही पानी की धार!" उर्फी ने पानी की लाल पीक जोर से एक ओर

फेंकते हुए कहा, "देखा मेरा जादू? मुंह में डाला था हरा पत्ता,

निकाला सुर्ख पानी।"

कस्टम आफिसर ने आश्चर्य से पूछा, "आप लोग कहां से आए हैं?"

नाज बोली, "हम लोग पृथ्वी से आए हैं।"

कस्टम आफिसर बोला, "पृथ्वी से? सुना है वहां का जादू बड़ा जबरदस्त होता है। वे लोग, सुना है, हवा में उड़ सकते हैं, पानी पर चल सकते हैं।'

"ठीक है।" मोहिनी ने गर्व से जरा तनकर कहा।

"और सुना है, वहां के जादूगर ऐसे मकान बनाते हैं जिनमें आग का कोई असर नहीं होता।"

"हां, ईंटों के मकान होते हैं। तो क्या," नाज पूछने लगी, "तुम्हारे यहां मकान ईंटों के नहीं होते?"

"ईंट क्या होती है?" कस्टम आफिसर बोला, "हम तो नहीं जानते यह जादू। हमारे यहां मकान कागज के होते हैं।"

सचमुच अब जो बच्चों ने ध्यान से देखा तो कस्टम चौकी की इमारत सारी की सारी कागजों की बनी हुई थी। न केवल कस्टम चौकी, बल्कि जब जुम्मी ने कस्टम आफिसर को हाथ लगाया तो मालूम हुआ कि वह भी कागज का बना हुआ है। पुराने समाचारपत्रों को जोड़-जोड़कर बनाया गया था और जादू के बल पर बोलता था और चलता था। कस्टम चौकी से बाहर निकलकर जब उन्होंने शहर में कदम रखा तो वे अचम्भे में आ गए। सड़क कागज की थी, फुटपाथ कागज का था, पहरा देने वाला संतरी कागज का था और सड़क के दोनों ओर जो बड़ी-बड़ी बिल्डिंगें खड़ी थीं, वे भी कागज की थीं। दुकानों में जितना सामान रखा था, वह सब कागज का था। बच्चों के लिए खिलौने कागज के थे, सिपाहियों की बन्दूकें कागज की थीं, फल कागज के थे, मिठाइयां कागज की थी, बड़ी खूबसूरत और रंगीन मिठाइयां थीं, मगर सब कागज की थीं।

कस्टम चौकी में से बच्चों ने जादूगरों का देश देखने के लिए एक गाइड किराये पर ले लिया था। यह गाइड बेचारा बहुत गरीब था और बहुत ही फटे-पुराने अखबार के टुकड़ों को जोड़कर बनाया गया मालूम होता था। उसका रंग कहीं से पीला, कहीं से भूरा, कहीं से काला था और स्थान-स्थान से उसके शरीर का वारनिश उतर चुका था और समाचारपत्रों के शीर्षकों के चिह्न स्थान-स्थान पर स्पष्ट नजर आ रहे थे।

मोहिनी ने गाइड की उंगली पकड़कर कहा, "अच्छे गाइड जी, हमें सारा शहर दिखा दीजिए।" गाइड एकदम पीछे हट गया। चौंककर मोहिनी ने भी उसका हाथ छोड़ दिया।

गाइड की उंगली फुटपाथ पर गिर गई। गाइड ने जल्दी से उंगली फुटपाथ से उठा ली और कोट की जेब में से गोंददानी निकालकर गोंद से फिर अपनी उंगली को हाथ में चिपका दिया और बहाना करते हुए बोला, "माफ करना, मैं बहुत पुराने अखबार का बना हुआ हूं। 'सादिक-उल-अखबार' जो आज से अस्सी वर्ष पहले मोची गेट, लाहौर से निकलता था। इसलिए हाथ लगाते ही झर-झर करके गिरने लगता हूं। मुझे हाथ मत लगाइए।"

जुम्मी ने कहा, "यह क्या माजरा है? यहां हर चीज कागज की बनी हुई है और कागज भी अखबारी मालूम होता है।"

गाइड ने एक आह भरकर कहा, "महिलाओ तथा भद्र पुरुषो! गंभीर दर्शकगण तथा अच्छी प्रकृति के श्रोतागण! यह कथा बहुत पुराने जमाने की है। आज से कई सौ साल पहले जब चीनी जादूगरों ने कागज का आविष्कार किया, उस समय की बात है कि इस संसार को चीनी जादूगरों ने आकर पहले-पहल बसाया था। उन लोगों को क्योंकि कागज से प्रेम था, इसलिए उन्होंने यहां आकर हर चीज कागज की बना डाली। होते-होते यहां संसार-भर के अखबारी जादूगर आने लगे और बसने लगे। अब तो यह दशा है कि संसार में जहां कहीं भी कोई अखबार छपता है, उसका जादूगर यहां पहुंच जाता है। संसार के अखबारों में जितनी झूठी-सच्ची खबरें पहुंचती हैं, जितने युद्ध होते हैं, जितने झगड़े होते हैं, देशों और जातियों के बीच जितने झगड़े होते हैं, यहीं के जादूगरों के द्वारासंसार के अखबारों में छपते हैं। यहां के जादूगरों का कोई और काम न हीं है, सिवाय इसके कि लोगों में, देशों में, जातियों में लड़ाई कराते रहें। अखबार यहां लोगों का ओढ़ना-बिछौना है। ये लोग अखबार खाते हैं, अखबार पर सोते हैं, अखबार पर लिखते हैं, अखबार पढ़ते हैं, अखबार पीते हैं, और जिस दिन संसार में कोई अखबार बन्द होता है, यहां पर किसी न किसी जादूगर की मृत्यु होती है। फिर हम लोग उन अखबारों की या किताब की सारी जिल्दें और फाइलें यहां मंगा लेते हैं और जादू के जोर से उनको मनुष्य बना डालते हैं या उनसे दूसरी वस्तुएं बना डालते हैं। आप अक्सर आश्चर्य करते होंगे कि अभी-अभी मेज पर यहां अखबार रखा था, वह किधर गया। यहां शैल्फ पर किताब रखी थी, कहां गायब हो गई,

कि 'खिलौना' रिसाले की फाइल थी, किधर खो गई। आपको मालूम भी नहीं होता और कुछ मिनट में जादू के जोर से वे सारी किताबें, कापियां, पत्रिकाएं और अखबार हमारे संसार में पहुंच जाते हैं।"

नाज ने बड़े अनुराग से पूछा, "तो क्या 'खिलौना' रिसाले से बनाए गए मनुष्य यहां हैं?"

"क्यों नहीं!"

"जरा हमें वहां ले चलिए।"

गाइड ने उसी समय हाथ के इशारे से बाजार से गुजरनेवाले तीन-चार खाली रिक्शा रोक लिए। ये रिक्शा भी कागज के बने हुए थे और उनके चलाने वाले भी कागज ही के थे। सबसे पहले रिक्शे में जुम्मी लपककर सवार हुआ, परन्तु सवार होते ही रिक्शा धड़ से जमीन पर बैठ गया और रिक्शा चलाने वाले के मुंह से चीख निकली और उसके भी दो टकड़े हो गए। इतने में बहुत-से कागजी लोगों की वहां भीड़ इकट्ठी हो गई और लोग चीखने-चिल्लाने लगे और हमारे बच्चों को घूंसे दिखाने लगे।

जुम्मी ने मुक्का तानके कहा, "मैं लोहे का बना हुआ हूं। मुझे घूंसा मत दिखाओ। सारी जादूगरी निकालकर फेंक दूंगा कागजी पहलवानों!"

मगर लोग और भी शोर मचाने लगे। बच्चे चारों ओर से घिर गए। इतने में पुलिस का संतरी भी वहीं पर पहुंच गया। उसने पूछा, "क्या हुआ!"

"एक्सीडेण्ट हो गया। यह रिक्शे वाला मर गया और इसका रिक्शा भी टूट गया। पृथ्वी से ये कुछ यात्री आए हैं। यह सब इनकी बदमाशी है।"

"बाहर से सैर करने के लिए आए हैं। यहां आकर हेकड़ी जमाते हैं?"

भीड़ में कुछ लोग जोर-जोर से चिल्लाने लगे :

"पृथ्वी मुर्दाबाद!"

"जादूस्थान जिन्दाबाद!"

"पृथ्वी मुर्दाबाद!"

संतरी ने लोगों को हटाया। रिक्शे का और गाइड का नम्बर नोट किया और एक पर्चा फाड़कर गाइड के हाथ में थमा दिया और कहा, "आज रात के दस बजे इन लोगों को राजकुमारी के हुजूर में पेश करो।"

गाइड ने कहा, "बहुत अच्छा!" और फिर बच्चों को लेकर पैदल ही चल पड़ा।

गाइड का ले जाना बच्चों को एक सात मंजिल की बिल्डिंग में और भेंट करना 'खिलौना' पत्रिका के बने हुए बच्चों से; मियां फौलादी से, कागजी टार्जन से, टुल्लू मियां से और पिलपिली साहब इत्यादि से ◆ ◆ ◆

यह बिल्डिंग बहुत बड़ी थी। एक के ऊपर दूसरी सात तो इसकी मंजिलें थीं और कई सौ कमरे थे इसमें और संसार में जितने समाचारपत्र और पत्रिकाएं बच्चों के लिए छपते हैं, इन सबसे बने हुए कागजी बच्चे यहां पर मौजूद थे। मोहिनी और नाज के आग्रह पर गाइड उन्हें सबसे पहले पूर्व की मंजिल में तीसरे कमरे में ले गया। यह एक बहुत बड़ा कमरा था, और क्योंकि जादू का कमरा था इसलिए जितना छोटा उतना बड़ा हो जाता था। यहां हजारों कागजी बच्चे खेल रहे थे और शोर मचा रहे थे। एक कोने में खूबसूरत मेज के सामने दस-बारह वर्ष का लड़का अचकन पहने बड़ी ही गंभीरता से बैठा कुछ पढ़ रहा था। मोहिनी ने झुककर देखा, पत्रिका 'खिलौना' थी और वह सितारों की सैर पढ़ रहा था।

गाइड ने बच्चों का परिचय कराया। वह लड़का पृथ्वी के बच्चों से मिलकर बहुत प्रसन्न हुआ।

फिर उसने हाथ के इशारे से बताते हुए कहा, "इस हाल में जितने बच्चे हैं, वे सबके सब भारत और पाकिस्तान के बच्चों की पत्रिकाओं से बनाए गए हैं। न केवल बच्चे बल्कि इन पत्रिकाओं के चरित्र भी यहां उपस्थित हैं। वह देखिए फौलादी मियां।"

जुम्मी ने एक कोने में देखा, सचमुच मियां फौलादी ही थे और 'खलौना' को पढ़ने में खोए हुए थे।

"वह देखिए टुल्लू मियां और पिलपिली साहब।"

"अरे, सचमुच यह तो बिलकुल वही हैं!" मोहिनी प्रसन्नता से चिल्लाके बोली, "और भाईजान' पढ़ रहे हैं।"

"वह देखिए कटुयामा," कागजी लड़के ने दिखाया, "वह रहा, उल्लू-चिड़ियों की अलिफ-लैला पढ़ रहा है। वह 'हमदर्द नौनिहाल बच्चा'। चालाक खरगोश कागज से बनाया है। वह बच्चा 'पराग' के कागजों से बना है, वह बच्चा 'चन्दा मामा' की जादूगरी की कहानी पढ़ रहा है और खुद भी चन्दा मामा के कागजों से बना है।"

सचमुच यह अद्भुत संसार था। यहां हर जाति, हर देश, हर भाषा के बच्चों

की पत्रिकाओं के बच्चे मौजूद थे और इन पत्रिकाओं की कथाओं के जितने प्रसिद्ध चरित्र बच्चों को पसन्द थे, वे सबके सब यहां भिन्न-भिन्न कमरों में एकत्र थे। यहां पर बच्चों ने कागजी टार्जन को देखा जो हूबहू पृथ्वी के टार्जन की तरह था और बिलकुल उसी की तरह चलता था। जादूगरों के बच्चे उस टार्जन से बहुत भय खाते थे और वह भी उन पर बेकार धौंस जमाता था। जब पृथ्वी के बच्चे उसे देखने के लिए आए, तो उसने उनकी ओर कोई ध्यान न दिया और उठकर नमस्कार तक न किया। वह इस समय एक कागज के पेड़ पर बैठा हुआ 'कामिक' पढ़ रहा था।

नाज बोली, "टार्जन साहब, जरा नीचे उतर आइए। हम आपकी सूरत तो देखें।"

"बो हो!" टार्जन जोर से चिल्लाया, "मुझे फुर्सत नहीं!" और फिर 'कामिक' पढ़ने में तन्मय हो गया।

"देखिए!" उर्फी ने हंसकर जुम्मी की ओर इशारा करके कहा, "लंगूरों का बादशाह आपके साथ लड़ाई करने के लिए आया है।'

"ओ हो!" टार्जन ने कामिक की किताब जोर से नीचे जुम्मी पर फेंक दी। फिर वह कागज के रस्से पर झूलता हुआ छलांगता हुआ नीचे उतरा और आते ही उसने जुम्मी को एक घूंसा दिया। जुम्मी वहीं खड़ा-खड़ा हंसता रहा।

टार्जन ने ध्यान से अपने हाथ की ओर देखा। उसका हाथ टूट गया था। टार्जन ने अब के बायें हाथ से दूसरा धूंसा जुम्मी के मुंह पर दिया। जुम्मी ने मुंह खोल दिया। अब के टार्जन का अखबारी हाथ जुम्मी के मुंह में फंसा रह गया। जब टार्जन अलग हुआ तो जुम्मी बड़े मजे से टार्जन का हाथ अपने मुंह में चबा रहा था।

टार्जन ने आश्चर्य से कहा, "यह क्या जादू है! इस छोटे-से लड़के ने मुझ टार्जन को हरा दिया है, जिसे इस संसार में कोई हरा ही नहीं सका!"

गाइड बोला, "मियां टार्जन, होश में रहो। यह इन बच्चों के दिल की बहादुरी है जो तुम्हें इतना बहादुर बनाते हैं, वरना तुम हो क्या? अब आराम से बैठो। जब अगले माह की पत्रिका आएगी तब तुम्हें नये हाथ मिलेंगे।"

इतना कहकर गाइड बच्चों को उस बिल्डिंग से बाहर ले गया और बोला, "आइए, अब आपको शहर के दूसरे भागों की सैर कराऊं।"

जब गाइड बच्चों को लेकर बाहर सड़क पर आया तो उसने रास्ते पर शाही गार्ड के आगे फौजी को पाया। फौजी ने कहा, "राजकुमारी जी ने आप लोगों को

फौरन बुलाया है। चलिए।"

जुम्मी ने कहा, "और हम न चलें तो?"

नाज बोली, "चलो, चलेंगे! कागजी देश की राजकुमारी देखने को तो मिलेगी।"

कागज का यह महल, जहां राजकुमारी रहती थी, बहुत सुन्दर था। बस, ऐसा ही था जैसे परियों की कहानियों की पुस्तक के किसी चित्र में दिखाया जाता है। पाइन-बाग में कागज के फूल थे, कागज के फव्वारे, महल का सारा सामान कागज का था। खुद राजकुमारी इतनी सुन्दर थी कि ऐसा लगता था कि अभी-अभी किसी तस्वीरों वाली पुस्तक से फाड़कर यहां लाई गई है।

राजकुमारी ने पूछा, "तुम लोग यहां क्यों आए हो?"

राजकुमारी ने फिर कहा, "कागज के शहर में पृथ्वी के बच्चों का रहना खतरे से खाली नहीं है। इसलिए हम तुम्हें अपने देश से बाहर करते हैं।"

जुम्मी बोला, "हम तो अपनी चिड़िया लेकर जाएंगे।"

राजकुमारी बोली, "चिड़िया यहां नहीं है। वह तो उलटा देश गई है। तुम लोग वहीं जाओ।"

मोहिनी बोली, "राजकुमारी, हम लोग उलटा देश कैसे जाएंगे? अपना राकेट जहाज तो हम बहुत पीछे छोड़ आए हैं।"

राजकुमारी ने कहा, "तुम्हारे जाने का प्रबन्ध में किये देती हूं।" राजकुमारी ने इतना कहकर ताली बजाई। उसी समय एक कागजी जादूगर हाजिर हुआ। राजकुमारी ने आज्ञा दी कि इन लोगों को इसी समय उल्टा देश पहुंचा दिया जाए।

जादूगर ने बच्चों को जादू के एक कागजी कालीन पर बिठाया और मन्त्र पढ़कर कालीन को हवा में उड़ने के लिए कहा। कालीन उसी समय हवा में उड़ने लगा। ऊपर होते-होते बहुत दूर हवा में उड़ने लगा। उसकी चाल बहुत तेज थी। पलक झपकते ही वे लोग हजारों मील की दूरी तय कर गए। फिर धीरे-धीरे कालीन नीचे उतरने लगा। थोड़ी देर के बाद वे लोग उलटा देश के सबसे बड़े शहर के चौक में खड़े थे। जादूगर ने फिर मन्त्र पढ़ा और बच्चों से विदा होकर उसी कालीन पर चढ़कर अपने देश लौट गया।

उलटा देश की हर बात उलटी थी। बच्चों ने देखा कि यहां पर जो लोग पैदल चल रहे थे, वे सिर के बल चलते थे, मोटरें पीछे से आगे चलने के बजाय आगे से

पीछे जा रही थीं। स्कूलों में नक्शे उलटे लटके हुए थे। मास्टर सिर के बल खड़ा होकर पढ़ा रहा था और बच्चे किताब को उलटा रखके पढ़ते थे। मोहिनी ने एक बच्चे से पूछा, "ऐसा क्यों होता है?"

लड़के ने उत्तर दिया, "इस तरह से पाठ अच्छी तरह याद हो जाता है।"

मोहिनी ने नाज से कहा, "तभी मैं कहती थी कि मुझे पाठ याद क्यों नहीं होता है। आज मालूम हुआ कि हमारी पृथ्वी पर पढ़ने-पढ़ाने के प्रबन्ध में अवश्य कोई गलती है।'

बच्चे ने मोहिनी से पूछा, "तुम लोग कैसे पढ़ते हो?"

मोहिनी ने कहा, "हम लोग तो किताब को सीधी रखकर पढ़ते हैं।"

"फिर क्या खाक पाठ याद होता होगा!" बच्चे ने बेहद घृणा से हंसकर कहा और अपने क्लासरूम में चला गया।

अस्पतालों में भी बच्चों ने एक उलटी बात देखी। यहां रोगियों को कुनीन की बीमारी होती थी और उन्हें ठीक करने के लिए मलेरिया के मच्छरों से कटवाया जाता था। कुछ रोगी पेंसिलीन के रोग से पीड़ित थे और उन्हें ठीक करने के लिए उन्हें दही-बड़े की चाट खिलाई जाती थी जिससे उनका गला खराब हो। यहां कब्ज दूर करने के लिए पेचिश के कीटाणुओं के टीके लगते थे।

एक रोगी डाक्टर के पास खड़ा शिकायत कर रहा था, "साहब, मुझे बहुत कष्ट है। बेहद बीमार हूं।"

"तुम्हें क्या कष्ट है?" डाक्टर ने पूछा।

"मुझे छः वर्ष से बुखार ही नहीं होता। अब मैं क्या करूं, इस तरह तो मैं मर जाऊंगा।"

"परन्तु यह तो बिलकुल स्वस्थ दिखाई देता है।" नाज ने डाक्टर से कहा।

डॉक्टर ने कहा, "यही तो भयंकर बात है। इस मनुष्य को छः वर्ष से अच्छे स्वास्थ्य का रोग है।"

डाक्टर ने उस रोगी की नब्ज देखकर कम्पाउंडर से कहा, "रोग-मिक्सचर दे दो। एक सौ चार डिग्री वाला।"

"इससे क्या होगा डाक्टर साहब?" जुम्मी ने पूछा।

डाक्टर बोला, "इस दवा से इसे एक सौ चार डिग्री बुखार होगा और यह रोगी ठीक हो जाएगा।" फिर वह डाक्टर पृथ्वी के बच्चों को देखकर बोला, "मगर आप लोग उलटे क्यों खड़े हैं, सीधे क्यों नहीं खड़े होते सभ्य मनुष्यों की

तरह?"

नाज बोली, "डाक्टर साहब, हम लोग इसी तरह अपनी पृथ्वी पर चलते हैं।"

डाक्टर ने बेहद दुःख प्रकट किया और कहा, "यह बहुत बड़ा रोग है। मेरे विचार में तो मुझे आपका आपरेशन करना पड़ेगा।"

डाक्टर ने उसी समय अस्पताल के आठ-दस अर्दलियों को बुलाकर आज्ञा दी कि बच्चों को पड़ककर आपरेशन-रूम की ओर भेजा जाए। अर्दली इन बच्चों की ओर बढ़े। नाज बहुत चीखी-चिल्लाई, मोहिनी भी डर गई। इस समय पर जुम्मी और उर्फी और पुतली ने बड़ी वीरता से काम किया और चूंकि सारे अर्दली उलटा होकर बच्चों को पकड़ने का प्रयत्न कर रहे थे, इस कारण बच्चों ने शीघ्र ही मैदान जीत लिया और अस्पताल से निकल भागे। अस्पताल से निकलकर उन लोगों ने एक क्षण के लिए शांति की सांस ली थी कि इतने में पुलिस की सीटियां बजने लगी और मोटरें बच्चों को पकड़ने के लिए भागने लगीं। मगर क्योंकि मोटरें आगे से पीछे भाग रही थीं इसलिए उनके और भागते हुए बच्चों के बीच की दूरी कम होने के बजाय बढ़ती गई। भागते-भागते बच्चे शहर से बाहर निकल आए और एक खेत के किनारे बैठकर सुस्ताने लगे।

यहां बच्चों ने एक अद्भुत दृश्य देखा। जितने खेत थे, सब उलटे बोए हुए थे। पौधों की जड़ें भी ऊपर हवा में लटक रही थीं और फसल के गुच्छे धरती पर झुके हुए थे। जो हाल फसल के पौधों का था, वही हाल वृक्षों का था। जड़ें ऊपर हवा में थीं और फल-फूल जमीन पर झुके हुए थे। बच्चे आश्चर्य से इस दृश्य को देख ही रहे थे कि इतने में एक शेर दौड़ता हुआ आया और घबराकर एक वृक्ष की जड़ पर चढ़ गया। पहले तो बच्चे शेर को देखकर बहुत घबराए, परन्तु उन्होंने खुद शेर को घबराते और कांपते हुए देखा तो उससे पूछने लगे, "शेर, इतने परेशान क्यों हो?"

"तुम्हें मालूम नहीं है? एक बकरी मेरे पीछे-पीछे आ रही है। वह मुझे खा जाएगी।"

"बकरी शेर को खा जाएगी?" नाज ने कहकहा लगाया, "ऐसा भला कभी हो सकता है?"

"हमारे देश में यही होता है।" शेर ने रोते हुए कहा, "यहां की बकरियां बड़ी निर्दयी होती हैं। शेरों को खा जाती हैं।"

अभी शेर डर के मारे रो ही रहा था कि इतने एक बिल्ली कहीं से दौड़ती हुई आई और उसी वृक्ष की जड़ पर चढ़ गई। वह भी बेहद घबराई हुई थी और 'म्याऊं-म्याऊं' कर रही थी।

"तुम्हें क्या कष्ट है मौसी बिल्ली?"

"चूहा!" बिल्ली ने डरकर कहा, "एक बड़ा मोटा-सा चूहा मुझे खा जाना चाहता है। वह देखो।"

बच्चों ने पलटकर देखा तो जमीन पर एक चूहा अपने सफेद-सफेद दांत निकाले हुए ललचाई हुई दृष्टि से बिल्ली को देख रहा था और उसके पास एक मोटी-ताजी बकरी बार-बार अपने पांव धरती पर पटककर मानो शेर को कह रही थी, नीचे आओ तो तुम्हें कच्चा खा जाऊंगी।

बच्चे इस दृश्य को देखकर आश्चर्य में रह गए और अभी वे यह सोच ही रहे थे कि यह कैसा उल्टा देश है, जहां की हर बात निराली है कि उन्हें एक वृद्ध सड़क पर आता हुआ मिला, जो एक नन्हे लड़के को उंगली से लगाये चला आ रहा था।

उर्फी ने उन दोनों को ध्यान से देखकर पूछा, "बड़े मियां! यह तुम्हारा बेटा है?"

बूढ़े ने कहा, "नहीं, मैं इसका बेटा हूं।"

मारे आश्चर्य के उर्फी का मुंह खुले का खुला रह गया। यह बूढ़ा क्या बक रहा था; मगर बूढ़े के साथ जो नन्हा लड़का चला आ रहा था, उसने बच्चों को समझाया :

"हमारे देश में सब बूढ़े पैदा होते हैं। जब वे पैदा होते हैं, उनके चेहरे पर सफेद दाढ़ी होती है और उनके मुंह में दांत नहीं होते, फिर धीरे-धीरे आयु के हिसाब से बूढ़े अधेड़ हो जाते हैं। अधेड़ उम्र के बाद वे जवान होते हैं। जवानी से निकलकर वे लड़के हो जाते हैं। लड़कों से बच्चे बन जाते हैं और धीरे-धीरे उनकी आयु घटती जाती है और उनका कद भी घटता जाता है और एक दिन यह आ जाता है, जब वे केवल एक दिन का बच्चा होकर रह जाते हैं और उसके बाद मर जाते हैं। हमारे यहां सब लोग एक सौ वर्ष के पैदा होते हैं और एक दिन का बच्चा होकर मर जाते हैं।" .

नाज ने बड़े आश्चर्य से उलटा देश के बच्चे को देखकर पूछा, "और तुम्हारी आयु अब क्या है?"

छोटे बच्चे ने उत्तर दिया, "अब मैं पचानबे वर्ष का हूं।"

"और यह तुम्हारा बाप?... ओफ-ओ, मेरा मतलब है तुम्हारा बेटा?'

लड़के ने वृद्ध की ओर इशारा करके कहा, "यह मेरा बच्चा अभी बहुत छोटा है। इसकी आयु अभी केवल सात वर्ष की है।"

"भागो! भागो!" जुम्मी और उर्फी ने लड़कियों से कहा, 'भागो इस उलटा देश से। वह हमारी चिड़िया तो यहां एक दिन भी नहीं रह सकती। कहीं और चलके उसे ढूंढेंगे।"

"ठहरो," बच्चे ने कहा, "तुम लोग हमारे अतिथि हो। खाना तो खाते जाओ।"

"तुम लोग खाना कैसे खाते हो भला?" उर्फी ने पूछा।

बच्चे ने खेतों की ओर रुख करके कहा, "इधर देखो, खेतों में क्या उगा है?"

यह गेहूं का एक उलटा खेत था। जड़ें हवा में थीं और गुच्छों पर गेहूं की सुनहरी-सुनहरी रोटियां लगी थीं।

उलटा देश का बच्चा बोला :

"हमारे खेतों में रोटियां उगती हैं। हम उन्हें पौधों से तोड़कर चक्की में पीस देते हैं, इससे जो आटा होता है उसे कारखाने में बेच देते हैं।"

"कारखाने में क्यों बेच देते हैं? रोटियां तोड़कर क्यों नहीं खा लेते?"

"मालूम होता है, तुम पृथ्वी के लोग बहुत जाहिल हो! आज से दो सौ साल पहले हमारे देश के लोग भी तुम्हारी तरह वहशी और असभ्य थे। वे पौधों से कच्ची रोटियां तोड़कर खा जाया करते थे। मगर अब हमने बहुत उन्नति कर ली है। हमने खाने-पकाने के कारखाने बनाए हैं, जहां इन रोटियों को पीसकर आटे की शक्ल में ढाल लिया जाता है। फिर उसमें पानी मिलाकर इन्हें गूंध लिया जाता है। फिर उन्हें गर्माई पहुंचाकर सुखा लिया जाता है। फिर उन्हें खास मशीनों में डालकर उस आटे से गेहूं के दाने तैयार किए जाते हैं।"

"रोटी से गेहूं का दाना! यह तो बिलकुल उलटी बात है। हमारे यहां तो गेहूं के दाने से रोटी तैयार की जाती है।"

"मूर्ख! हमेशा रोटी से गेहूं का दाना तैयार होता है।" वह बोला।

"हमारे यहां शेर बकरी को खाता है।" नाज ने कहा।

उलटा देश का बच्चा हंसकर बोला, "क्या उलटा देश है तुम्हारा?

कल को तुम कहोगे—चूहा बिल्ली को नहीं, बिल्ली चूहे को खा जाती है।"

"बिलकुल ऐसा ही होता है। हमारी पृथ्वी पर बिल्ली चूहे को खा जाती है।"

"भागो! भागो!!" जुम्मी ने परेशान होकर कहा, "हम इस उलटा देश में हरगिज न रहेंगे।"

उलटा देश का बच्चा जोर-जोर से हंसने लगा। पृथ्वी के बच्चे डरकर उलटा देश से भाग निकले। भागते-भागते वे लोग कई खेतों और जंगलों को पार कर गए। अन्त में वे एक ऐसे स्थान पर पहुंचे जहां चारों ओर रेत ही रेत थी और रेत के ऐन बीच में कोई एक सौ गज के घेरे में एक बड़ी-सी चांदी की तश्तरी के पास पहुंच गए। तश्तरी के बाहर एक जीना लगा था। बच्चे पहले तो बड़े आश्चर्य से इस तश्तरी जैसी चीज को देखते रहे, फिर जीना चढ़कर तश्तरी पर चढ़ गए। तश्तरी के ठीक बीच में प्लास्टिक का एक हैंडल लगा था जो अन्दर से प्रकाशमान था। जुम्मी ध्यान से इस हैंडल को देखने लगा। इतने में उसने क्या देखा कि दूर वन में नदी के किनारे से रेत के बगूले-से उड़ने लगे और दो मानव रूपी पशु, जिनकी ऊंचाई पचास फुट से कम न होगी और जो देखने में बिलकुल देव मालूम होते थे, भागते हुए तश्तरी की ओर बढ़ रहे थे।

"बाप रे!" मोहिनी डरकर बोली, "ये देव तो हमें कच्चा खा जाएंगे।"

जुम्मी ने इधर-उधर देखा। बचने की कोई राह दिखाई न दी। देव पास आते जा रहे थे और उनके बड़े-बड़े मुंह खुले हुए थे और उनके बड़े-बड़े दांत हाथियों के दांतों से भी अधिक बड़े थे और भयानक दिखाई दे रहे थे। दोनों देव बच्चों को देखकर जोर-जोर से चिल्लाने लगे, और जोर-जोर से भागने लगे। अकस्मात् जुम्मी ने जोर-जोर से प्लास्टिक के हैंडल को घुमाया और उसी समय जू की आवाज करती हुई चांदी की तश्तरी ऊपर वातावरण में उड़ गई। बच्चों को एक धक्का-सा लगा, मगर फिर वे एकदम संभल गए। उड़नतश्तरी के अन्दर से आवाज आई :

"खबरदार! होशियार!! जहाज चांद को छोड़ रहा है और मंगल ग्रह की ओर बढ़ रहा है।"

"खबरदार! होशियार!! हैंडल को बायें से दायें और दायें से बायें फिर घुमाओ और तीन बार कहो—चख! चख चख!"

जुम्मी ने आवाज के कहे अनुसार हैंडल घुमाया और बच्चों ने तीन बार 'चख! चख!! चख!!!' कहा। 'चख-चख-चख' की आवाज पर उड़नतश्तरी का एक

भाग नीचे गिर गया और बच्चे उड़नतश्तरी के अन्दर जा गिरे।

पृथ्वी के बच्चे उड़नतश्तरी के अन्दर थे और उड़नतश्तरी दो लाख मील प्रति घंटे की चाल से मंगल ग्रह की ओर उड़ी जा रही थी।

मिलना बच्चों का उड़नतश्तरी के पाइलेट से और फिर पहुंच जाना जहाज का मंगल ग्रह पर और हृदय को भाने वालावर्णन मंगल ग्रह के दृश्यों और बर्फ के जिन्नों का

दो घंटे उड़ने के पश्चात् उड़नतश्तरी एक ऐसे प्रदेश में पहुंची जहां जरा नीचे देखने से चारों ओर नीला पानी ठाठें मारता हुआ दिखाई दे रहा था। मोहिनी प्रसन्नता से ताली बजाती हुई बोली-"अहा-हा! पानी! पानी!!"

"कोई समुद्र मालूम होता है।" उर्फी ने कहा।

जुम्मी, जो बहुत दूर तक देख सकता था, बोला, "समुद्र नहीं है। एक बहुत बड़ी झील है और उसके बीच में एक टापू भी है।"

"और क्या नजर आता है?" मोहिनी ने पूछा।

"अब इतनी दूर से और कुछ नजर नहीं आता है। किन्तु टापू का रंग हरा है। इससे ज्ञात होता है कि हरियाली तो अवश्य होगी।"

"तो उड़नतश्तरी नीचे ले आओ।"

जब वे उड़नतश्तरी को और नीचे ले गए तो ज्ञात हुआ कि झील के गहरे पानी के मध्य एक सुन्दर-सा टापू है, जहां सुन्दर वृक्ष लहरा रहे हैं और उन वृक्षों के मध्य विशाल क्षेत्र है। फूलों के बड़े-बड़े बाग हैं। कितने-कितने खुले मैदान बने हुए हैं। कहीं-कहीं पर छोटी-छोटी पहाड़ियों पर छोटे-छोटे लुभावने गांव बसे हुए हैं। झील के चारों तरफ एक किलानुमा ऊंची दीवार बनी हुई है, जिसके चारों खूंटों पर चार बड़े-बड़े द्वार-से हैं, झीलके अन्दर छोटी-छोटी नावें तट से बंधी खड़ी हैं। कुछ नावें झील की सतह पर तैर रही हैं और उनमें छोटे-छोटे जुम्मी, उर्फी, नाज, मोहिनी और पुतली की आयु के बच्चे पिकनिक कर रहें हैं। बाजे बजा रहे हैं। धुन पर डांस कर रहे हैं। बड़ा सुन्दर दृश्य है!

मोहिनी इस दृश्य को देखकर कह उठी, "हम तो इस टापू पर जाएंगे। उड़नतश्तरी नीचे उतारो। जल्दी से नीचे उतारो।"

जुम्मी ने उड़नतश्तरी का मुख हवा में ही टापू की ओर फेर दिया। ज्योंही

उड़नतश्तरी का मुख हवा में टापू की ओर किया, तो वह झील के पानी पर उड़ान करने लगी। चारों ओर खतरे की घंटियां बजने लगीं—टन्...न्...न्... न्! बहुत बड़ी नावें, जो एक क्षण पहले तट के किनारे खड़ी थीं, पानी से उड़कर हवा में उड़नतश्तरी के चारों ओर तैरने लगीं और उन नावों से आवाजें आने लगीं, "टापू की तरफ मत जाओ! टापू की तरफ मत जाओ!! पहले कस्टम्स के गेट पर जाओ। वापस ले जाओ अपनी उड़नतश्तरी......!"

आवाजें ऐसी मधुर और लुभावनी थीं, स्वर इतना सरल और सभ्य था कि बच्चों ने फौरन अपनी उड़नतश्तरी का मुख वापस एक गेट की ओर मोड़ दिया। दूसरे क्षण जुम्मी ने उड़नतश्तरी को एक बड़े गेट के सामने उतार दिया। अन्दर वाले गेट की मेहराब पर सोने के शब्दों में लिखा हुआ था, "घृणाहीन देश। स्वागतम्।"

बच्चे खुशी-खुशी आगे बढ़े। मेहराब के अन्दर जब पहुंचे, तो चारों ओर से पन्द्रह-बीस बच्चों ने गीत गाते हुए उनका स्वागत किया। अब इतने पास आने पर देखा कि उन बच्चों का रग विचित्र-सा था। उन सब बच्चों का रंग हरा था जैसे हरे पत्तों का होता है और उनके दांत बसन्ती रंग के थे और उनकी आंखें बनफ्शी रंग की थीं और वे लाल रंग के चोगे पहने हुए थे। हरे रंग के एक बच्चे ने आगे बढ़कर उर्फी से पूछा, "श्रीमान्! कहां से पधारे हैं?"

"धरती से!"

"क्या भ्रमण करने का इरादा है?"

"जी हां।"

"तो सबसे पहले उस चौकी पर अपना नाम और पता लिखवाइए, जहां पर आपकी तलाशी ली जाएगी।"

सब बच्चों ने अपना-अपना पता लिख दिया, किन्तु जब तलाशी की बारी आई तो धरती के बच्चे यह देखकर हैरान हुए कि एक हरे रंग का बच्चा आया और उसने सबको सूंघना शुरू किया। पहले उसने उर्फी को सूंघा और दूसरे बच्चे से बोला—"यह तो ठीक है। इसके पास से घृणा की बू नहीं आती है।"

"यह भी ठीक है।" उस हरे रंग के बच्चे ने नाज को सूंघते हुए कहा।

मोहिनी गुस्से से चिल्लाई, "मूर्ख, सूंघते क्यों हो? तलाशी लो, तलाशी लेनी है तो। जानवरों की तरह सूंघते क्यों हो?"

"यह बहुत शैतान और नटखट है।" हरे रंग के बच्चे ने दूसरे दो हरे रंग के

बच्चों से कहा, "इसे हमारी झील में दो गोते दो।"

शीघ्र दो बच्चों ने मोहिनी को पकड़ लिया। मोहिनी ने कुछ हुज्जत की, किन्तु उन दोनों बच्चों ने उसे पानी में धकेल दिया। दो-तीन गोते खाने के बाद मोहिनी फिर किनारे पर आ गई। उसे फिर उन बच्चों ने सूंघा। बोले, "अब इसके दिल में घृणा नहीं है।"

जुम्मी बोला, "यह क्या तमाशा है?"

हरे रंग के एक बच्चे ने बताया, "..... यह घृणाहीन टापू है। यहां पर केवल वे ही लोग आ सकते हैं या रह सकते हैं, जिनके दिलों में घृणा न हो। दूसरे लोगों को हम अन्दर घुसने की आज्ञा नहीं देते।"

"और जिस बेचारे के दिल में घृणा हो, वह क्या करे?"

"उसे हम अपनी झील के पानी में गोते देते हैं। यदि उसके दिल में साधारण प्रकार की घृणा होती है तो वह इस पानी से धुल जाती है। फिर हम उसे इस टापू पर आने की आज्ञा दे देते हैं, और यदि घृणा नहीं धुलती, तो उसे नहीं आने देते।"

बच्चों को इस टापू के इस कानून पर बड़ा आश्चर्य हुआ, किन्तु वे चुप रहे। अच्छा हुआ कि हमारे किसी बच्चे में उन लोगों ने कोई घृणा न पाई। इसलिए उन लोगों को जल्दी टापू पर आने की आज्ञा मिल गई।

ज्योंही हरे रंग के बच्चों को मालूम हुआ कि धरती से आने वाले बच्चे उचित प्रकार के बच्चे हैं, तो वे लोग बारी-बारी से उनके हाथ चूमने लगे। उनके चारों ओर खड़े होकर गीत गाने लगे और नाचने लगे। नाच समाप्त होने के बाद वे लोग उन्हें एक नाव में सवार करके टापू पर ले गए।

टापू पर पहुंचकर तट के किनारे नावें खोलकर उन लोगों ने जुम्मी, उर्फी, नाज, पुतली और मोहिनी को स्वतन्त्र छोड़ दिया। "अब आप जा सकते हैं।" एक हरे रंग का बच्चा बोला।

"कहां?"

"जहां आपका जी चाहे। इस सारे टापू पर आपके लिए कोई रोक-टोक नहीं है।"

बच्चे बड़े हैरान हुए, यह किस तरह का टापू है! और सीधे-सीधे एक पगडंडी पर चल पड़े, जिसके दोनों और लुभावने फूल खिले हुए थे। यह पगडंडी एक मनमोहक और लुभावनी घाटी के किनारे से लगी-लगी आगे जा रही थी। फूल ऐसे महकते हुए और लुभावने थे कि मोहिनी से रहा न गया। उसने एक फूल तोड़कर

अपने बालों में लगा लिया। फूल लगाकर जब वह एकदम आगे बढ़ी तो पीछे से आवाज आई, "तुमने मेरा धन्यवाद नहीं किया!"

मोहिनी ने हैरान होकर पीछे देखा। किन्तु वहां उसे कोई बच्चा नजर नहीं आया। परेशान होकर वह एक कदम आगे बढ़ी, तो फिर आवाज आई, "मेरा धन्यवाद न करोगी?"

मोहिनी वहां रुक गई। पीछे मुड़कर देखा तो फूलों का पौधा बोल रहा था, कह रहा था, "हमारे यहां परिपाटी है कि यदि तुम किसी से कुछ लेते हो तो उसका धन्यवाद करो।"

"धन्यवाद!" मोहिनी ने बेहद आश्चर्य से कहा, "अजीब जगह है! यहां फूल भी बोलते हैं और धन्यवाद मांगते हैं! अजीब तरह का टापू है यह!"

जुम्मी बोला, "मुझे तो इस टापू की यह बात पसन्द आई।"

बच्चे आगे बढ़ गए। कुछ समय चलने के बाद उन्हें रास्ते में एक घने पेड़ के नीचे एक सुन्दर रेस्तरां नजर आया, जहां तरह-तरह की चाकलेट, टाफियां और फूल वगैरह रखे थे। एक ओर रंगारंग शर्बतों की सुराहियां थीं, दूसरी ओर बर्फ में लगी हुई सोडावाटर की बोतलें थीं। छोटी-छोटी मेज-कुर्सियों पर बैठे हुए बच्चे शर्बत पी रहे थे या आइसक्रीम खा रहे थे, चाकलेट खा रहे थे और एक-दूसरे से हंसी-मजाक में व्यस्त थे।

इस सुन्दर रेस्तरां को देखकर और हरे रंग के बच्चे को खाता देखकर हमारे बच्चों को भी जोर की भूख अनुभव होने लगी। वे लोग रेस्तरां के काउंटर की तरफ बढ़ गए जहां पर हरे रंग की प्लेटें रखी हुई थीं और एक तरफ हरे रंग का एक लड़का भी खड़ा अपने बसन्ती दांतों से उनकी तरफ देखकर मुस्करा रहा था। "स्वागत है!..." वह बड़ी मीठी आवाज में बोला।

मोहिनी बोली, "हमें भूख लगी है।"

वह हरे रंग का लड़का बोला, "सब कुछ उपस्थित है। जो जी चाहे खा लो।"

तरह-तरह की चाकलेटें, मिठाइयां और टाफियों से बच्चों ने अपनी जेबें भर लीं। सुराहियों में से उड़ेलकर मीठे-मीठे शर्बत पिए और खूब तृप्त होकर जब चलने लगे तो वही हरे रंग का लड़का बोला—"बिल तो आपने चुकाया ही नहीं है?"

"जो कुछ हमने लिया है, उसकी कीमत क्या होगी?" जुम्मी ने पूछा!

वह हरे रंग का लड़का बोला, "पचास चुम्बन!"

"पचास चुम्बन!" नाज आश्चर्य से चीखकर बोली, "यह किस तरह का बिल है?"

हमारे यहां इसी तरह चीजों की कीमत वसूल की जाती है। हर चीज के लिए अलग-अलग चुम्बनों की संख्या नियत होती है। जो चीज लो, उसके उतने ही चुम्बन देने पड़ते हैं। उदाहरण के लिए आपने पचीस टाफियां ली हैं, आपको पचास चुम्बन देने पड़ेंगे। हमारे यहां एक टाफी की कीमत दो चुम्बन है।"

"दो चुम्बन में दोगे!" नाज आश्चर्य से बोली।

हरे रंग का लड़का बोला, "हां, आपको दो चुम्बन, मेरी नाक पर देने पड़ेंगे।"

"मैं तो तुम्हारी पकौड़ी-सी नाक पर एक चुम्बन भी न दूं!" नाज क्रोध से बोली और आगे को चलने लगी। दूसरे बच्चे भी उसी के साथ आगे को रास्ते पर रवाना हुए, किन्तु यह देखकर बड़ा आश्चर्य हुआ कि हरे रंग के बच्चे ने किसी प्रकार का एतराज नहीं किया, किन्तु जब वे कुछ कदम आगे बढ़े अपने रास्ते पर, अचानक सामने के रास्ते पर बड़ी-बड़ी कांटेदार झाड़ियां उग आईं और देखते ही देखते रास्ता बन्द कर दिया।

बच्चे इन झाड़ियों से बचकर जिधर जाने लगते, उधर ही वे झाड़ियां प्रकट हो जाती। वे दाईं तरफ मुड़ते तो झाड़ियां उसी तरफ उनका रास्ता रोक लेतीं। बाईं तरफ मुड़ते तो झाड़ियां बाईं तरफ खड़ी हो जातीं। फिर-फिर वे झाड़ियां धीरे-धीरे इन बच्चों की तरफ आगे बढ़ने लगीं। यह देखकर बच्चे आश्चर्य से चीखकर पीछे हटे और पीछे हटते-हटते वापस रेस्तरां के काउंटर पर पहुंचे, जहां वही हरे रंग का बच्चा उनकी तरफ देखकर मुस्करा रहा था। उसने बड़े मधुर स्वर में कहा, "मेरी नाक पर चुम्बन दे दो। मैं तुमसे पहले ही कहता था।"

जल्दी-जल्दी पचास चुम्बन उसकी नाक पर दिए गए और पचासवें चुम्बन पर ज्योंही बच्चों ने रास्ते की तरफ देखा तो उन्हें मालूम हुआ कि रास्ते की हर कांटेदार झाड़ी गायब हो चुकी है और पहले जहां पर कांटेदार झाड़ियां थीं, वहां पर अब केवल फूल ही फूल हैं।

"यह कैसा देश है?" मोहिनी रुआंसी होकर बोली।

जुम्मी ने हंसकर कहा, "मुझे तो उनकी यह सजा भी पसन्द आई।"

बच्चे आगे बढ़ते गए। पगडंडी घाटियों में से गुजरती चली जा रही थी और समाप्त होने का नाम न लेती थी; न ही अभी तक रास्ते में कोई गांव नजर आया था।

कहीं-कहीं पर अलबत्ता खेत नजर आते थे, जहां छोटे-छोटे बच्चे मशीन चलाते हुए काम कर रहे थे।

अन्त में जब बच्चे चलते-चलते बिलकुल थक गए तो एक खेत के किनारे बैठ गए। इस खेत के किनारे एक बच्चा मक्के के भुने हुए भुट्टे बेच रहा था।

उर्फी ने पूछा, "एक भुट्टा कितने पैसे का है?"

"चार चुम्बन।" वह बच्चा धीरे से बोला। उसकी नाक बहुत बड़ी थी। दूर से बिलकुल गोभी का फूल मालूम होती थी।

"मैं एक चुम्बन दूंगी।" मोहिनी शरारत से बोली।

"मैं तुमसे दस चुम्बन लूंगा।"

"यह क्यों?"

"हमारे यहां का दस्तूर है, जो भाव-ताव करता है, उससे अधिक रकम वसूल की जाती है। चुनांचे शेष बच्चों को चार चुंम्बन के बदले में एक भुट्टा मिला, किन्तु मोहिनी को एक भुट्टे के बदले दस चुंम्बन उस कुरूप बच्चे को गोभी के फूल-सी बड़ी नाक पर देने पड़े। इस पर सब बच्चों ने मिलकर खूब मजाक बनाया। भुट्टे खाकर उर्फी ने पूछा, "यहां कोई मोटरगाड़ी नहीं है?"

"नहीं।"

"कोई तांगा?"

"नहीं।"

"कोई रिक्शा?"

"नहीं।"

"तो फिर क्या पैदल चलना पड़ेगा इस सड़क पर?"

"सभी चलते हैं।"

"और थकते नहीं?"

"नहीं।"

"यहां से पहला गांव कितनी दूर है?"

"कोई सौ मील दूर होगा।"

"सौ मील! बाप रे!" नाज गुस्से से बोली।

"सौ मील पैदल कैसे चला जाएगा?"

"बहुत आसान तरकीब है।" भट्टे बेचने वाले लड़के ने कहा। कुछ रुककर फिर आगे बोला, "आप आगे मोड़ पर पहुंचकर एक मील का पत्थर देखेंगे। वहां

पर तमाम गांवों के नाम और दूरियां लिखी हुई हैं। जिस गांव जाना हो, उसके नीचे का बटन दबा दीजिए। बस, सब ठीक हो जाएगा।"

"ठीक क्या हो जाएगा? क्या कोई हेलीकोप्टर हमें उड़ाकर ले जाएगा?" जुम्मी ने पूछा।

"आप बटन दबाकर तो देखें।" भुट्टे बेचने वाले ने मुस्कराकर कहा।

आगे मोड़ पर पहुंचकर बच्चों ने देखा कि पगडंडी के किनारे टेलीविजन के सेट की तरह एक शफ्फाक मील का पत्थर लगा है, हमारा गांव—सौ मील; प्यारा गांव—ढाई सौ मील; दुलारा गांव—तीन सौ मील; राजधानी—पांच सौ मील।

जुम्मी ने पूछा, "बोलो बहनो-भाइयो! कहां का बटन दबाऊं?"

"कहीं बटन दबाते ही कांटेदार छुरियां तो न आ जाएंगी?" मोहिनी सशंकित होकर बोली।

"अजीब टापू है यह। मेरे ख्याल में तो सीधे राजधानी चलना चाहिए। मुझे तो सख्त भूख लगी है। मुझे तो कहीं रोटी नजर नहीं आई।"

जुम्मी ने राजधानी का बटन दबाया। कुछ भी नहीं हुआ।

जुम्मी ने फिर बटन दबाया। फिर भी कुछ नहीं हुआ।

"मेरे ख्याल में वह मजाक करता था लौंडा।"

"नहीं, मजाक नहीं है।" मील के पत्थर के ढांचे से आवाज आई, "आपने मेरा शुक्रिया तो अदा ही नहीं किया है और यहां अदायगी के बिना कोई काम नहीं होता।"

"शुक्रिया, शुक्रिया और शुक्रिया। सौ बार शुक्रिया।" पुतली जल्दी से बोली। और सड़क के अन्दर से धूं-धूं की आवाज आने लगी, जैसे पहिये तेज गति से धरती के नीचे चल रहे हों।

अचानक सड़क सौ मील प्रति घंटे की गति से दौड़ने लगी। बच्चे गिरते-गिरते बचे।

"हाय! यह तो सड़क चल रही है!!" नाज बड़े आश्चर्य से बोली।

असल में अब सड़क तेज गति से घाटी पर चढ़ रही थी, जैसे हरी घास पर तेजी से कोई चाकू से रेखा खींचता चला जाए।

"क्या अजीब टापू है!" उर्फी बोला, "यहां की सड़कें चलती हैं। जब जी चाहे स्वयं पैदल चलो। जब थक जाओ तो बटन दबाकर सड़क को चला लो।"

"मुझे पसन्द है।" जुम्मी ने प्रशंसा करते हुए कहा, "मुझे यह टापू बहुत पसन्द आ रहा है।"

अगले पांच घंटे में सड़क ने पांच सौ मील तय करके हमारे बच्चों को टापू की राजधानी में पहुंचा दिया।

टापू की राजधानी छोटी-छोटी पहाड़ियों के एक लम्बे सिलसिले पर बसी हुई थी और नगर की एक फैले हुए माडर्न गांव से मिलती-जुलती थी। छोटे-छोटे मनमोहक घर पहाड़ियों, टीलों, घाटियों और वादियों में एक-दूसरे से दूर-दूर बसे हुए थे। हर घर के चारों तरफ एक चौड़ा बगीचा और बच्चों के खेलने के लिए एक छोटा-सा मैदान था। नगर की तमाम सड़कें और पगडंडियां स्वयमेव चलती थीं और भिन्न-भिन्न चौकों पर आकर स्वयं ही रुक जातीं, जहां उन्हें बारी-बारी से आगे बढ़ने का रास्ता मिलता था। बच्चे नगर के एक बड़े चौक पर आकर रुक गए, जहां पांच सड़कें आकर मिलती थीं। उनकी समझ में कुछ नहीं आया कि अब वे किधर जाएं। कुछ क्षण उन्होंने इधर-उधर देखकर पास की सड़क पर खड़े हुए एक बच्चे को देखा, जो उनसे विरुद्ध दिशा की ओर जा रहा था। यह बच्चा धरती के बच्चों को देखकर मुस्कराया और हिन्दुस्तानी में बात करते हुए बोला, "फरमाइए, आपको कहां जाना है?"

उस बच्चे को धरती से लाखों मील दूर, यहां हिन्दुस्तानी में बातचीत करते देखकर जुम्मी, उर्फी और दूसरे बच्चों को बड़ा आश्चर्य हुआ। अन्त में नाज से न रहा गया। उत्सुकता से उसकी ओर देखते हुए बोली :

"तुमने हमारी भाषा कैसे सीखी?"

"अपनी बहन से।"

"तुम्हारी बहिन ने कहां से सीखी?"

"वह तुम्हारे देश से सीखकर आई है।"

"तुम्हारी बहिन हमारे देश गई थी!" मोहिनी चीखकर बोली, "झूठ बोलते हो तुम!"

"नहीं, बिलकुल सच कहता हूं।" वह लड़का स्वाभिमान से बोला।

"किधर है तुम्हारी बहिन? दिखाओ हमें।" मोहिनी ने चैलेंज करते हुए उससे कहा।

"अच्छा। मेरी सड़क पर आ जाओ। फिर तुम्हें वहां ले चलता हूं।"

दूसरे क्षण, वे सब लोग अपनी सड़क छोड़कर उस दूसरी सड़क पर आ गए,

जहां वह बच्चा खड़ा था। उस समय दूसरी सड़क चलने लगी और वे लोग भी उस हिन्दुस्तानी बोलने वाले लड़के के साथ-साथ चलने लगे।

मोहिनी ने पूछा, "तुम्हारा नाम क्या है?"

"बिल्लू।" बच्चे ने उत्तर दिया।

नाज ने पूछा, "और तुम कितनी भाषाएं जानते हो?

"दस।"

"दस भाषाएं!" जुम्मी ने आश्चर्य से पूछा, "इस छोटी-सी आयु में तुमने दस भाषाएं कैसे सीख ली?"

"मेरी बहिन ने सिखाई हैं। मेरी बहिन इस संसार की सारी भाषाएं जानती है।" बिल्लू ने मुस्कराते हुए उत्तर दिया।

"फिर भी इस छोटी-सी आयु में इतनी भाषाएं सीख लेना बहुत कठिन है।" उर्फी ने कहा, "क्या तुम्हारी बहिन किसी स्कूल में पढ़ाती है?"

बिल्लू मुस्कराकर बोला, "नहीं, वह किसी स्कूल में नहीं पढ़ाती, क्योंकि हमारे यहां स्कूल नहीं होते।"

"स्कूल नहीं होते!" नाज आश्चर्य से बोली, "तो फिर तुम लोग पढ़ते कैसे हो?"

"तकिये से।" बिल्लू ने उत्तर दिया।

"तकिये से कैसे?" मोहिनी की समझ में कुछ न आया।

बिल्लू ने उत्तर दिया, "मेरे घर चलो। फिर सब कुछ बताऊंगा।"

वे लोग बड़ी बेचैनी से बिल्लू के घर की प्रतीक्षा करने लगे। बिल्लू उन्हें भिन्न-भिन्न सड़कों पर घुमाता हुआ, नगर के भिन्न-भिन्न दृश्य दिखाता हुआ एक ऊंची पगडंडी पर ले गया, जो राजधानी की सबसे ऊंची पहाड़ी पर थी, जिसकी चोटी पर एक बहुत सुन्दर घर बना हुआ था।

वह घर बिलकुल ऑटोमेटिक था। घर के दरवाजे पांवों की आहट पाते स्वयं ही खुल जाते थे और फिर अपने-आप ही बन्द हो जाते थे। रोशनी का प्रबन्ध ऑटोमेटिक था। ज्यों-ज्यों दिन का प्रकाश कम होता था, कमरों के अन्दर का प्रकाश अपने-आप बढ़ने लगता था। न कोई बल्ब था, न कहीं पर बिजली के तार नजर आते थे। केवल सोते समय अंधेरा करने के लिए स्विच दबाना पड़ता था। अंधेरा करने के लिए भिन्न-भिन्न स्विच थे; कम अंधेरा, अधिक अंधेरा, बिलकुल अंधेरा।

बिल्लू बच्चों को एक बड़े ड्राइंग रूम में ले गया और उन्हें ले जाकर उसने एक बड़ी मेज के चारों तरफ बिठा दिया। फिर उसने बारी-बारी से प्रत्येक से पूछा, "आप

क्या पिएंगे?"

जुम्मी बोला, "पेट्रोल।"

पुतली बोली, "मैं तो बिजली में भुने हुए मोती खाती हूं।"

नाज बोली, "मुझे संतरे का रस चाहिए।"

मोहिनी बोली, "मुझे पाइन-एपल का जूस पिला दो।"

उर्फी ने कहा, "मैं आम का रस पीऊंगा।"

बिल्लू ने मेज के गिर्द तीन-चार बटन दबाते हुए कहा, "बाकी चीजें तो अभी आ जाएंगी किन्तु पेट्रोल और मोतियों के आने में समय लगेगा।"

"क्यों?" जुम्मी बोला।

"हमारे यहां पेट्रोल कोई नहीं पीता।" बिल्लू बोला, "तुमने देखा होगा, हमारे देश में एक भी मोटरगाड़ी नहीं है।"

"क्यों नहीं है?" मोहिनी ने पूछा।

"इसलिए कि मोटरों के चलने से बहुत एक्सीडेंट होते थे और बहुत-से लोग मर जाते थे। इसलिए हमने मोटरों को छोड़कर सड़कों को चलाना आरम्भ कर दिया। अब एक एक्सीडेंट नहीं होता।"

"वास्तव में मोटर चलाना बेहद दकियानूसी मालूम होता है।" पुतली बोली, "आज तक किसीने इस ओर ध्यान ही नहीं दिया कि बजाय मोटर गाड़ी के चलती हुई सड़कें बना दी जाएं, जिस प्रकार धरती के लिए एक्सेलरेटर बनाए जाते हैं, तो यात्रा करना कितना आसान और सुरक्षित हो जाए?"

"तुम्हारा नगर बड़ा विचित्र है।" उर्फी बोला, "हमने तुम्हारे नगर में कोई बाजार भी नहीं देखा।"

"बाजार की क्या आवश्यकता है?" बिल्लू बोला, "हमारे यहां बटन दबाने से घर में हर चीज अपने-आप आ जाती है।"

"कहां से आ जाती है?"

"हमारे यहां नगर के नीचे बड़े-बड़े कारखाने और डिपार्टमेंटल स्टोर्स हैं। वहां से सब चीजें आती हैं।"

"कारखानों में क्या तैयार होता है?"

"खाने-पीने की चीजें, कपड़ा, इमारत का सामान, सिनेमा की पुस्तकें।"

"सिनेमा की पुस्तकें?" मोहिनी ने पूछा, "तुम्हारा मतलब एक आने वाली गानों की पुस्तकों से होगा, जो हमारे देश में मिलती हैं।"

"नहीं। ये पुस्तकें होती हैं। इन्हें पढ़ने के बजाय देखा जाता है।"

यह कहकर बिल्लू ने मेज पर लगा एक बटन दबाया। बटन दबाते ही दूसरे कमरे से चलकर एक ट्राली उसके पास पहुंच गई, जिसपर एक पुस्तक रखी थी। पुस्तक खोलते ही सिनेमा चालू हो गया। यह पूस्तक अपने-आप बोलती और दिखाती चली जाती थी। बच्चे उस पुस्तक को देखकर बड़े हैरान हुए।

बिल्लू ने कहा, "हमारे यहां हर विषय पर सिनेमा की पुस्तक मिलेगी। उससे घर बैठे ही सब कुछ याद हो जाता है और जो सिनेमा की पुस्तक से याद न हो सके, उसे तकिये से याद कराया जाता है।"

"तकिये से, किस तरह?" मोहिनी ने फिर से पूछा।

अब इतने में मेज पर सबके लिए पीने की चीजें, मेज के अन्दर से निकलकर हरएक के सामने पहुंच चुकी थीं। पुतली के लिए बिजली से चार्ज किए हुए मोती और जुम्मी का पेट्रोल भी उपस्थित था।

बिल्लू ने कहा, "आप लोग पी लीजिए। इसके बाद थोड़ी देर के लिए आराम कर लीजिए तो मैं आपको अपनी बड़ी बहिन के घर ले चलूंगा।"

"तुम्हारी बड़ी बहिन कहां रहती है?"

"वह बाहर बाग में रहती है।" बिल्लू बोला, "किन्तु आप पहले आराम करके तरो-ताजा हो जाएं, फिर मैं उससे आपकी भेंट का समय ले लूंगा। मेरी बहिन बेहद व्यस्त रहती है। इस कारण जो समय वह बताएगी, उसी समय पर उसकी सेवा में चलना होगा।"

शर्बत वगैरह पीकर बिल्लू अपने मेहमानों को आराम करने के अलग-अलग कमरों में ले गया। बिस्तर पर लेटते ही और तकिये पर सिर रखते ही, बच्चों को मीठे-मीठे गीत सुनाई देने लगे और उन्हें नींद आने लगी। कुछ ही मिनटों में वे सो गए।

बिल्लू उन्हें देखकर मुस्कराता रहा और जब वे लोग गहरी नींद में सो गए तो उसने हरएक के तकिये के पास जाकर एक स्विच दबाया और धीरे से कहा, "इन्हें सोते में हमारी टापू की भाषा सिखा दीजिए।"

दो घंटे के बाद जब धरती के बच्चे उठे तो उन्हें यह देखकर बड़ा आश्चर्य हुआ कि अब वे सब बड़ी आसानी से बिल्लू के साथ हिन्दुस्तानी भाषा में नहीं, बल्कि उसके अपने टापू की भाषा में बातचीत कर रहे हैं।

"यह कैसे हुआ?" उर्फी ने अचम्भे से पूछा।

"हमारे वैज्ञानिकों ने ज्ञात किया है," बिल्लू बोला, "कि यदि सोते में,

स्वप्नावस्था में बच्चों के मस्तिष्क में कोई बात डाल दी जाए तो वह बड़ी आसानी से मस्तिष्क में बैठ जाती है और कभी भुलाई नहीं जा सकती। इसलिए हमने सिखाने-पढ़ाने का यह नया तरीका खोज निकाला है। जो कुछ सिखाना होता है, उसे बिजली के कोड में ढालकर उस तकिये के अन्दर लगा देते हैं। सोते समय मनुष्य के मस्तिष्क में वह सारा ज्ञान अपने-आप ही बैठ जाता है। इस तरह से दो घंटे में एक भाषा सीखी जा सकती है।"

"कमाल है!" नाज की आंखें आश्चर्य से खुलने लगीं।

बिल्लू बोला, "इस तरीके से हमारे बच्चे छोटी-सी आयु में बहुत-सी भाषाएं और ज्ञान सीख जाते हैं। इस टापू के लड़के बहुत पढ़े-लिखे और होशियार हैं। हर आदमी अपनी मर्जी के अनुसार छ-सात काम स्वयं ही सीख लेता है और आठ वर्ष की आयु तक उसे इतना ज्ञान प्राप्त हो जाता है, जितना धरती के लोगों को पचास वर्ष में भी प्राप्त नहीं होता।"

उर्फी ने बात का रुख बदलते हुए कहा, "तुम लोग दिन में कितने घंटे काम करते हो?"

बिल्लू बोला, "समय की कोई कैद नहीं है। यह आदमी की अपनी मर्जी पर निर्भर है। चाहे तो बारह घंटे काम करे, चाहे तो बारह मिनट भी नहीं।"

"भला यह कैसे हो सकता है?" उर्फी बोला, "यदि सब लोग केवल बारह मिनट ही काम करें, तो इस टापू में जीवित रहना कठिन हो जाए।"

"नहीं।" बिल्लू ने मुस्कराकर कहा, "हमने ऐसा प्रबन्ध कर लिया है कि कम काम करने से टापू के जीवन में किसी प्रकार का व्यवधान न आए।"

"वह कैसे?"

बिल्लू बोला, "इस टापू के निवासियों को खाने के लिए जितना भोजन चाहिए, वह हम सब जमीन के नीचे ऑटोमेटिक कारखानों में तैयार करते हैं। जितना कपड़ा चाहिए, घर का जितना आवश्यक सामान चाहिए, वह हम सब ऑटोमेटिक मशीनों से तैयार कर रहे हैं, जिनपर एक आदमी भी काम नहीं करता...। इसलिए यदि इस टापू के बच्चे काम न करें तब भी कोई अन्तर नहीं पड़ेगा। अन्तर वहां पड़ता है जहां भोजन प्राप्त करने के लिए जमीन में हल चलाने की आवश्यकता पड़ती है और कपड़े के लिए रुई उगाने या भेड़ें पालने की आवश्यकता होती है। हम तो सारा खाद्य सफल प्रयोग से मिट्टी ही से कारखाने में तैयार करते हैं और सारा कपड़ा इस तरीके से मिट्टी से बुन लेते हैं। अब हमारी तमाम बुनियादी आवश्यकताएं अत्यन्त फराखानी

से मिट्टी से प्राप्त की जाती हैं और ऑटोमेटिक तरीकों से हमारे यहां ऐसी मशीनें काम कर रही हैं जिन्हें पचास वर्ष में शायद एक बार भी देखने की आवश्यकता नहीं है।"

"इसलिए तुम लोग तो अब काम करते नहीं होंगे?"

"नहीं, हम लोग प्रतिदिन कई घंटे काम करते हैं। किन्तु अब हम काम के गुलाम नहीं हैं। काम हमारे लिए एक खेल है, एक खुशी है, जीवन में प्रसन्नता का एक सहारा है और चूंकि हम काम के गुलाम नहीं हैं, इसलिए अब हम काम को पहले से अधिक उत्तरदायित्व से करते हैं, खुशी से करते हैं और उससे सौ गुना आनन्द उठाते हैं।"

जुम्मी बोला, "तुम्हारे नगर में कोई फौज नहीं देखी। पुलिस का एक सिपाही तक नहीं मिला।"

"फौज की तो वहां आवश्यकता होती है, जहां एक-दूसरे से घृणा होती है। यह तो घृणाहीन देश है। यहां फौज का क्या काम? और पुलिस की वहां आवश्यकता होती है, जहां एक-दूसरे का हक मारा जाता है। यहां हर बच्चे को इतना आराम प्राप्त है कि उसे किसी दूसरे का हक मारने की आवश्यकता ही नहीं है। तो फिर पुलिस हम क्यों रखें?" बिल्लू ने हैरान होकर धरती के बच्चों से कहा।

"यदि कोई किसीको जान से मार दे, तो क्या होता है?" जुम्मी ने पूछा।

"कोई किसीको जान से मारे ही क्यों?" बिल्लू ने पूछा, "हमारे यहां तो कभी कोई कत्ल नहीं होता।"

"मान लो," जुम्मी बोला, "मैं बाहर से आकर तुम लोगों पर हमला कर दूं तो...?"

"तुम हमला क्यों करोगे भला?" बिल्लू ने पूछा, "तुम्हें क्या चाहिए? मकान?...वह हम मुफ्त देते हैं। खाना?...जितना चाहो खा लो। कपडा?...जितना चाहो पहन लो। शिक्षा?...वह यहां मुफ्त है। दवा?...वह यहां मुफ्त है। फिर तुम्हें क्या चाहिए?"

"शक्ति।" जुम्मी ने अपना लोहे का बाजू उठाकर कहा।

"शक्ति क्या होती है?" बिल्लू ने बड़े भोलेपन से कहा, "हम लोग शक्ति क्या जानें? हम घृणाहीन बच्चे हैं। हम केवल प्रेम जानते हैं।"

जुम्मी लज्जित हो गया। उसने अपना हाथ नीचे कर लिया और धीरे से बोला,

"अजब देश है यह! अजीब किस्म के बच्चे हो तुम!! चलो, हमें अपनी बहिन से मिला दो, जिसने तुम्हें यह विचित्र शिक्षा दी है।"

"वह केवल मेरी ही बहिन नहीं है।" बिल्लू ने गर्व और स्वाभिमान के मिले-जुले भावों से कहा, "तुम लोग यहां ठहरो। मैं अभी उससे भेंट का समय लेकर आता हूं।"

कुछ मिनटों के पश्चात् ही बिल्लू वापस आ गया। बहुत प्रसन्न दीख रहा था। आते ही ताली बजाकर बोला, "मेरी बहिन तुम्हें बुलाती है। अभी बुलाती है। बड़े भाग्यवान् हो तुम लोग। मेरी बहिन ने तुम्हें अभी बुलाया है। वर्ना, उससे भेंट करने के लिए कई-कई दिन प्रतीक्षा करनी पड़ती है, क्योंकि मेरी बहिन हर समय व्यस्त रहती है।" वे लोग उसके साथ बाहर बाग में चले गए।

वे सब सुन्दर फूलों वाली क्यारियों, नीले पत्थर वाली सड़कों पर से गुजरते हुए एक अलूचे के वृक्ष के निकट पहुंचे, जो गुलाबी फूलों से लदाफदा था। उस वृक्ष के चारों ओर छोटे-छोटे लकड़ी के बेंच लगे हुए थे, जिनपर बहत-से छोटे-छोटे बच्चे बैठे थे। वातावरण में धीमी-धीमी संगीत की गूंज थी और चारों तरफ पानी के छोटे-छोटे फव्वारे चल रहे थे।

उर्फी ने पूछा, "किन्तु तुम्हारी बहिन कहां है?"

"वह देखो।" बिल्लू ने अलूचे की एक डाल की ओर संकेत किया। बच्चों ने घबराकर ऊपर देखा तो उन्हें बिल्लू की बहिन तो न दिखाई दी, अलबत्ता अलूचे की उस डाल पर सफेद परों वाली एक सुन्दर कबूतरी दिखाई दी, जिसके सिर पर कमल के फूलों का मुकुट था। उसके दायें-बायें दो छोटे-छोटे कबूतर थे जो उसके बच्चे मालूम होते थे, क्योंकि वे भी उसकी तरह ही सफेद परों वाले थे और उनके सिरों पर भी उसी तरह छोटे-छोटे कमल के फूलों के मुकुट थे।

मोहिनी देखकर चिल्लाई, "हमारी फाख्ता, अमन की फाख्ता!"

उर्फी बोला, "हां, वही तो है जिसे ढंढ़ने के लिए हम यहां तक आये थे! वही सफेद पर और सिर पर कमल का मुकुट!"

"यह हमारी बहिन है।" बिल्लू ने गर्व से कहा।

"यह सब बच्चों की बहिन है...वास्तव में...हम सबकी बहिन है..." उर्फी बोला।

जुम्मी ने धीरे से कहा, "बहिन, हम तुम्हें लेने आए हैं। जिस दिन से तुम हमसे रूठकर चली आई हो, हमारी धरती तबाह और बर्बाद हो रही है।"

"और यदि हमारी बहिन हमें छोड़ जाएगी तो हम तबाह हो जाएंगे।" बिल्लू अपनी आंखों में आंसू लाते हुए बोला, "तुम हमें छोड़कर कहीं न जाना बहिन!"

"यदि तुम हमारे साथ न चलोगी तो हमारी प्यारी धरती पर एक भी इंसान जीवित नहीं बचेगा।" नाज ने अत्यन्त गिड़गिड़ाते हुए कहा।

कबूतरी बोली, "मैं तो आना नहीं चाहती थी, किन्तु तुम लोगों ने स्वयं ही लड़ाई-झगड़ा करके मुझे यहां आने पर बाध्य कर दिया।"

"हम लज्जित हैं," जुम्मी सिर झुकाकर बोला, "अब कभी तुम्हारा कहा न मोड़ेंगे। अब कभी खून-खराबा नहीं करेंगे। अब हमारे साथ चलो। हमारी धरती को बर्बाद होने से बचा लो...।"

"चाहे हमारा प्रिय टापू नष्ट हो जाए!" बिल्लू उदास होकर बोला।

"यह घृणाहीन टापू तो पुराना है," चिड़िया बोली, "और मुझे अपनी जान से अधिक प्रिय है। किन्तु धरती के बच्चों की इच्छा भी पूरी करना चाहती हूं। बच्चों का कहना तो मैं टाल ही नहीं सकती।"

"...तो दोनों स्थानों पर तुम कैसे रह सकती हो बहिन?" बिल्लू ने पूछा।

फाख्ता चुप हो गई। अन्त में सोच-सोचकर बोली, "धरती के बच्चो! तुम मेरे ये दोनों बेटे ले जाओ। एक बेटा संधि कराने वाला है और दूसरा आपस में मेल-जोल बढ़ाने वाला। पहले तुम इन दोनों बेटों को ले जाओ और इनका कहा मानो, और यदि तुमने इनका कहा माना और इनके बताए हुए तरीके को व्यवहार में लाए तो मैं तुमसे प्रतिज्ञा करती हूं कि मैं बहुत शीघ्र तुम्हारे पास आऊंगी।"

इतना कहकर फाख्ता ने अपने बेटों को इशारा किया और इशारा पाते ही वे दोनों छोटे-छोटे कबूतर अलूचे की फूलों-भरी डाल से उड़कर बच्चों के पास चले आए। एक कबूतर मोहिनी के कंधे पर बैठ गया; दूसरा उर्फी के कन्धे पर; और ज्योंही उन कबूतरों ने उनके कन्धों पर बैठकर अपने पर फड़फड़ाए, हवा में एक गीत गूंजा और बच्चों को लगा जैसे वे सब उस गीत की जादू भरी हवा में उड़ते हुए टापू से बाहर चले जा रहे हैं।

बहुत शीघ्र उन लोगों को अपनी उड़नतश्तरी मिल गई और वे सब बच्चे उन दोनों कबूतर-बच्चों को लेकर उस उड़नतश्तरी में सवार हो गए और लाखों मील की गति से वापस धरती की ओर जाने लगे।

मगर अब इस यात्रा की विचित्र घटना यह थी कि वे लोग जिधर से गुजर जाते थे, उधर से मीठे-मीठे गीतों की गूंज सुनाई देती थी और चारों ओर से उड़नतश्तरी पर फूलों की वर्षा हो रही थी।

और जब वे माउंट एवरेस्ट की चोटी पर पहुंचे, तो उन दोनों कबूतर-बच्चों ने मिलकर गाना आरम्भ किया। यह मानवता का एक ऐसा राग था कि इसे सुनते ही धरती के लोगों के दिलों से एक-दूसरे के लिए द्वेष-भाव मिटने लगा, जैसे सैकड़ों वर्ष की गंदगी धोई जा रही हो।

ज्यों-ज्यों वह गीत ऊंचा होता गया, त्यों-त्यों समुद्र का पानी धरती से नीचे ढलता गया। फिर पहाड़ों के नीचे घाटियों और घाटियों के नीचे वादियों और वादियों के नीचे मैदान और शहर उभरने लगे। फिर खेतों में हल चलने लगे, दरियाओं में किश्तियां चलने लगीं, सड़कों पर लारियां दौड़ने लगीं। फिर जो जमीन जली हुई थी, वह हरियाली से भर गई और जो टहनियां सूखी थीं, उन पर फूल आ गए और सारी दुनिया की सारी फुलवारियां मानव-प्रेम करने वालों से भर गई और इस सुन्दर धरती पर हमारे बच्चे, जुम्मी और उर्फी, नीलू और नाज, मोहिनी और पुतली सब सुख और शांति से रहने लगे। ○○

कहानियां

नयी कमीज

याद नहीं, किसने पहले-पहल मिलवाया था—धुआं-धुआं-सी आंखें, मैली-भूरी-सी काया, शरीर में सर से पांव तक कहीं झुकाव नहीं। टांगें फैलाकर और बिल्कुल अकड़कर चलने का भाव। कपड़े इतने मैले और पुराने कि अब उनके रंग-रूप व बनावट का कोई अनुमान नहीं लगाया जा सकता था। यह भी नहीं मालूम हो सकता था कि वह पतलून पहने है, या पायजामा। बस, ऐसा जान पड़ता था कि जो कुछ वह पहने हुए है, वह अब उसके शरीर का ही अंग है।

पहली ही नजर में पता चल गया कि आदमी मेरे ढंग का है। उसके मैले गन्दे होंठों की हंसी बहुत ही अर्थपूर्ण तथा कटाक्ष से ओत-प्रोत थी।

"इनसे मिलो, यह अर्श हैं। फिल्मी संवाद बड़े सुन्दर लिखते हैं," मिलवाने

वाले ने मुझसे कहा।

अपने परिचय के उत्तर में उसने बड़े-बड़े नाखूनों वाला मैला हाथ मेरी तरफ सरका दिया। मैंने उसे तनिक-सा झुलाके वापस कर दिया पर उसे शायद अपने हाथ के वापस आ जाने का अनुभव ही नहीं हुआ और वह हाथ मेरे और उसके बीच कई पलों तक एक विचित्र-से अविश्वास की दशा में झूमता रहा।

अर्श मेरी तरफ देखकर थोड़ा-सा हंसा। उसकी हंसी बड़ी गाढ़ी थी—गहरी पीड़ा से भरी—बहुत ही अस्वादिष्ट-सी हंसी थी। पर आप कुछ कर नहीं सकते ऐसी हंसी का, क्योंकि इस दुनिया में दूसरे लोग भी तो रहते हैं। वे हंसते हैं, तो आपको उनकी हंसी चखनी पड़ती है। यही हाल सम्भवतः दूसरे लोगों का होता होगा आपके विषय में। एक जंजीर है अर्श से फर्श तक।

"इन्हें कुछ काम दीजिए," मिलानेवाले ने मुझसे कहा (इस समय मन मिलवाने वाले के चित्र से बिल्कुल खाली है—कोई सूरत नहीं उभरती। बस, इतना याद है कि उन दिनों मेरे पास फिल्मी काम बहुत था—साधारणतः नहीं होता—कुछ अचानक ही काम आ पड़ा, इसलिए मैं एक सहायक की खोज में था)। मैंने अर्श की आंखों में झांका, पर उन आंखों की पुतलियों पर कुहरा-सा छाया हुआ था। मैं कुछ जान नहीं सका। उसकी पुतलियों का रंग भी कभी मालूम न कर सका। फिर उस धुन्ध से निकलकर एक झिझकती, शरमीली, सभ्य-सी नजर मुझ तक पहुंची, जैसे मेरे मन को टटोल रही हो, बहुत ही धीरे से उसे थाप दे रही हो।

मैंने अर्श से कहा, "आप कहां के हैं, अर्श साहब?"

"मैं अकबराबाद का मुगल हूं," उसने कड़ी आवाज में कहा।

फिर वही गाढ़ी हंसी—उकता देने वाली। जल्दी से वह सर झुकाए बीड़ी पीने लगा, जैसे बीड़ी के धुएं में वह उस हंसी को छिपा लेगा।

मैंने संवाद लिखवाके देखे, वास्तव में सुन्दर थे। भाषा सभ्य व सलोनी। मंजी हुई अभ्यस्त कलम। सीन को समझता हुआ, ड्रामे के नियम से परिचित। कैमरे की आवश्यकताओं से दक्ष। पात्रों की विचारधारा से अभिज्ञ। मुझे बड़ा आश्चर्य हुआ। मैंने पूछा, "अर्श साहब, आप दूसरों के लिए इधर-उधर के कुछ फुटकर सीन क्यों लिखते हैं, जिन पर आपका नाम भी नहीं जाता? आप खुद कोई फिल्म क्यों नहीं लिख डालते?"

"साहब, छः-सात फिल्में लिखी थीं," इतना कहकर वह चुप हो गया।

"फिर?"

"दो ने सिलवर-जुबिली भी मनायी..." वह फिर चुप हो गया।

"फिर...?" मैंने पूछा।

"फिर कुछ नहीं," उसने धीरे से अपने सर के काले-सफेद बालों में अपनी बेजान-सी उंगलियां फेरते हुए कहा, "अगला सीन दीजिए।"

मैंने अगला सीन दिया। उसने दो घण्टे में लिखा। मुझे पसन्द नहीं आया। फिर से लिखने को कहा। तीन घण्टे बाद उसी सीन का नया रूप सुनाया, जो पहले से भी बुरा था।

"वास्तव में बात यह है," वह थोड़ा-सा सर झुकाए बोला, "मैं पहली चोटवाला राइटर हूं—पहला वार अगर ओछा पड़ा, तो दूसरा उससे भी ओछा पड़ता है।"

धूल व धुन्ध और कुहरे में लिपटी हुई उसकी पुतलियों के अन्दर से फिर एक शरमीली, झिझकती-सी नजर मुझ तक आई।

मुझे बुरा नहीं लगा वह आदमी। मेरे लिखने का अंदाज भी वही है, मैंने उसे बताया, "जहन पहली बार जो रास्ता बना लेता है, फिर उसी मार्ग पर चल निकलता है, तीव्र गति से मंजिल तक पहुंचता है। इधर-उधर भटकने, काट-छांट करने, दोबारा आगे-पीछे देखने से जी बहुत घबराता है। यहां आरम्भ का शब्द ही अन्तिम शब्द भी है, शायद इसीलिए आप भी फिल्मों में ज्यादा सफल नहीं हुए," मैंने उससे कहा।

"केवल यही बात नहीं है," अर्श चाकू से पेन्सिल की नोक तेज करते हुए बोला।

"फिर क्या बात है?" मैंने पूछा।

वह देर तक चुप रहा, कुछ देर तक होंठ सिकोड़े गुम-सुम बैठा रहा, फिर धीरे से बोला, "बस, मामला कुछ चला नहीं...आगे...।"

चार-छः दिन की मुलाकातों में मुझे पता चला कि वह बहस से कतराता है। अपने तर्क पर अधिक समय तक नहीं टिकता। वह किसी दूसरे से अपनी बात मनवाने, दूसरों को कायल कर देने का आदी नहीं है। वह अपनी राय देगा, देकर चुप हो जाएगा। आपने उसकी बात मान ली, तो ठीक, नहीं तो वह आपके सामने हथियार डाल देगा। अधिक बात करने से, अपनी बड़ाई करने से, शेखी बघारने से उसे घृणा है। ये सारी कमजोरियां जिस फिल्मी लेखक में मौजूद हों, उसका सफल होना लगभग असम्भव है। पता नहीं, किस घपले में वह पहली दो

सिलवर जुबिली फिल्में लिख गया।

उसकी सफलता के रास्ते के ठीक बीच अवश्य कुछ हुआ होगा। अब मैं इतने दिन बीत जाने के बाद यह महसूस कर सकता था कि क्या हुआ था। उसकी सभ्यता, उसकी शीलता, उसका शरमीलापन, उसकी बाहर की दुनिया से अधिक न उलझने की इच्छा उसके रास्ते में आई थी। वह धीरे-धीरे सफलता की मंजिल से पिछड़ता गया और जितना अधिक पिछड़ता जाता, उतना ही वह खुद और पीछे हटता जाता, यहां तक कि सफलता बहुत दूर पिछड़ गई। मुझे ऐसा लगता था, जैसे वह अपनी गरदन को थोड़ा-सा मोड़कर कह रहा हो, 'जी हां, आप ही आगे जाइए। मैं पीछे हो जाता हूं। नमस्कार।'

सुनते हैं, उसे एक लड़की से प्रेम हुआ था। वह सम्भवतः उसकी फिल्म की हीरोइन थी। मगर बीच में प्रोड्यूसर कूद पड़ा और प्रोड्यूसर वास्तव में चूंकि राइटर से श्रेष्ठ व्यक्ति होता है, उसने अर्श की योग्यता और विशेषता के होते हुए भी उसे अपनी दूसरी फिल्म से काट दिया। अर्श ने कहीं और नौकरी कर ली। वह फिल्म नहीं चली, दूसरी भी नहीं चली। इस कारण से नहीं, फिल्म न चलने के अनेक कारण हो सकते हैं। फिर उसे वह तिकड़म भी नहीं आती थी, जिसके जरिये आदमी बड़ी सरलता से अपनी असफलता का बोझ किसी दूसरे अनाड़ी के कन्धे पर डालकर खुद नेकनाम बन जाता है। नतीजा यह हुआ कि अर्श बड़ी तेजी से पतन की ओर जाने लगा। पतन को भी कई मंजिलें होती हैं। आदमी एक मंजिल से दूसरी मंजिल की ओर ऊपर ही नहीं, चढ़ता, नीचे भी उतरता है। पहले-पहल दबा-दबा सभ्यतापूर्ण तर्क, एक ढंग का लगातार विरोध। पहले तो अर्श ने इस पतन का विरोध किया होगा, मुझे कुछ ऐसा लगता है फिर जिन्दगी की किसी मंजिल पर आकर अर्श ने अपने पतन से समझौता कर लिया होगा। और अब वह चाव और लगने से इसी रास्ते पर चल रहा था। अब वह खुद कोशिश करके हर उस पत्थर को बीच में से हटा देता था, जो उसे नीचे जाने से रोक सकता था।

पर यह सब कुछ मुझे बाद में मालूम हुआ।

पहले दिन तो केवल लेन-देन की बात हुई। तीन सौ रुपये महीने पर बात तय हो गई—अगले छः महीने के लिये।

"मगर मैं रोज के रोज तनख्वाह लूंगा...दस रुपये रोज," अर्श ने मुझसे कहा।

"रोज के रोज क्यों? महीने के महीने क्यों नहीं? इकट्ठी रकम मिलने से

आपको आसानी रहेगी।"

"जी नहीं, तकलीफ ही रहेगी। ..." उसने जवाब दिया, "रोज के रोज ही ठीक है।"

"अच्छा, चलिए, रोज के रोज हिसाब कीजिए, दस रुपये लेते जाइए। सुबह दस बजे आइए, शाम को पांच बजे जाइए।"

"ठीक है, अभी केवल दो दिन का एडवांस दे दीजिए।"

अर्श बीस रुपये लेकर चला गया। फिर चार रोज तक नहीं आया। मैंने मिलवाने वाले से शिकायत की। वह मेरी बात सुनकर बहुत हंसा, बोला, "अर्श किसी भट्ठी वाले के झोंपड़े में बैठा ठर्रा पी रहा होगा। जब तक वे बीस रुपये खत्म न होंगे, नहीं आएगा। उसको कभी एडवांस मत दीजिएगा। शाम को जब काम करके जाए, तो दस रुपये उसके हाथ में थमा दिया कीजिए।"

चौथे दिन अर्श सुबह-सुबह आ गया। उसने ऐसे दर्द-भरे स्वर में अपनी बीवी की बीमारी का रोना रोया कि वह बिल्कुल एक्टिंग करता हुआ न मालूम होता था। मैंने उसे फिर से काम पर लगा लिया। तीन दिन तक ठीक-ठाक काम करता रहा। चौथे दिन वह कोई बारह बजे के लगभग आया। उसने मुझे शिकायत करने का अवसर ही नहीं दिया, "लोकल रेलवे का पास खो गया था," वह बड़े दुःखित स्वर में बोला।

"मैंने उसे लोकल के पास के लिए साढ़े आठ रुपये दिये। वह रुपये जेब में डालकर बोला, "सीन लाइए।"

मैंने सीन समझाया। दस-पन्द्रह मिनट तक काम करके बोला, "अगर आप इजाजत दें, तो मैं स्टेशन से लोकल पास लेकर आ जाऊं। मुश्किल से एक घण्टा लगेगा...शाम को क्यू बहुत लम्बा होता है।"

"जाइए।"

अर्श एक घण्टे की छुट्टी लेकर गया। फिर उस दिन नहीं आया। दूसरे दिन आया। देर तक मैं उससे कुछ नहीं बोला। वह भी नहीं बोला। दोनों खामोशी से काम करते रहे। आखिर मुझसे रहा नहीं गया, "इतना अच्छा काम करते हो, इतनी लगन से काम करते हो..." मैं भड़क उठा, "और क्या हालत बना रखी है तुमने! इस शराब के कारण!"

वह कुछ नहीं बोला।

उन दिनों मुझ पर सुधार का मूड बड़ा छाया हुआ था। मैं समझता था कि व्यक्तिगत चेष्टा से आदमी बदला जा सकता है। मैंने उससे कहा, "मैं तुम्हें बदल दूंगा।"

"जी," वह बड़े आदर से बोला।

"तुम्हें बदलना होगा।" मैंने गुस्से में कहा, "इतना अच्छा लेखक और इस तरह गुमनामी में सड़ता रहे! मैं इस फिल्म में अपने साथ तुम्हारा टाइटल भी दिलवाऊंगा—एडिशनल डायलॉग्ज...बाई अर्श।"

उसके चेहरे पर किसी प्रकार के भाव उत्पन्न न हुए। वह सर झुकाए अपनी पेन्सिल की नोक तेज करता रहा।

"तुम्हें अपनी आदत बदलनी होगी। अब मैंने दो टूक फैसले के स्वर में उससे कहना शुरू किया, "ये कपड़े नहीं चलेंगे। मेरे साथ चलो—बाजार। आज ही—अभी तुम्हारे लिए नये कपड़े खरीदे जायेंगे।"

वह कुछ बोला नहीं, पर मेरी ओर दया-भरी नजरों से देख रहा था। कभी-कभी होंठों की फड़कन से जान पड़ता था कि मानो कह रहा हो, 'कैसे पागल से पाला पड़ा है!' पर बोला कुछ नहीं।

मैंने बाजार से उसके लिए तीन जोड़ी कपड़े खरीदे—तीन पतलून, तीन कमीज—रेडीमेड, एक जूता, दो रूमाल। फिर उसे एक शेविंग सैलून में धकेल दिया और फिर उसे एक हम्माम वाले के हवाले कर दिया। वहां से जो निकला, तो उसकी त्वचा में उसके शरीर की असली रंगत झलकने लगी थी। जब उसके पूर्वज समरकन्द से आए होंगे, तब यही रंगत रही होगी।

"अजी, जब मैं पहले-पहल बम्बई आया, तो यही रंगत थी।" अर्श ने बड़े अधीर स्वर में कहा।

"थी क्या, अब नहीं है?" मैंने पूछा।

"अब?" वह चुप हो गया और उसकी पुतलियों पर चढ़ी धूल और गहरी हो गयी। फिर वह देर तक नहीं बोला।

"अब नहाने को नहीं मिलता है रोज-रोज," अन्त में उसने कहा।

"तुम शराब कम कर दो, तो तुम्हें नहाने को रोज मिलेगा।"

"शराब कम कर देने से नहाना कम कर देना अच्छा है," उसने जवाब दिया।

"धीरे-धीरे, थोड़ी-थोड़ी करके मैं तुम्हारी शराब भी कम करा दूंगा। तुम्हें फिर से इन्सान बना दूंगा।" 'मैं' पर अधिक जोर था मेरी बातचीत में, जैसे वह मोम का पुतला हो।

"जी...जी...बहुत अच्छा..."वह भी बातचीत के बीच नर्म मोमी स्वर में मेरी हां में हां मिलाता रहा।

"तुम दिन-भर में कितनी पी लेते हो?"

"जितनी भी मिल जाए।"

"फिर भी?"

"आधी बोतल तो सुबह जरूरी है—बिना कुछ खाए-पीए—सबेरे को नाश्ता! आधी दोपहर में। रात को एक बोतल... डेढ़ बोतल... दो बोतल...रात को जितनी भी मिल जाए।"

"तुम्हें अपनी आदत के विरुद्ध लड़ना पड़ेगा।" मैंने उससे कहा, "सुबह तुम्हें आधी बोतल मिलेगी, दोपहर को आधी बोतल; शाम को चलते समय तुम्हें एक बोतल के पैसे दे दूंगा। बाकी रकम महीने के महीने तुम्हारे घर पहुंचा दी जाएगी—तुम्हारी बीवी के हाथ में दे दी जाएगी...तुमको बाकी तनख्वाह में से एक पैसा भी नहीं मिलेगा।"

"महीने के महीने नहीं, रोज के रोज दीजिए घर पर भी।"

"अच्छा, पन्द्रह दिन के बाद दे दिया करूंगा।"

"जी नहीं, रोज के रोज।"

"रोज के रोज क्यों?"

"राशन लाना होता है।"

"तुम्हारे यहां क्या रोज राशन आता है? राशन तो हफ्ते के हफ्ते आता है, इसलिए हफ्ते के हफ्ते तुम्हारे घर पर रकम पहुंच जाया करेगी, मगर तुम्हें नहीं मिलेगी। तुम्हें शराब चाहिए, वह तुम्हें मिल जाएगी। तुम्हें और क्या चाहिए?"

"बस, मुझे और कुछ नहीं चाहिए!" फिर वह अपनी गाढ़ी हंसी हंसा।

कोई आठ-दस दिन ठीक काम चला। वह समय पर आता था। कपड़े भी साफ-सुथरे पहनकर आता था। शेव भी बना रहता था। स्वर में एक नये भरोसे की झलक मिलने लगी थी। मैं बड़ा खुश हुआ, अब अगला तजुरबा शुरू करना चाहिए।

मैंने आठ-दस दिन के बाद उससे कहा, "आज से दोपहर में तुम्हें शराब नहीं मिलेगी।"

वह एक विचित्र-सी दुविधा में देर तक मेरी ओर घूरता रहा। फिर बोला, "ठीक है।"

दोपहर को उसे शराब नहीं दी गयी। उसने कुछ नहीं कहा। किसी तरह का रोष प्रकट नहीं किया, इतमीनान से काम करता रहा। तीसरे पहर कोई साढ़े चार बजे होंगे कि उसकी आंखों से आंसू बहने शुरू हो गए।

"रोते क्यों हो?" मैंने अर्श से पूछा।

"रोता नहीं हूं, आंखों से पानी बहता है।" उसकी आवाज में किसी प्रकार की उदासी या कम्पन नहीं था।

"क्यों बहता है?"

"ऐसा ही होता है। जब शराब नहीं मिलती, आंखों से पानी बहने लगता है।"

वह बार-बार रूमाल से अपनी आंखें साफ करता जाता था, पर आंसू बराबर उसकी आंखों से बहते जाते थे। साढ़े पांच बजे के करीब उसकी यह हालत हो गयी, मांनो आंखों से आंसुओं के झरने बह रहे हों। पर वह कोई शिकायत नहीं कर रहा था।

थक-हारकर मैंने जल्दी से उसके लिए ठर्रा मंगाया। दूसरे ही पेग में उसके आंसू बहने बन्द हो गए।

मगर मैं भी आसानी से हार माननेवाला नहीं था। दूसरे दिन मैंने उसे फिर दोपहर के समय ठर्रा नहीं दिया। फिर उसकी आंखों से आंसू बहने शुरू हो गए। डेढ़-दो घण्टे तो मैंने और उसने, दोनों ने सबर किया, फिर धीरे-धीरे उसके सारे शरीर पर कंपकंपी-सी छाने लगी और थोड़ी देर में उसका समूचा शरीर पतझड़ के पत्ते के समान कांपने लगा।

फिर ठर्रा पिलाते ही ठीक हो गया।

बहुत सोच-विचार करने के बाद मैं उसे डाक्टर सिंघल के यहां ले गया। डाक्टर सिंघल हमारा फैमिली डाक्टर है। उसने बड़े ध्यान से अर्श का मुआयना किया, देर तक जांचता रहा, अन्त में मेरी ओर मुड़कर डाक्टर कहने लगा, "आपका मित्र एल्कोहॉलिज्म का शिकार है—बहुत पुरानी बीमारी मालूम होती है।"

"फिर क्या ठीक नहीं हो सकता?"

"केवल दवाओं से ठीक नहीं हो सकता।"

"तो क्या करना चाहिए?"

इसे छः महीने तक किसी नर्सिंग होम में रखना पड़ेगा। चौबीस घंटे निगरानी में रखना पड़ेगा–एल्कोहॉलिज़्म के रोगी पर कड़ी निगरानी रखनी पड़ती है। धीरे-धीरे शराब की मात्रा भी कम करा दी जाती है, साथ में दवाएं दी जाती हैं। साधारणतः मरीज छः-सात महीने में ठीक हो जाता है।"

"पूरे इलाज पर कितना खर्च आएगा?"

डाक्टर ने हिसाब करके बताया, "अगर चालीस रुपये रोज वाला कमरा

भी लें, तो बारह सौ तो यही हो गये। तीन सौ खाने के समझ लीजिए, हो गए पन्द्रह सौ। बाकी पांच सौ दवा-दारू के लगा लीजिए। दो हजार रुपये के लगभग खर्च पड़ेगा। छः महीने में बारह हजार खर्च होंगे। दो-तीन हजार ऊपर के रख लीजिए।"

पन्द्रह हजार।

पन्द्रह हजार...एक योग्य और ज्ञानी आदमी को बचाने के लिए ज्यादा नहीं है, मगर पन्द्रह हजार कौन देगा? यह दुनिया गरीब को एक समय की रोटी तो दे नहीं सकती, पन्द्रह हजार कहां से देगी? खुद मेरे अपने हालात ऐसे नहीं थे कि मैं यह रकम उस पर खर्च कर सकता। पन्द्रह हजार तो क्या, मैं इस रकम की एक-चौथाई भी उस समय उस पर खर्च करने में असमर्थ था।

मैं अर्श को डाक्टर के यहां से लेकर चला आया।

मेरा शौक ठण्डा पड़ने लगा। ऐसा ही होता भी है। सुधार करने के लिए निकलता हूं, बीच में एक बहुत बड़ी और ऊंची दीवार आ जाती है, जिसे तोड़ने के लिए मैं अकेला काफी नहीं हूं। सर झुकाकर वापस चला जाता हं। मगर कोई तो रास्ता होगा।

एक दिन ठर्रा पीने में मैंने भी उसका साथ दिया। ठर्रा पीकर उस दिन वह मुझसे बहुत खुल गया। जिस लड़की से वह शादी करना चाहता था, वह आज फिल्मों की एक सुप्रसिद्ध अभिनेत्री है। उसकी बेवफाई का घाव आज तक उसके दिल में ताजा है। फिर उसने मुझे अपनी कई कविताएं सुनाईं और मुझे पहली बार मालूम हुआ कि वह एक श्रेष्ठ कवि भी है, जो हटकर कहता है।

"तो तुम अपना काव्य-संग्रह प्रकाशित क्यों नहीं करते?"

"क्योंकि मुझे अपने घाव दिखाने की आदत नहीं है," वह बड़े कड़वे स्वर में बोला।

मैं चुप हो गया। वह भी चुप रहा। यह पूरा पेग खामोशी में गुजरा। फिर बातचीत का विषय बदल गया। इधर-उधर की बातें होने लगीं। मगर मेरे मन की सुई वहीं अटकी हुई थी। दो-तीन पेग के बाद मैंने फिर उससे पूछा, "तुम्हारी इस महान् असफलता का कारण क्या है?"

कुछ देर चुप रहने के बाद वह बोला, "मैं धक्का नहीं दे सकता।"

"क्या मतलब?" मैं आश्चर्य से उसके मुंह की तरफ देखने लगा।

वह अपनी गाढ़ी हंसी हंसा, फिर उसने एक लम्बा घूंट पीकर उल्टे हाथ से

अपने मैले होंठ साफ किए और मेरी तरफ देखकर बड़े घृणापूर्ण स्वर में बोला, "जब मैं सफलता के ऊंचे जीने पर खड़ा था, और ऊपर जाने के लिए अपने पैर तौल रहा था, तो उस सीढ़ी पर, उस जीने पर दो-तीन आदमी और भी थे। वे मेरे साथ एक ही सीढ़ी पर खड़े थे और जगह बहुत तंग थी। ऊपर जाने की एक ही सूरत थी—या तो वे मुझे धक्का देते, या मैं उन्हें धक्का देता। मगर मैं ऐसी पोज़ीशन में होते हुए भी उन्हें धक्का नहीं दे सका। मेरा अन्तःकरण किसी प्रकार उसके लिए तैयार न होता था।"

"फिर क्या हुआ?" मैंने उससे पूछा।

वह अपने खाली गिलास की ओर बड़े ध्यान से देखता हुआ बोला, "फिर उन्होंने मुझे धक्का दे दिया।"

अर्श मेरे साथ ज्यादा दिन नहीं चल सका। दो महीने ही में मुझसे उकता गया—रोज शेव बनाओ, रोज साफ कपड़े पहनों, रोज वक्त पर आओ, वक्त से जाओ, शराब कम पीयो, बीवी को ज्यादा पैसे दो! यह क्या बेहूदगी है! उसने सोचा होगा। फिर वह बीच-बीच में नागा करने लगा। एडवान्स पर एडवान्स मांगने लगा। आज बीवी बीमार है, तो कल बच्चा बीमार है, परसों वह खुद बीमार हो जाता है। चूंकि वह एक अच्छा लेखक और कवि था, इसलिए उसके बहाने भी बड़े सुन्दर तथा रोचक होते थे। उन्हें सुनकर कुछ समय के लिए विश्वास आ जाना स्वाभाविक ही था। मगर जैसे-जैसे उसके तकाजे बढ़ते गए, उसके नागा भी बढ़ते गए। कपड़े भी गन्दे और मैले होते गए। दाढ़ी भी बढ़ती गयी। शराब की मात्रा भी बढ़ती गयी। आखिर दो महीनों के बाद जिस दिन वह मुझसे लड़कर गया है, उस रोज वह उतना ही मैला-कुचैला और गन्दा था, जितना पहले दिन, जब वह मुझसे मिलने और काम लेने की गरज से आया था...।

उसके बाद एक साल तक मैंने उसकी सूरत नहीं देखी।

X X X

यह दूसरे साल का जिक्र है। मेरी नयी पिक्चर 'आयी रुत बहार की' की शूटिंग शुरू हुए तीन-चार महीने गुजर चुके थे। मैं अपने स्टडी में एक मेज के सामने बैठा कुछ लिख रहा था, कुछ सोच रहा था, मेरे सामने की खिड़की खुली थी। खुली खिड़की से बरामदा और बरामदे से बाहर बाग का एक हिस्सा नजर आ रहा था। आम पर बौर आया था। फिजा बड़ी मस्त और सुहानी थी। दिमाग में कोई प्रेम-

कहानी थी कि इतने में किसी ने खिड़की के करीब आकर जोर से खंखारा।

मैंने चौंककर देखा। इतने में किसी की जानी-पहचानी उकता देखने वाली गाढ़ी हंसी सुनायी दी। यह अर्श था—खिड़की से बाहर फ्रेम से लगा...। हलिया पहले से भी खराब। शरीर पहले से दुबला। आंखें पहले से ज्यादा मैली और कुहरे में धंसी हुई। कपड़े फटे और तार-तार और बदन से ऐसी दुर्गन्ध आती थी कि नाक पर रूमाल रखने को जी चाहता था।

देर तक मैं उसकी तरफ देखता रहा। देर तक वह खिड़की में खड़ा मेरी तरफ देखकर एक अजीब-से खिसियाए हुए अन्दाज में मुस्कराता रहा। कुछ उलझा-उलझा, परेशान, सिटपिटाया हुआ-सा वह खड़ा रहा—खामोश और मुक्त-सा।

"कहो?" मैंने कुर्सी पर बैठे-बैठे बहुत ही कठोर स्वर में उससे प्रश्न किया। (अपने असफल प्रयोग को क़ौन दुहराना चाहता है!)

"काम चाहिए..." उसने अपने गाढ़ तीखे स्वर में कहा।

"लिखने का कोई काम मेरे पास नहीं है," मैंने उसे शीघ्र ही अपना जवाब सुना दिया।

"लिखने का काम मुझे चाहिए भी नहीं," उसने सर हिलाकर मुझसे कहा।

"फिर कौन-सा काम?"

"वह जो नयी फिल्म आपकी बनी है—'आयी रुत बहार की' जिसके कुछ सीन मैंने भी लिखे हैं, उस फिल्म में कोई छोटा-सा काम मुझे भी दिलवा दीजिए।"

"किस तरह का?"

"एक्स्ट्रा का रोल भी मिल जाए, तो चलेगा।"

मैं देर तक उसे घूरता रहा। यह अर्श है मेरे सामने—एक लेखक, एक कवि, संवाददाता, तीन सफल चित्रों और दो सिलवर जुबिली फिल्मों का विधाता...! यह अपने लिए फिल्मों में एक एक्स्ट्रा का रोल करने के लिए तैयार है..! मगर अब यह लिखेगा नहीं। क्यों नहीं लिखेगा? दूसरों के लिए नहीं। क्योंकि शायद इस गिरावट और गहरे पतन के बावजूद कहीं उसके दिल के अन्दर अपने पेशे का उचित आदर और सम्मान सुरक्षित है।

क्या इसीलिए नहीं लिखेगा और अपनी शराब के दाम वह एक्स्ट्रा का रोल अदा करके प्राप्त करेगा...? या यह बात है कि निरन्तर शराब पीने से यह लिखने की

उचित शैली भी खो बैठा है? जाने सच बात क्या है। मैंने कुछ अधिक सोच-विचार किए बिना उसे फिल्म के डायरेक्टर के नाम एक सिफारिशी खत लिख दिया। उस पत्र के कारण उसे मेरी लिखी हुई फिल्म में काम मिल भी गया। सात-आठ रोज बाद उस सेठ की शूटिंग होने वाली थी, जिसमें अर्श को काम करना था।

जिस दिन उसकी शूटिंग थी, वह दोपहर में लंगड़ाता हुआ मेरे घर पर आ गया और मेरे स्टडीरूम के बाहर खिड़की से लगकर खड़ा हो गया। उसके मैले-कुचैले गाल एलकोहल की गरमी से सुलग रहे थे, आवाज में शराबियों जैसा कम्पन था और टांगें लड़खड़ा रही थीं। उसे इस हालत में देखते ही मुझे गुस्सा आ गया।

"क्यों...क्या हुआ? काम पर नहीं गए? आज सुबह तुम्हारी शूटिंग थी न?" मैंने उससे डपटकर पूछा।

"थी," उसने शराबी स्वर में कहा।

"फिर गए नहीं वहां?"

"गया था।"

"तो क्या शूटिंग खत्म हो गयी?"

"नहीं..." वह रुका, फिर एकदम बोल पड़ा, "उन्होंने मुझे निकाल दिया।"

"क्या निकाल दिया?"

"कहने लगे, तुम संवाद ठीक से नहीं बोलते।"

"ऐसा हो भी सकता है," मैंने कहा, "तुमने ज्यादा पी रखी होगी।"

"यह तो मैंने बाद में पी है।" अर्श ने विवशता-भरे स्वर में मुझसे कहा, "उस वक्त तो नियमानुसार ही पी रखी थी। असिस्टैण्ट डाइरेक्टर मुझे शब्दों का उच्चारण समझा रहा था—यूं बोलते हैं...ऐसे नहीं बोलते...। मैं सर हिला-हिलाके 'जी' कहता गया, मगर जब कैमरे के सामने काम करने का वक्त आया, तो मैंने वही बोला, जो मुझे बोलना चाहिए था। इस पर असिस्टैण्ट डाइरेक्टर को बहुत गुस्सा आ गया और उसने मुझे सेट से बाहर निकाल दिया।"

इतना कहकर वह जोर से हंसा। उसकी हंसी बड़ी भयानक थी। मुझे ऐसा लगा, जैसे खून से उसका गला भर गया हो।

"इसमें हंसने की क्या बात है?"

"बात यह है," वह जरा सर झुकाए बोला, "वह सीन मेरा ही लिखा हुआ था।"

बीच-बीच में लम्बे-लम्बे अवकाश आते हैं—छ: महीने के, साल के, दो साल के। वह कभी-कभार मुझसे मिलता है—किसी बड़ी जरूरत से मजबूर होकर—उसका बेटा मर गया है...उसकी मां मर गयी है...बहन पागल हो गयी है ...छः महीने से झोंपड़े का किराया नहीं दिया...ईद आ रही है...। एक बार उसकी बीवी का आपरेशन होने वाला था—नानावटी अस्पताल में। उसे अचानक एक सौ रुपयों की जरूरत थी। मेरे पास सिर्फ बीस रुपये थे, वे मैंने उसे दे दिए, मगर बाकी अस्सी रुपयों के लिए मैं दिन-भर भटकता रहा। शाम को जब मिल गए, तो मैं उन्हें लेकर नानावटी अस्पताल पहुंचा। जो वार्ड उसने बताया था, जो बेड नम्बर उसने बोला था, वहां पर न अर्श था, न उसकी बीवी! बाद में मालूम हुआ कि उसकी बीवी घर पर अपने पतिदेव का इन्तजार करती बैठी है और अर्श साहब किसी झोंपड़े में बैठे ठर्रा पी रहे हैं। खूब गुस्सा आया मुझे उस पर उस दिन और ऐसा मैं बेवकूफ बना हूं उस दिन। पर उस दिन की एक्टिंग भी उसकी लाजवाब थी। इतना फूट-फूटकर रो रहा था कि मुझे उसके आंसू बिल्कुल सच्चे जान पड़े। बार-बार चोट खाने के बाद इस बार फिर मैं उससे चोट खा गया। जी चाहा कि कहीं अगर मिल जाए, तो मार-मारकर उसकी हड्डी-पसली एक कर दूं, मगर इस घटना के बाद लगभग दो साल तक वह मेरे पास नहीं फटका—वह एक सफल मनोवैज्ञानिक भी था।

फिर इस घटना के कई साल बाद मेरे एक शायर दोस्त के बंगले पर फिराक साहब के सम्मान में एक पार्टी दी गई थी। स्कॉच की एक दर्जन से ज्यादा बोतलें खुली थीं। फिल्म इण्डस्ट्री के बड़े-बड़े शायर; लेखक, संगीतकार और गायक आमन्त्रित थे। औरतों की टोलियां पुराने जयपुरी जेवरों और नई बाटिक साड़ियों में सजी गुलाब के फूलों की तरह महक रही थीं। पार्टी अपने पूरे यौवन पर थी। चारों तरफ नूर और रंग, शराब और नगमा, शायरी और खुशबू की धुनक फैली हुई थी कि किसी ने आकर मुझसे कान में कहा, “एक साहब आपको बाहर बुलाते हैं।”

मैं बाहर गया। बरामदे में कोई नहीं था।

मैंने पूछा, “वह साहब कहां हैं?”

“घर के बाहर खड़े हैं।”

दो-तीन बरामदों से गुजरकर, सीढ़ियों से उतरकर मैं घर के बाहर गया। इस वक्त रात के ग्यारह बजे बम्बई से दूर, वरसोवा के पास सात बंगले पर कौन मुझसे मिलने के लिए आया है!

घर के बाहर अर्श खड़ा था।

मुझे देखकर जोर से हंसा। बोला, "आपने एक बार कहा था न, तुम हमेशा झूठ बोलकर मुझसे पैसा लेते हो! आज कह रहा हूं, मुझे शराब के लिए पैसे चाहिए और सिर्फ शराब के लिए...बस!"

मैं उसे देखता रह गया। अब उसकी हालत बहुत बिगड़ चुकी थी और वह बहुत दूर नीचे को निकल गया था।

एक पल के लिए अर्श को उसके फटे-पुराने फकीरों के-से चिथड़ों में सरदी से ठिठुरता देखकर मेरे बदन के रोंगटे खड़े हो गए। आखिर वह हमींमें से एक था। उसने भी कई सफल फिल्में लिखी थीं। आज भी उसकी कलम में वही जोर था, जो उसकी बराबरी के लिखनेवालों में था। और जो अन्दर उस महकती हुई गुलजार महफिल में बैठे खुश-गप्पियों में लीन थे, जिनके घरों पर वह एक भिखारी के समान जाता था, जिनकी खिड़कियों के बाहर वह एक भिखमंगे की तरह चुपचाप खड़ा हो जाता था, जिनके नाम साहित्यिक और फिल्मी पत्रिकाओं के पहले पृष्ठ पर आते थे—वह उनमें से किसी से कम काबिलियत, लियाकत और कला नहीं रखता था। यह कहना ही गलत है कि उसे शराब ने मारा। आखिर कितनी शराब पीता था वह—आधी बोतल सुबह, आधी बोतल दोपहर और एक रात को—कूल दो बोतलें ठर्रे की, जो उस समय छः रुपये की होती थीं। कुल छः रुपये की शराब वह पीता था। इतनी शराब तो यूरोप, अमरीका और दूसरे देशों में करोड़ों लोग रात-दिन पीते हैं और सम्मानपूर्वक जीवित रहते हैं। छः रुपये की शराब बहुत हो गई क्या एक कलाकार के लिए? हम लोग खूबसूरत रोशनियों और रंगों के हाल में बैठे थे और वह उससे बाहर था। अन्दर जाम पर जाम पिए जा रहे थे और वह बाहर प्यासा खड़ा था। मैं आश्चर्यचकित हो उसके चेहरे की ओर देख रहा था—क्या यह मेरा भूतकाल है? या मेरा भविष्य? क्यों इस तरह सर झुकाए खड़ा है अर्श? क्यों मांग-मांगकर पीते हो? क्यों तुम्हें दूसरों की तरह दुनियादारी की चालें, साजिशें, चालाकी और फरेब नहीं आता? अन्दर हम लोग स्कॉच पी रहे थे, क्योंकि जिन्दगी के किसी मोड़ पर हमने किसी दूसरे को धक्का दिया था, तुमसे एक धक्का न दिया गया! अरे, किसी के लात मारी होती मूर्ख, तो आज इस फटी हालत में मेरे सामने तो न खड़े होते!

अचानक वह जोर से हंसा, जैसे सोडे की बोतल फट गई और तेज कांच की किरचें चारों तरफ बिखर गई। "क्यों, कैसी मनोवैज्ञानिक चोट की मैंने!" वह

व्यंग्य-भरे स्वर में बड़ी घृणा से मुझसे बात करने लगा।

सहसा मेरे सारे नर्म-गर्म, रहमदिली और हमदर्दी के 'जज्बे उसकी गाढ़ी गलीज हंसी में दब गए। मुझे गुस्सा आने लगा—तो यह सारा ड्रामा इसलिए खेला गया था कि इस अन्तर्विरोध को देखकर ऐसे विचार मेरे दिल में आएं और अर्श उनसे फायदा उठाकर मुझसे रुपये ले जाए?

मैंने दांत पीसकर कहा, "कमीने!"

उसने सर झुकाकर, हाथ बढ़ाकर कहा, "आदाब अर्ज करता हूं!"

इस वक्त उससे उलझना बेकार था। मैंने जल्दी से जेब से निकालकर उसे दस रुपये दिए और वापस हो लिया—लौट ही रहा था कि उसकी आवाज आयी, "अन्दर से जान निसार अख्तर को भेज दीजिएगा, उसे भी यही चोट दूंगा!"

उस रात अर्श ने एक सौ रुपये इकट्ठे कर लिये थे। मगर मैंने भी यह प्रण कर लिया था कि कुछ भी हो जाए, अब अर्श को कभी मुंह न लगाऊगा।

मगर यह जीवन इतना विचित्र है कि यहां कोई प्रण बहुत समय तक नहीं चल पाता। कुछ महीने रूठे रहने के बाद मैं फिर उसे काम देने लगा। अब वह मेरे और दूसरे लेखकों के संवाद नकल किया करता था। जो कुछ मिलता, उसमें से एक-चौथाई घर देता, तीन-चौथाई रकम की शराब पी जाता।

अब उस पर किसी गाली, झाड़, गुस्से, ताने, शिकायत का कोई असर नहीं होता था। अब वह ज्यादा बातें भी नहीं करता था। चूंकि किसी जमाने में वह कातिब भी रह चुका था, इसलिए उसकी लिखावट बहुत अच्छी थी। मेरी पाण्डुलिपियों की नकल का काम ज्यादातर उसी को दिया जाने लगा। धीरे-धीरे उसने फिर अपना रंग जमा लिया मुझ पर, यहां तक कि जब एक बार मेरी बीवी अपने मैके गयी, तो मैंने उसे खिड़की में खड़ा रखना उचित न जानकर घर के अन्दर आने और फिर घर में ही बैठकर काम करने की छूट दे दी। अब हम लोग इकट्ठे चाय पीते। कभी-कभी इकट्ठे खाना खाते। वह मुझे अपने अच्छे दिनों की कहानियां सुनाता और अपने जानने वालों पर बड़े सुलझे हुए कटाक्ष करता। ऐसा लगता था, जैसे अब भी उसके अन्दर कोई चिनगारी है।

X X X

एक दिन मैं कुछ घण्टों के लिए उसे घर में अकेला छोड़ गया। मुझे किसी आवश्यक काम से बाहर जाना था और जो कहानी वह नकल कर रहा था, उसे उसी

दिन डाक से भेजना भी था, इसलिए मैं उसे घर ही में काम करता छोड़ गया। कुछ घण्टों के बाद जब वापस आया, तो वह उसी तरह अपनी जगह पर बैठा हुआ काम कर रहा था। मैंने घर में प्रवेश करते ही इधर-उधर नजर डाली, तो वह भड़ककर कहने लगा, "हां, देख लो...देख लो, मैंने कुछ नहीं चुराया है! तुम्हारी बीवी के चांदी के बरतन तक सुरक्षित हैं और वह अलीगढ़ी पानदान भी...अच्छी तरह से देख लो!"

"क्यों लज्जित करते हो अर्श...मैं तो यूं ही..."

"यूं ही नहीं, जनाब, ठीक से सारे घर की तलाशी ले लो "मुमकिन है, कोई चीज गायब हो!"

मैं लज्जित होकर अपनी जगह पर बैठ गया। काम खत्म हो गया, तो मैंने उसे पैसे दे दिए। पैसे लेकर वह चलने ही वाला था कि मैंने उसे चाय पीकर जाने के लिए कहा। उसने बहुत इनकार किया, लेकिन मैंने जिद करके बैठा लिया। जब चाय तैयार हुई, तो मैं किचन में चमचे ढूंढ़ने लगा। देखा, तो किचन में एक भी चमचा मौजूद नहीं है। पचास-साठ चमचे थे, सबके सब गायब!

मैंने अर्श की तरफ देखकर कहा, "किचन में तो एक भी चमचा नहीं!"

अर्श फौरन भड़ककर बोला, "क्या तुम चम्मच के बिना चाय नहीं पी सकते... "खाना नहीं खा सकते...जिन्दा नहीं रह सकते...?"

उस दिन मैंने अर्श को घर से निकाल दिया और कसम खा ली, अब हमेशा के लिए खत्म—हमेशा-हमेशा के लिए।

मगर इस घटना के कुछ महीनों बाद वह फिर मेरी खिड़की में आ खड़ा हुआ। बहुत दुबला और कमजोर दिखाई दे रहा था। पेट पर एक मोटी पट्टी बांध रखी थी, जिससे उसका पेट उभरा हुआ दिखाई देता था। लम्बी-लम्बों सांसों के बीच बोला, 'बहुत बीमार हूं...खूनी पेचिश हो गई है...मुझे पच्चीस रुपये चाहिए।"

"यह बहानेबाजी अब नहीं चलेगी!" मैंने गरजकर उससे कहा, "चले जाओ!"

"नहीं...सचमुच बीमार हूं...सचमुच! बीस रुपये ही दे दो! मेरी। हालत देखो!" वह अपने पेट की पट्टी खोलने लगा।

"रहने दो...रहने दो! अब यह ऐक्टिंग यहां नहीं चलेगी!"

"अच्छा, तो कोई काम दे दो—नकल करने के लिए। और कुछ एडवान्स दे

दो—पन्द्रह रुपये ही दे दो!"

"एक पैसा नहीं मिलेगा!" मैंने बहुत ही कड़े शब्दों में उसे जवाब दे दिया और खटाक से खिड़की बन्द कर दी।

चौथे दिन मुझे मालूम हुआ, अर्श मर गया! मैं शम्भू पानवाले की दुकान पर खड़ा मघई पान का बीड़ा खा रहा था कि शकील बदायूनी के एक नौकर ने, जो उनके घर से तीस पानों का आर्डर लेकर आया था, मुझे पहचानकर और सलाम करके कहा, "आपको मालूम हुआ, अर्श साहब मर गए?"

एक धक्का-सा लगा। तो क्या वह सच कहता था... 'वास्तव में बीमार था वह!

"कब?" मैंने पूछा।

"आज सुबह।" नौकर ने जवाब दिया, "उनके घर से एक लड़का आया था... शकील साहब वहीं गए हैं।"

मैंने एक टैक्सी बुलायी और अर्श के घर रवाना हुआ।

वह सान्ताक्रुज वेस्ट के एक झोंपड़े में रहता था। करीब में भैसों का एक तबेला था। एक शेड में भैंसों के लिए चारा भरा था पास में दो गन्दी नालियां बह रही थीं, उनको फलांगकर अर्श के झोपड़ तक पहुंच सकते थे। अर्श की लाश झोंपड़े के ठीक बीच में रखी थी। बीवी, जो समय से पहले ही बूढ़ी हो गई थी, धीरे-धीरे बैन कर रही थी। अर्श के बच्चे कुछ नंग-धडंग अपने बाप की लाश के चारों ओर घेरा-सा बनाए हैरान व परेशान खड़े थे। सबसे छोटे लड़के अमजद की उमर चार साल की थी। उनकी मां ने उसे दूसरे मुहल्ले में खेलने के लिए भेज दिया था।

अर्श का चेहरा साफ-सफेद और सुता हुआ था। आंखें नीली थीं। पहली बार मैंने उन आंखों का रंग देखा। एक हजार बरस पहले जब तुम समरकन्द से चले होगे, तो यही आंखें लेकर चले होगे। कहां से कहां पहुंचे, इसका मुझे दुःख नहीं है, दुःख केवल इस बात का है कि ये आंखें जीवन में भी इसी प्रकार साफ और स्वच्छ क्यों नहीं दिखाई दी! जैसी साफ और शान्त तुम्हारी मौत है, ऐसा ही तुम्हें जीवन क्यों न मिला!

दो-तीन बच्चे नाक सुड़क रहे थे कि सिसकियां ले रहे थे कि हैरत से उन आने-जाने वाले सभ्य पुरुषों को देख रहे थे, जो इस झोंपड़े में इससे पहले कभी नहीं आए थे। इन बच्चों को आश्चर्य सम्भवतः इस बात का था कि ऐसे कुलीन वस्त्रधारी इनसान इससे पहले इस झोंपड़े में क्यों नहीं आए थे। उनके भूख से मारे

शरीरों को देखकर लगता था कि अर्श की मुसीबत तो कट गयी, अब उनकी शुरू होने वाली है। जबकि वह मेरे सामने दफन हुआ, विश्वास नहीं हुआ। कितने ही दिन खिड़की खोले उसका इन्तजार करता रहा—ख्याल था, वह लड़खड़ाते पगों से मेरी खिड़की के पास आकर रुक जाएगा और मैं उसे वे पच्चीस रुपये दे दूंगा। क्या मालूम था, बिल्कुल अन्तिम समय में वह बिल्कुल सच बोलकर मुझे चरका दे जाएगा!

अपनी अन्तरात्मा को सन्तुष्ट करने के लिए मुझे इस बार पच्चीस रुपयों से अधिक खर्च करने पड़े, जब कि उस समय केवल पच्चीस रुपयों में काम चल सकता था। पर अब मैं अर्श को वापस नहीं बुला सकता था। इन मुरदों में थोड़ी भी मनुष्यता नहीं है, जिन्दों को इस प्रकार तंग करने का इन्हें क्या अधिकार है!

एक मित्र ने उसके झोंपड़े का सात महीने का किराया चुकाया। एक मित्र ने दो महीने का राशन भर दिया। मैंने उसकी बीवी-बच्चों के लिए कपड़े बनवा दिए। अर्श के तीजे पर मैं उसके झोंपड़े गया, तो चार साल का नन्हा अमजद एक नई कमीज पहने अपनी मां की गोद में बैठा था और खुश होकर कह रहा था, "अम्मां...'नयी कमीज...!"

मुझे देखकर अर्श की बीवी ने थोड़ा-सा घूंघट काढ़ लिया और आंसू-भरे स्वर में बोली, "हां, बेटा, अब्बा मर गए हैं न... तो यह इन्होंने... तेरे अब्बा के दोस्त ने तेरे लिए कमीज बनवा दी है।... इन्हें सलाम करो, बेटा!"

मगर नन्हा अमजद अभी केवल चार वर्ष का था, अभी उसने किसी को खुशामद से सलाम करना नहीं सीखा था। अभी उसे यह भी ठीक से मालूम नहीं था कि मरना किसे कहते हैं और दोस्त कौन होता है। अपनी मां की बात से केवल उसे इतना पता चला कि उसके अब्बा मर गए हैं और उसे नई कमीज मिली है। यह जानकर वह गहरे सोच में पड़ गया। उसके मासूम माथे पर सोच की एक गहरी लकीर उभरी और उसने अपनी नई कमीज के दामन में अपनी उंगली फंसाकर अपनी अम्मां से पूछा, "तो अम्मां...तो अब्बा इससे पहले क्यों नहीं मर गए...?"

दुनिया की सबसे बड़ी किताब

"किताब... ?... 'हां किताब... ! वह किताब तो मैं जरूर लिखूगा !" रफीक हसन ने बेचैनी से कमरे में टहलते हुए कहा, "और वही एक किताब मेरी जिन्दगी का हासिल होगी !"

"मगर कब लिखोगे वो किताब ?" जफर ने झुंझलाकर पूछा, "बीस बरस से यही सुन रहा हूं।"

"बस इक जरा फहमीदा की शादी कर लूं," रफीक ने बड़ी गरमजोशी से कहा, "फिर लिखूंगा किताब !"

किताब का जिक्र करते ही रफीक की आंखों में एक साधारण चमक आ गई और वह अपने सुन्दर, साहित्यिक भविष्य के सुनहरे क्षणों में खो गया।

रफीक और जफर दोनों बचपन के दोस्त थे, मैट्रिक तक दोनों साथ पढ़े, फिर रफीक कालेज में चला गया। जफर के मां-बाप गरीब थे। जफर अपनी पढ़ाई आगे जारी न रख सका। स्कूल की किताबें खोलते ही उसे जम्हाइयां आने लगती थीं। हां, शेरो-शायरी, नाविलों, किस्से-कहानियों में उसका जी बहुत लगता था।

जब रफीक हसन बी० एस-सी० में दाखिल हुआ, उस समय तक जफर एक प्रसिद्ध लेखक बन चुका था। उसकी कविताओं के दो संकलन, तीन उपन्यास छप चुके थे। उच्च साहित्यिक पत्रिकाओं में उसका नाम आदर से लिया जाता था।

साहित्य के सबसे बड़े आलोचक जमाल अहमद जमाल ने उसके बारे में लिखा था कि एक दिन वह बहुत बड़ा उपन्यासकार सिद्ध होगा। इस तबसरे के बाद प्रकट है किसी हिचकिचाहट की जरूरत नहीं थी। खैरपुर की नगीना बेकरी में, जहां वह क्लर्की करता था, उसने अपना इस्तीफा दाखिल कर दिया और अपना पूरा जीवन साहित्य को अर्पित कर देने का फैसला करके दिल्ली चला आया क्योंकि यह अनोखा शहर सदा से हुनरमंदों का केंद्र रहा है। खैरपुर से दिल्ली आने का एक कारण और भी था। यहां जफर का जानी-जिगरी दोस्त रफीक हसन बी० एस-सी० में पढ़ता था।

रफीक हसन भी एक लेखक बनना चाहता था। जफर की तरह उसे भी उपन्यास पढ़ने और किस्से-कहानियां गढ़ने का शौक था। मैट्रिक तक दोनों मिल

प्रायः एक ही विषय पर लिखा करते और अपने टीचर से दाद वसूल करते, बल्कि अकसर रफीक अपनी लेखनी की उत्कृष्टता के कारण जफर से बाजी मार ले जाता था। मगर रफीक के हालात दूसरे थे। रफीक का चरित्र भी भिन्न था। वह किसी हद तक दब्बू और शर्मीला भी था। विद्रोह की भावना उसके दिल में भी थी मगर माता-पिता के सामने उसे प्रकट करने का साहस उसमें नहीं था। वह बस दिल मसोसकर रह जाता था। जफर बहुत जल्द किसी फैसले पर पहुंच सकता था। रफीक आसानी से कोई फैसला नहीं कर पाता था। जफर अपने मित्र के इस दुर्बल स्वभाव से अच्छी तरह परिचित था और इसी पर कुढ़ता भी था। अक्सर रफीक से कहा करता, 'यूं अपने घर वालों से दबे-दबे रहे तो जिन्दगी-भर कुछ नहीं कर पाओगे। अपने दिलो-दिमाग की विद्रोही भावनाओं को प्रकट करो। तुम्हारी लेखनी मुझसे बेहतर है। सच कहता हूं, लिखना शुरू कर दोगे तो चंद सालों में संसार में नाम पैदा कर लोगे। यूं गुमनामी की जिन्दगी बसर करते हुए मर जाना क्या तुम्हें अच्छा लगेगा?'

इस पर रफीक ने डरते-डरते कहा था, "एक उपन्यास शुरू तो किया है......"

"कहां तक हो गया है?"

"अभी तो सिर्फ तीन-चार चैप्टर हुए हैं।"

"सुनाओ।"

बहुत हिचकिचाहट से रफीक ने अपने उपन्यास के शुरू के लिखे हुए पृष्ठ पढ़कर सुनाए। जफर सुनकर उछल पड़ा, "रफीक, तुम जुल्म करोगे खुद साहित्य पर और संसार पर यदि इस उपन्यास को जल्द से जल्द पूरा नहीं करोगे। अगर तुमने यह किताब नहीं लिखी तो रफीक, मैं तुम्हें जिन्दगी-भर माफ नहीं करूंगा!"

"नहीं। पूरा तो करूंगा लेकिन बी०एस-सी०के बाद। वालिद साहब कहते हैं कि फर्स्ट क्लास आनी चाहिए।"

"अरे जहन्नुम में डालो बी०एस-सी० को और फर्स्ट क्लास को! क्यों अपनी अमूल्य प्रतिभा को नष्ट करते हो? अभी इसी क्षण विद्रोह कर दो अपने माता-पिता की परंपरा के विरुद्ध और मेरे साथ आ जाओ। हम दोनों मिलकर अपने साहित्यिक जीवन के लिए संघर्ष करेंगे।"

रफीक आनंदविभोर हो जफर के गले लग गया। बोला, "पहले

बी० एस-सी० कर लूं। बस, सिर्फ बी०एस-सी० कर लेने दो, फिर मैं यह किताब... ।"

जफर ने मेज पर जोर से हाथ मारा और क्रोध में भरा हुआ कमरे से बाहर निकल गया।

X X X

बी० एस-सी० कर लेने के बाद रफीक हसन अपने पिता के जोर देने पर मैकेनिकल इंजीनियरिंग का डिप्लोमा प्राप्त करने के लिए इंजीनियरिंग कालेज में दाखिल हो गया। जफर के बहुत आपत्ति करने पर रफीक ने अपने दोस्त को बाकपूर से पत्र लिखा जिसमें उसने अपनी मजबूरी का जिक्र करते हुए इस बात का प्रमाण दिया था कि एक बार इंजीनियर बन जाने के बाद वह उस नैतिक जिम्मेदारी से मुक्त हो जाएगा जो एक बेटे की हैसियत से बाप का सपना पूरा करने के सिलसिले में उस पर लागू होती थी। फिर यह बात भी है कि इंजीनियर बन जाने के बाद और अच्छा वेतन पाने के बाद उसे एक मानसिक चैन भी नसीब होगा जिसके सहारे वह अपने अवकाश के क्षण साहित्य को सौंप सकेगा। 'वह अधूरा उपन्यास अभी तक मेरे पास है। इंजीनियर बन जाने के बाद सबसे पहले मैं उसी उपन्यास को पूरा करूंगा, यह मेरा तुमसे आखिरी वायदा है।' उसने अन्त में लिखा था।

जफर यह पत्र पाकर चुप हो गया। कोई जबरदस्ती किसीको लेखक नहीं बना सकता। फिर उसका अपना साहित्यिक जीवन था, उसे स्वयं भी बहुत दूर जाना था। पर जफर बेकरार था कि कब रफीक इंजीनियर बने और अपना वायदा पूरा करे।

मगर मैकेनिकल इंजीनियर का डिप्लोमा करने के बाद अचानक रफीक के पिता को कैंसर हो गया। हालात से मजबूर होकर एक बार फिर रफीक को लेखक बनने का विचार छोड़ना पड़ा। उसे जल्दी ही एक अच्छी नौकरी मिल गई। अब जो भी पैसा उसे मिलता, वह उसे बाप के इलाज में झोंक देता। पांच साल वह अपने पिता का इलाज कराता रहा, अमरीका तक हो आया। मगर पांच साल बाद उसके वालिद का देहांत हो गया।

फिर अपनी विधवा मां और तीन भाइयों के पालन-पोषण और शिक्षा का बोझ उसपर पड़ गया मगर रफीक ने साहस नहीं छोड़ा। जैसे-तैसे करके उसने यह सात-आठ साल भी गुजार दिए, अपने भाइयों को अच्छी तालीम दिलवाई। दौड़-धूप करके उन्हें नौकरियों पर भी लगवा दिया और जब तीनों भाई कमाने

लगे तो उसने इतमीनान की सांस ली, 'अब मैं अपने जीवन की अभिलाषा पूरी कर सकूंगा, मेरे दोस्त,' उसने जफर को लिखा, 'छः मास के अन्दर-अन्दर तुम्हें मेरे उपन्यास की पांडुलिपि मिल जाएगी, पूरा उपन्यास—यह मेरा तुमसे आखिरी वायदा है!'

मगर इन्हीं दिनों में देश का बंटवारा हो गया और उसकी खाला अपनी पांच बच्चियों और दो छोटे लड़कों को लेकर उसके घर में आकर रहने लगी क्योंकि उसका पति सैयद शराफत अली फसाद में मारा गया था और अब उसकी गरीब बेवा और सात बच्चों को कोई सहारा रह नहीं गया था।

कायदे से रफीक हसन के तीनों भाइयों को अपनी मौसी की मदद करनी चाहिए थी और रफीक ने उन्हें लिखा भी था मगर वे तीनों शादी-शुदा थे और अपनी-अपनी उलझनों में गिरफ्तार थे या त्याग का हौसला नहीं रखते थे। मौसी और उसके सात बच्चों का बोझ उसपर आन पड़ा। मजबूरन उसे यह बोझ उठाना पड़ा।

अभी तक उसने विवाह नहीं किया था। खानिम से उसे बेइंतहा मोहब्बत थी और खानिम भी पिछले छः साल से उसका इन्तजार कर रही थी जिस तरह उसका अधूरा उपन्यास उसका इन्तजार कर रहा था। मगर जिस दिन रफीक ने अकेली जान पर अपनी विधवा खाला और उसके सात बच्चों का बोझ उठा लिया, उस दिन उसके कंधों पर कोई ऐसी जगह नहीं रह गई थी जहां वह खानिम को बिठा सके। गुस्से में सिसकती हुई खानिम पाकिस्तान चली गई। उस दिन रफीक बहुत रोया था।

फिर उसने अपने आंसू पोंछ डाले और अपने काम पर चला गया।

उस दिन के बाद से किसीने उसे सिर उठाकर चलते हुए नहीं देखा। उसके कंधे झुके-झुके रहते। किसीने उसे निगाह उठाकर ऊपर आकाश की ओर देखते हुए नहीं देखा। लगता था जैसे वह आकाश की ओर देखते हुए कतराता हो। वह झुका-झुका एक भालू के अन्दाज में चलता, मजबूत, भारी, बोझिल कदमों से—देर तक रातों को वह नक्शे और खाके देखता रहता क्योंकि सरकार ने उसे गंगा पर एक बहुत बड़ा पुल निर्माण करनी की जिम्मेदारी सौंपी थी। वह बहुत योग्य और ईमानदार अफसर था।

उसने खानिम को लिखा, "मुझे तुम तो याद नहीं आती हो, तुम्हारा हवेली का पुराना फाटक याद आता है। और नदी किनारे वह जगह जह हम दोनों आमने-सामने बैठकर गीली सुनहरी बालू को अपनी उंगलियों से खोद-खोदकर उसमें से मीठे पानी का चश्मा ढूंढा करते थे। मुझे हवेली की पश्चिमी और वह दो छोटी-छोटी

बुजियां भी याद आती हैं जिनके बीच एक ताकनुमा खिड़की में बैठकर तुम मेरी राह तका करती थीं। क्या मालुम तुम्हारी बेकरार उंगलियों को करार आ गया हो, मैं अभी तक अपनी उगलियों से सुनहरी रेत खोदता हूं और मीठे पानी का चश्मा तलाश करता हूं..."

जवाब में खानिम ने उसे अपने बच्चे की तसवीर भेजी थी। तरसाई हुई औरत बड़ी बेरहम होती है।

देर तक गरदन झुकाए वह उस नन्हे बच्चे की तसवीर को देखता रहा।

उसकी उंगलियां कांप रही थीं।

रेत ही रेत...कितनी दूर...कितना गहरा...कहां है वह मीठे पानी का चश्मा?...है भी कि नहीं...? शायद लोग झूठ बोलते हैं?

उसने जफर को खत लिखा, 'मैंने खानिम की याद को भी वहीं रख दिया है, जहां मैंने उस किताब को रखा है। दोनों मुझसे बहुत दूर होती जा रही हैं। शायद संसार में मनुष्य के सबसे महत्त्वपूर्ण कार्य वही होते हैं जिन्हें वह कर नहीं सकता।' जफर ने उसके खत का कोई जवाब नहीं दिया। चन्द दिनों तक रफीक के दिमाग में खलबली मची रही। फिर उसने अपने-आप को संतोष दे लिया। उसके अन्दर जिंदगी के छोटे-छोटे महत्त्वहीन कामों में अपने आपको उलझाकर जिन्दगी की बड़ी आरज़ुओं से कतराकर गुजर जाने की आदत पक्की होती जा रही थी।

अभी तो यह पुल बनाना है, इससे गंगा का इलाका खुलेगा, कंवरपुर के जिले का व्यापार बढ़ेगा, किसान अपना अनाज बेहतर कीमत पर बेच सकेंगे।

फिर फहमीदा की शादी करनी होगी।

(फहमीदा रफीक की खाला की सबसे बड़ी लड़की है।)

"फिर दूसरा पुल?" जफर ने पूछा और रफीक ने आहिस्ता से 'हां' में सिर हिला दिया।

"फिर नफीसा की शादी?" जफर ने आगे बढ़ते हुए कहां।

(नफीसा खाला की दूसरी लड़की है।)

जब इसपर भी रफीक ने 'हां' में सर हिला दिया तो जफर खामोशी से देर तक उसका मुंह तकता रहा। फिर एकदम उठकर कमरे से बाहर निकल गया और रफीक ने सोचा...मगर यूं तो होगा ही...नफीसा के बाद शमसा की शादी होगी...फिर कोई अस्पताल, कोई बिल्डिंग, कोई बांध, किसी सेक्रेटेरियेट की कोई इमारत, नक्शे-खाके, हजारों मजदूर... सैकड़ों ठेकेदार, दर्जनों इंजीनियर,

क्रेनें, डीजल इंजन, सीमेंट के बोरे...खेमों में आग लगती हुई, झाड़ियों में गुजरने वाली हवा सिसकियां लेती हुई...पांव कीचड़ में फंस गया है। रफीक देर तक पांव कीचड़ में से नहीं निकालता। वह क्यों अपना पांव कीचड़ में से नहीं निकालता? वह क्यों किताब नहीं लिखता जिसके खाली पष्ठ रोज रात को उसकी छाती पर खुलकर खड़खड़ाते हुए उसे विचलित करते हैं...दो बुजियों के बीच एक बार्चा खुलता है और दो पर्दों के हाले में चांद निकलता है। मगर उसका पांव तो कीचड़ में है...

रफीक ने धीरे से एक लंबी सांस ली और पांव को कीचड़ से निकाल लिया। फिर वह आहिस्ता-आहिस्ता भारी कदमों और गीले जूतों से निशान बनाता हुआ अपने खेमे की ओर जाने लगा।

दो माह में यह बांध तैयार हो जाएगा और अगले साल खाला की तीसरी लड़की की भी शादी हो जाएगी और इरफान भी मैट्रिक पास कर लेगा। मगर खेमा तो अभी बहुत दूर है...

X X X

यूं ही चालीस बरस गुजर गए, यूं ही पचास बरस गुजर गए, यूं ही घसीटते-घसीटते वह पचपन वर्ष का हो गया। अब उसने सारे वायदे पूरे कर लिए थे और सबके कर्ज चुका दिए थे। उसकी मां मर चुकी थी। उसकी खाला की पांचों लड़कियों का विवाह हो चुका था। दोनों लड़के शिक्षित हो चुके थे।

जब वह पचपन वर्ष का हो गया तो उसने रिटायर होने का फैसला कर लिया—बहुत हो गया—बहुत हो गया। अब मैं किताब लिखुंगा—अपनी किताब...!

अफसरों, मित्रों, रिश्तेदारों के समझाने के बावजूद उसने पेंशन ले ली, शहर छोड़ दिया और किताब लिखने के लिए खानिम के गांव चला गया।

'मैंने यहां पर कॉटेज बना लिया है।' उसने जफर को लिखा, 'जहां से मैं खानिम के घर की पुरानी बुजियों को देख सकता हूं। यह एक छोटा-सा गांव है—शांत कॉटेज के करीब मेरे बचपन की नदी बहती है। दूर तक...हरे-भरे टीले हैं—टीलों से परे ऊंचे पहाड़ हैं। अब मैं यहां बैठकर अपना उपन्यास पूरा करूंगा।'

कोई दो साल बाद फिर जफर के नाम उसका एक और खत आया।

"आया था किताब लिखने के लिए...अपना साहित्यिक जीवन शुरू करने के

लिए...मगर यहां अजीब परेशानी में पड़ गया। यहां और आस-पास के पांच-सात गांवों में एक भी स्कूल नहीं है, तुम किसी ऐसे गांव में कैसे किताब लिख सकते हो जिसमें एक भी स्कूल न हो? यह किताब का अनादर है। लिहाजा मैंने अपने कॉटेज में स्कूल खोल लिया है। दो साल से बच्चों को पढ़ा रहा हूं। सोचता हूं कोई खरा और ईमानदार अध्यापक मिल जाए तो यह स्कूल उसके हवाले कर दूं और फिर इतमीनान से यह किताब..."

जफर ने यह पत्र आगे नहीं पढ़ा। क्रोध में उठाकर फेंक दिया।

एक साल बाद रफीक ने उसे फिर खत लिखा, "तुमने अपने खत में मुझे जिस कदर गालियां दी हैं, सब दुरुस्त हैं...मगर मेरी भी तो सुनो। स्कूल का काम बहुत बढ़ गया है, आसपास के गांवों से भी लड़के पढ़ने के लिए आने लगे हैं। दो टीचर भी रख लिए हैं, फिर भी फुर्सत नहीं मिलती। गांव में एक भी डाक्टर, हकीम या वैद्य नहीं है। मैंने जी लगाकर होमियोपैथी का कोर्स मुकम्मिल कर लिया है। अब दवा भी देता हूं। अध्यापक हूं। डाक्टर भी हूं। कभी अनपढ़ देहातियों के पत्र भी लिखने पड़ते हैं। उनके झगड़े भी निपटाने पड़ते हैं। बिल्कुल बच्चों की तरह हैं हमारे देहात के लोग, कुछ नहीं समझते, कुछ नहीं जानते कि संसार कितना बदल गया है। सोचता हूं प्रौढ़ अवस्था के लोगों की एक क्लास लेना शुरू कर दूं...मगर सुनो वो किताब..."

टुकड़े-टुकड़े करके जफर ने वह पत्र रद्दी की टोकरी में फेंक दिया।

मगर रफीक के खत बराबर आते रहे :

"गांव में सूखा पड़ गया है, गांव में हैजा फैल रहा है, गांव में अकाल पड़ रहा है, लोग अकाल से बेहाल हो रहे हैं! पंचायत में धोखेबाज लोग आ गए हैं—खेती-बाड़ी का ढंग वही पुराना है। इसे तो बदलना ही होगा मगर कोई बताता नहीं इन गरीब, अनपढ़ लोगों को... 'आजकल खेतीबाड़ी पर किताबें पढ़ रहा हूं। और मेरा खयाल यह..."

चुरमुरा के पूरा खत जफर की मुट्ठी में कुचला गया और फिर आतिशदान में फेंक दिया गया। जफर ने क्यान्ती का एक लम्बा घूंट लेकर मेहराबदार खिड़कियों से बाहर के दृश्य को देखा... बाहर पहाड़ी ढलवानों ने बादलों के श्वेत आवरण ओढ़ लिए थे और डल पियाजा की पुरानी रोमन झील पर बरफ की कलियां गिर रही थीं। और दूसरे कमरे में जफर की इठलाती महबूबा उसका इंतजार कर रही थी... भारत से आए हुए इस अजीब-से खत ने कुछ क्षणों के लिए रोमन शाम का खूबसूरत जादू तोड़ दिया था। अब जफर अंतर्राष्ट्रीय शोहरत

का मालिक है। रोम के एक मशहूर प्रकाशक ने जो मोराविया का भी प्रकाशक है, उसके छः उपन्यासों को इतालवी भाषा में छापने का अनुबन्ध किया है। दूसरे कमरे में...

उसने पूरा घूंट हलक से नीचे उतार लिया और दूसरे कमरे में चला गया।

X X X

और अब वह लगभग बीस वर्ष बाद रफीक के साथ खानिम के गांव से गुजर रहा था। रफीक के बहुत आग्रह करने पर उसे इस गांव में आना ही पड़ा। रफीक के पत्रों से लगता था जैसे अब वह वास्तव में सच्चा दिल और गहरी लगन से किताब लिखने के लिए बेताब है।

देहातियों के कपड़े मामूली खुरदरे और कम कीमत के मगर साफ-सुथरे और कायदे के। और लोगों की आंखों में वह चमक, इतमीनान और भरोसा जो थोड़ा अवकाश और मेहनत से प्राप्त होता है। खेतों में भूरी और सुनहरी फसलें लहलहाती हुई, स्कूल में बच्चे किताबें खोले हुए और घरों में औरतें गुनगुनाकर काम करती हुई, वह जिंदगी जो उसने योरोप के देहात में देखी थी।

जफर ने यह भी देखा, दोनों के हमउम्र होने के बावजूद रफीक बहुत बूढ़ा हो गया है, उसके दोनों हाथ भी कांपने लगे हैं। ऐसा लगता है जैसे रफीक ने अपने बुढ़ापे के खिलाफ कोई संघर्ष नहीं किया। उसने बुढ़ापे को संहर्ष स्वीकार कर लिया था जबकि जफर का चेहरा एक लड़ते हुए व्यक्ति का चेहरा था, ऐसा चेहरा जो हर पैदा होनी वाली झुरी पर आपत्ति कर रहा हो। रफीक की आंखों में बड़ा मीठा-सा दर्द था, माथे पर अजीब-सी मासूमियत थी, मुस्कराहट में विचित्र-सा अपनापन था जैसे उस मुसकान के लिए कोई अजनबी न हो। जफर के पूरे व्यक्तित्व में एक फासला था अपनी खुदी में सिमटा हुआ—एक हाला था—दौलत का, शोहरत का—चारों ओर खिंचा हुआ। एक मगरूर-कामयाब आदमी अपने में सिमटा हुआ...हर क्षण विचलित,...कहीं ऐसा न हो कि जीवन के लमहे में उसे अपने रुतबे के मुताबिक इज्जत न मिले। वह हमेशा चौकन्ना-सा रहता था, हमेशा होशियार, हर वाक्य में दुश्मनी की बू सूंघने वाला...मगर रफीक के दिल में किसी प्रकार का परायापन न था। वह उससे उसी तरह मिला जैसे आज से बीस साल पहले, आज से तीस साल पहले, आज से चालीस साल पहले मिला था। वही बेमतलब मोहब्बत और साथीपन की भावना।

"मगर इतने बरस तुमने इस काम को टाला क्यों?" जफर ने रात के खाने के बाद रफीक से पूछा। रफीक कुछ लज्जित-सा होकर बोला, "वास्तव में मैंने टाला नहीं, स्वयं से टलता रहा। मगर अब मैं लिखूंगा—आज रात से ही शुरू करूंगा। मैं चाहता था कि जब मैं अपनी जिन्दगी की सबसे बड़ी ख्वाहिश पूरी करने जा रहा हूं तो तुम मेरे पास रहों, कम से कम पहले चंद दिनों के लिए..."

"मैं सात दिन से अधिक नहीं ठहर सकूंगा।" जफर ने उसे बताया।

"बहुत हैं! मेरे लिए यह सात दिन ही बहुत हैं।" रफीक ने हर्ष से कहा। "यद्यपि मेरे हाथ जरा-जरा कांपते हैं—मगर विचार उमड़े चले आ रहे हैं। आज रात ही से किताब लिखना शुरू करूंगा..."

X X X

सुबह-सुबह ही जिस समय जफर रफीक के कमरे में दाखिल हुआ, उस वक्त भी रफीक अपनी मेज के सामने कुरसी पर बैठा, झुका हुआ कुछ लिख रहा था। उसकी पीठ जफर की ओर थी।

जफर दरवाजे से चिल्लाया, "अरे रफीक, क्या आज ही किताब खत्म कर दोगे? नाश्ता नहीं करोगे...दस बज रहे हैं! दिखाओ तो कितने पृष्ठ लिख डाले हैं तुमने..."

यह कहता हुआ वह रफीक की मेज के करीब गया। करीव जाते-जाते वह कुछ ठिठका, फिर धक् से रह गया...

रफीक रात को किसी समय कुरसी पर बैठा-बैठा मर गया था। उसके हाथ में कलम थी, सामने खिड़की खुली हुई थी जिसमें से खानिम की हवेली की बूर्जियां और उनके दरमियान एक खाली बार्चा नजर आता था। रफीक की बेजान, बेनूर आंखें उसी बार्चे पर जमी थीं।

जफर ने झुककर पैड की ओर देखा। पैड का पृष्ठ खाली था।

X X X

जफर कुछ क्षणों के लिए रफीक की कुर्सी की हत्थी को पकड़े अवाक् खड़ा रह गया।

तो...तो रफीक मर गया है—अपनी जिन्दगी का बेहतरीन काम, अपने जीवन की सर्वश्रेष्ठ कामना पूरी किए बगैर...! रफीक मुरदा है!...रफीक...अगर लिखता तो मुझसे बेहतर लिखता... मगर आज रफीक को कोई नहीं जानता। कल के अखबार में कोई सुर्खी नहीं होगी क्योंकि उसने अपनी प्रतिभा को दबाकर राख कर दिया...और राख को कोई नहीं पहचानता। वह बड़ा आदमी बन सकता था

मगर उसने अपने-आप को छोटे-छोटे कामों में उलझाकर खत्म कर दिया। रफीक की जिन्दगी पर नजर दौड़ाते हुए जफर के दिल में अपने दोस्त के लिए शदीद झुंझलाहट और कुछ नफरत के जज्बात उभरने लगे।

फिर सहसा उसके विचारों ने पलटा खाया। ठीक है वह शेक्सपियर, कालिदास, अरस्तू, गालिब नहीं बन सका। वह अपने युग का जफर भी नहीं बन सका...तो क्या हुआ...क्या एक महवर पर गुजारने का नाम ही जिन्दगी है? क्या वह जीवन जो धरती के समानान्तर गुजारा जाता है, जीवन नहीं होता? क्या धान के खेत को केवल इसलिए घृणा की दृष्टि से देखा जाए कि वह माउंट एवरेस्ट नहीं है? फिर कौन एक छोटा-सा पुल बनाएगा कि लोग उस पर से गुजर सकें और कौन एक गांव में बैठकर काम करेगा कि किसी के पेट में दो दाने जा सकें?

मगर जिन्दगी क्या कहीं छोटी-छोटी बातों, मजबूर कुर्बानियों, मामूली कामों, तुच्छ मेहरबानियों और दिल तोड़ देने वाली मेहनतों का नाम नहीं है? जिनका कोई सिला नहीं है, कोई शोहरत नहीं, कोई महानता नहीं, ममर जिनके बिना जीवन का यह पुरपेच चक्र किसी तरह मुमकिन नहीं...

फिर मैं रफीक को किस तरह कोसूं? क्या किताब सिर्फ वह किताब होती है जो अक्षरों में छपी होती है, जो उपमाओं से सजाई जाती है? शायद किताब लिखने का कोई दूसरा तरीका भी है...शायद बूंद-बूंद अपनी आरजुओं का खून करके रफीक भी एक किताब लिख रहा था। शायद हममें से हर शख्स जिन्दगी में एक किताब लिखता है, शायद यह अनलिखा पृष्ठ साहित्य की सर्वश्रेष्ठ रचना है...

जफर की आंखें पुरनम हो चली थीं। धीरे-धीरे रफीक का कंधा थपथपाते हुए उसने अपने विचारों की भावुक धारा को रोका। अभी तो उसे गांव वालों को सूचित करना होगा। जनाजे का इन्तजाम करना होगा।

कब्र का...और...

रफीक को मरे हुए एक अरसा हो चुका है, उसके रिश्तेदार उसे भूल चुके हैं। अब तो गांव में भी कोई उसका नाम नहीं जानता। उसकी कब्र भी ढह चुकी है, सिर्फ जफर का लगाया हुआ कुतबा...आधा जमीन में धंसा और आधा तिरछा खड़ा हुआ किसी प्रकार बाकी है...जिसे गरदन टेढ़ा करके पढ़ना पड़ता है...और जिस पर वह अजीबो-गरीब इबारत खुदी है :

'यहां संसार का सबसे बड़ा लेखक दफन है!"

हाथ की चोरी

सवेरे जो कल आंख मेरी खुली तो क्या देखा, कि मेरा बायां हाथ गायब है, रात को जब सोया था तो मौजूद था, बहुत हैरान हुआ, कैसे गायब हो गया? बिस्तर पर इधर-उधर ढूंढ़ा, कहीं न मिला, कोहनी (दायीं) मारकर बीवी को जगाया, उनसे पूछा—भलीमानस, तुमने कहीं मेरा बायां हाथ देखा है? बोली—"क्या दायां क्या बायां—हाथ तो तुम्हारे ऐसे-ऐसे देख चुकी हूं कि अब तुम्हारे सारे हथकंडों से वाकिफ हो चुकी हूं। इस वक्त तुम कौन-से हाथ की सफाई दिखला रहे हो?" मैंने कहा, "नेकबख्त! मैं हाथ की सफाई क्या दिखाऊंगा, मेरा खुद बायां हाथ गायब है, यकीन न आए तो देख लो।" इस पर वो चौंककर उठ बैठी—मेरा बायां कंधा टटोलकर कहने लगी—"सचमुच गायब है, ऐसा लगता है जैसे कभी था ही नहीं।" फिर मेरी तरफ शक से भरी नजर से ताकते हुए बोली:

"किसको दे आए हो?"

"अरी किसको देता और कौन लेता है हाथ और वो भी बायां।"

बीवी बोली, "तुमने जरूर किसी के हाथ में हाथ दिया होगा, और वो रंगीन चिड़िया आफत की पुड़िया उसे लेके चल दी होगी, या तुमने किसी की कमर में हाथ डाला होगा और फिर निकालना भूल गए होगे।"

"मैडम, ये मजाक का वक्त नहीं है, देखती नहीं मेरा बायां हाथ गायब है।"

"तो मैं क्या करूं?" वो एक जम्भाई लेकर बोली, "ढूंढ़ो, कहीं इधर-उधर रखकर भूल गए होंगे—तुम्हारी पुरानी आदत है—चीजें इधर-उधर रखकर भूल जाते हो।"

सारा घर छान मारा, पतलून की दोनों जेबें देख डालीं-गुसलखाने का लोटा

तक देख लिया, नौकर को डांट-डपटकर पूछा—"तूने मेरा बायां हाथ तो नहीं लिया? सच-सच बोल, नहीं तो अभी एक हाथ दूंगा..." वो बेचारा घबराकर बोला, "हजूर, मैं आपका हाथ लेकर क्या करूंगा; मेरे दोनों हाथ मौजूद हैं, देख लीजिए।"

सचमुच बात तो ठीक थी, उसके दोनों हाथ मौजूद थे—फिर वो तीसरा हाथ लेकर क्या करता! और शरीर के किस हिसे पर लगाता? मैंने उसे छोड़ दिया और घबराया हुआ घर से बाहर निकल गया, और उस सड़क पर हो लिया—जहां मैं रात के खाने के बाद सैर के लिए जाता हूं। यह मेरी पुरानी आदत है कि चलते समय दोनों हाथ झुलाकर चलता हूं, मुमकिन है रात को सैर करते वक्त बायां हाथ जरा जोर से झुला दिया हो और वो बेचारा मेरे कंधे से खिसकके किसी गड्ढे में गिर पड़ा हो। सड़क के सारे गड्ढे देख लिए, हाथ कहीं नहीं मिला। बनिये की दुकान पर गया जो नुक्कड़ पर थी, जहां से मैंने रात को घर जाते वक्त रुककर कुछ जरूरी सौदा खरीदा था; बनिया मेरी बात सुनकर दोनों हाथ जोड़कर बोला—"ना बाबूजी। हम किसी का पराया हाथ नहीं रखते, राम-राम, ऐसा बुरा काम हम कभी नहीं करते।"

"अरे मटरूमल, तुम्हारी तो पुरानी आदत है, राम-राम जपना और पराया माल अपना, निकाल मेरा बायां हाथ?"

"नहीं बाबू जी। हमने आपका बायां हाथ नहीं देखा, हमारी दुकान पर—अगर कोई ग्राहक अपनी चीज भूल जाते हैं तो हम उसे संभालकर रखते हैं। एक दफे एक ग्राहक बरसात के जमाने में अपनी छतरी भूल गया था, अगली बरसात में हमने उसकी छतरी वापस कर दी थी—छतरी तो भला काम की चीज है—आपका बायां हाथ किस काम का?"

थक-हारकर मैं पुलिस में जाने वाला था, फिर बनिये की बात याद आ गयी—सचमुच बायां हाथ किस काम का...सारा काम तो मैं दाहिने हाथ से ही करता हूं—लिखता दायें हाथ से हूं—खाता दायें से हूंलड़ता दायें हाथ से हूं—और आदाब करता दायें हाथ से हूं, एक हाथ जोड़ते वक्त दोनों हाथ काम आते हैं। चलो अच्छा हुआ बायें हाथ के गायब होने से बार-बार हाथ जोड़ने को खुशामदाना आदत छूट जाएगी, बायें हाथ का ऐसा कौन-सा काम है जो मैं दायें हाथ से नहीं कर सकता? फिर पुलिस में रिपोर्ट होगी तो तरह-तरह के प्रश्न पूछे जाएंगे, तुम्हारा क्या नाम है? बाप का क्या नाम है...दादा का क्या नाम था? किस वक्त चोरी

हुई...? कहां पर चोरी हुई? तुम्हारे पास क्या सबूत है कि तुम्हारा कभी बांया हाथ भी था। अगर रात को सोते समय तुम्हारा बायां हाथ गुम हुआ तो बीवी की गवाही दरकार है। उसे थाने में पेश करो, मुमकिन है तुम्हारी बीवी ने तुम्हारा हाथ चुराकर अपने बैंक के लॉकर में बन्द कर दिया हो, वर्ना बीवी की नेकचलनी की जमानत पेश करो। मुमकिन है तुमने खुद ही अपना बायां हाथ गायब कर दिया हो। आजकल ऐसे किस्से सुनने में बहुत आते हैं कि खुद ही चीज गायब कर दी और चोरी का इल्जाम दूसरे पर थोप दिया। मुमकिन है बायें हाथ से तुमने कोई लम्बा हाथ मारा हो और आप पकड़े जाने के डर से खुद ही गायब कर दिया हो। किस रंग का हाथ था? कितना लम्बा हाथ था? कितनी अंगुलियां थीं? अगर पांच थीं, तो क्या पांचों की पांचों घी में थीं? और अगर पांचों घी में थीं तो सिर कहां पर था? बयान करो......

इसलिए मैंने पुलिस में रिपोर्ट करने का ख्याल छोड़ दिया। चन्द दिनों तक सड़क पर हर आने-जाने वाले को बड़े गौर से देखता रहा—कहीं कोई तीन हाथ वाला आदमी मिले तो उसे फौरन पकड़कर दबोच लूं मगर किस्मत से कोई तीन हाथ वाला आदमी नहीं मिला, ऐसे कई मिले जिनका एक हाथ मेरी तरह गायब हो चुका था। आखिरकार एक ही हाथ पर सब्र कर लिया। कुछ दिनों में दूसरे हाथ की कमी का एहसास भी जाता रहा। क्योंकि बायां हाथ था जो अक्सर मुझे बेकार अंग मालूम हुआ है, कभी-कभी तो इससे हददर्जा दुश्मनी ही महसूस हुई, जैसे आप अपनी प्रेमिका के कमर में अपना बायां हाथ डाले चले जा रहे हैं तो आपके साथ-साथ आपका बायां हाथ एक बिल्कुल तीसरे और एक अपरिचित व्यक्ति की तरह चलता हुआ महसूस होता है...जिससे आप पीछा भी नहीं छुड़ा सकते। अच्छा हुआ कम्बख्त खुद ही कहीं गायब हो गया। चंद माह के बाद मैं यहां तक भूल गया कि मेरा कभी कोई दूसरा हाथ भी था।

फिर एक दिन मेरा एक कान गायब हो गया, उस दिन भी मैं सोके उठा ही था और मुंह पर हाथ फेर रहा था कि मुझे महसूस हुआ मेरा एक कान गायब है, दो-तीन बार चेहरे पर हाथ फेरकर देखा, सचमुच मेरा दायां कान गयब था। और जहां उसे होना चाहिए था वहां की त्वचा बिल्कुल साफ और सपाट थी जैसे कभी कोई यहां पर कान ही न था। जल्दी से बिस्तर पर से उठकर आईने के सामने गया, सचमुच मेरा दायां कान गायब था। कुछ पल मैंने बड़ी हैरानी से गुजारे... कहां गया मेरा कान? तकिया उठाकर देखा, लिहाफ उठाकर झाड़ा, शोर सुनकर

बीवी जाग गयी, "सोने नहीं दोगे? अब क्या आफत आ पड़ी है?" आंखें बन्द किए हुए वह अलसाई-सी बोली।

"मेरा दायां कान गायब है।"

"अरे कहां गायब है? तुम्हारे भी शैतान के कान हैं, कैसे गायब हो सकते हैं भला!"

"जरा गौर से देखो नेकबख्त, सचमुच एक कान गायब है।"

"अरे तुम तो सुनी अनसुनी कर देते हो—एक कान से सुनते हो, दूसरे से उड़ा देते हो—मैं तुम्हें क्या जानती नहीं हूं—कान गायब हैं! तुम्हारे कान तो यूं ही हरदम गायब रहते हैं।"

"आंखें खोलकर देखो प्यारी, सचमुच मेरा दायां कान गायब है।"

अब की वह बहुत चकराई। सीने पर दोहत्तड मारकर बोली, "यह क्या हो रहा है, धीरे-धीरे तुम अपनी सारी चीजों को गुम कर रहे हो—पहले हाथ गया, अब कान गया—कल को टांग जाएगी—परसों धड़—मैं तो समझती हूं कि तुम धीरे-धीरे जान-बूझकर अपने-आप को डिस्मेण्टल कर रहे हो—एक दिन तुम खुद इस घर से गायब हो जाओगे और किसी दूसरी होती-सोती का घर आबाद करोगे। और किसी को कानों-कान खबर न होगी। मैं तुम्हारे सारे चरित्र जानती हूं।"

इस दफा सब यार-दोस्तों ने सलाह दी कि इस बार मुझे जरूर पुलिस में जाना चाहिए और इस अजीबोगरीब चोरी की वारदात की रिपोर्ट लिखवानी चाहिए। बहुत सोच-विचार के बाद मैंने पुलिस में रिपोर्ट न करने का फैसला कर लिया, आखिर को इतना बड़ा नुकसान तो हुआ नहीं, मेरा एक कान चला गया तो क्या हुआ? दूसरा तो मौजूद है। काम की बात तो इससे भी सुनी जा सकती है और बेकार बातें सुनने के लिए मेरे पास वक्त नहीं है, और अब कान नहीं है, और अब बीवी को भी यह कहने का मौका नहीं मिलेगा कि तुम इस कान से सुनकर उस कान से उड़ा देते हो। क्यों कि दूसरा कान मौजूद न होने की सूरत में वह ऐसी शिकायत नहीं कर सकती। एक कान होने पर दुनिया का शोर भी आधा हो जाएगा—और इस मशीनी जिन्दगी में शोर इस कदर है कि इस शोर से जिन्दगी आधी हो जाती है। लिहाजा अब शोर कम होने से मेरी जिन्दगी की संभावना बढ़ सकती है—इसलिए इस बात पर जितना ज्यादा सोच-विचार किया, एक कान को अपने लिए दो कानों से ज्यादा उपयुक्त जाना। लिहाजा पुलिस में जाने का विचार मैंने छोड़ दिया।

चंद महीने बड़ी शांति और सुख से गुजरे, फिर एक दिन मेरी एक आंख गायब हो गयी। हुआ यह कि मैं अपने पढ़ने-लिखने के कमरे में बैठा हुआ एक किताब पढ़ रहा था, किताब बहुत बोर थी, बेहद कठिन थी, लिहाजा चंद पृष्ठों को पढ़ने के बाद मैं बैठा-बैठा कुर्सी पर ही सो गया। जब जागा तो मालूम हुआ कि दोपहर ढल चुकी है और शाम आ चुकी है, मैंने उठकर जल्दी से कमरे से लगे—गुसलखाने में घुसकर हाथ-मुंह धोया। मुह धोते-धोते एकाएक मेरी अंगुलियों ने महसूस किया कि मेरे चेहरे से मेरी एक आंख गायब है।

घबराकर सिर उठाकर सामने के आईने में देखा, सचमुच बायीं ओर भौंह के नीचे जहां आंख को होना चाहिए था वहां से आंख गायब थी, साफ गायब थी। वहां न पपोटे थे, न पलकें, न पुतली—साफ-सुथरी जिल्द थी और कुछ नहीं था... बार-बार आंख फाड़-फाड़कर देखा पर दूसरी आंख नजर नहीं आयी जैसे कभी थी ही नहीं चेहरे पर।

यह क्या हुआ? दिमाग चंद पलों के लिए एकदम सुन्न होकर रह गया। जब होश में आया तो मैंने जोर की एक चीख मारी। मेरी चीख-सुनकर मेरी बीवी दौड़ी-दौड़ी गुसलखाने में घुस आयी। बोली :

"क्या हुआ? आंख में साबुन पड़ गया?"

"नहीं, मेरी एक आंख गायब है।"

"कौन-सी?"

"बायीं।"

एक पल ठहरकर वह बोली, "तुमने जरूर किसी पर बुरी नजर डाली होगी?

"डार्लिंग...।"

"या किसी छिनाल से आंखें चार की होंगी।"

"उफ!"

"या किसी की आंखों में आंखें डालकर देखा होगा, कहीं आंखें मिलाई होंगी—किसीसे आंख लगाई होगी—और वह छिनाल उचकके ले गयी होगी।"

मैंने और ज्यादा बीवी से पूछताछ करना उचित नहीं समझा क्योंकि उनकी तो एक ही रट है...इसलिए मैंने अपनी किताब का एक-एक पृष्ठ छान मारा, कुर्सी के नीचे देख लिया—ऐनक के चर्मी खोल को टटोल-टटोलकर देख लिया, कई दिन तक दूसरे दोस्तों के घरों में अपनी आंख ढूंढ़ता रहा मगर आंख नहीं मिली। अगर

किसी ने चुराई भी होती तो कोई वापस देने के लिए तैयार न था। मैं विजनेसमैन हूं—समझ सकता हूं, आजकल लोगों की आंखों का पानी ही मर गया है। मुरव्वत नाम की कोई चीज नहीं रही। मसल मशहूर है—'मारू घुटना फूटे आंखें, मगर मैंने तो कहीं घटना भी नहीं मारा, फिर आँख कहां गायब हो गयी?

इस बार तो बीवी ने भी पुलिस में जाने की सलाह दी। मगर अक्ल ने इसके विरुद्ध राय दी—देखिए—एक तो मैं बिजी बिजनेसमैन हूं—कम-धन्धा इतना फैला रखा है कि इस छोटी-सी चीज की गुमशुदगी की रिपोर्ट करने पर मेरा जो वक्त खराब होगा—वो मैं किसी अच्छे व्यापार में लगा सकता हूं। ठीक है, एक आंख गयी—मगर दूसरी तो मौजूद है और एक आंख के जाने से दूसरी आंख की रोशनी इतनी बढ़ गयी है कि दोनों आंखों के बराबर मालूम होती है, इसे 'ला आफ कम्पनसेशन' कहते हैं। और फिर एक आंख रखने का फायदा यह है कि—अब मैं सारी दुनिया को एक ही आंख से देखता हूं यानी अपने-आप को सोशलिस्ट महसूस करता हूं—एक आंख चले जाने से मेरी सूरत जरूर बिगड़ गई थी चंद दिनों के लिए मगर अब तो मेरे होशियार आंख बनाने वाले और ऐनक बनाने वाले डाक्टर नूरानी ने ऐसी उम्दा नकली आंख लगा दी है कि जी चाहता है कि अपनी असली आंख भी निकालकर उसकी जगह दूसरी नकली आंख लगवा ली जाए। जिस ओर से देखें, देखिए—मुझे एक आंख में फायदा ही फायदा नजर आता है।

X X X

परसों मेरा बटुआ चोरी हो गया। तकिये के नीचे पड़ा था—बटुए में दस रुपये थे—क्योंकि इससे ज्यादा रकम मैं बटुए में नहीं रखता। रात को तिजोरी में रख देता हूं। मगर इसमें दस रुपये होते जरूर थे—दस रुपये आखिर दस रुपये हैं— मैंने इस चोरी का जिक्र बीवी से भी किया तो उसने कानों पर हाथ धरे। झाड़ू देने वाली नौकरानी से पूछा तो चीखने-चिल्लाने लगी—और अपनी बेगुनाही की कसमें खाने लगी—आखिर ढुंढ़ते-ढूंढ़ते वो नोट बावरची के तकिये के नीचे से मिल गया—जो चार दिनों से बुखार से पड़ा था, मेरे डराने-धमकाने पर उसने कुबूल कर लिया कि दस का नोट उसने चुराया था, मैंने उसे जोर से दो धप्प मारे और कान से पकड़कर उठा दिया। बदमाश हमारा नौकर होकर हमारे ही घर में चोरी करता है!

"जाने दो। जाने दो। मेरी बीवी उस पर तरस खाकर बोली— देखते नहीं हो

चार दिनों से बुखार से पड़ा है—इंजेक्शन के लिए पैसे मांगता था—मैंने नहीं दिए, मैं भूल गयी।"

"तुम भूल गई? तो इसका मतलब हुआ कि यह चोरी करे।" मैंने बावरची को एक जोर की ठोकर मारी, वो धड़ाम से फर्श पर गिर पड़ा और कराहने लगा।

"जाने दो, जाने दो।" मेरी बीवी हाथ जोड़कर बोली—"देखते नहीं बेचारा गरीब चार रोज से बुखार में फुक रहा है—दस रुपये तुम्हारे ले लिए तो तुम्हारा ऐसा कौन-सा नुकसान हो गया?—तुम लाखों कमाते हो।"

"दस रुपये।" मैंने गरजकर कहा, "दस रुपये की कीमत तुम क्या जानो? कितनी बेईमानी, मेहनत और कितनी आत्महीनता के बाद मैं ये दस रुपये कमाता हूं—तुम इन दस रुपयों की कीमत क्या जानो? यह मैं जानता हूं।"

"अब जाने भी दो।"

"नहीं—इसने मेरे दस रुपये गायब किए हैं, मैं इस चोर को इसकी चोरी की कड़ी सजा दिलाऊंगा—मैं इसी वक्त इसे पुलिस में ले जाऊंगा।" यह कहकर मैंने बावर्ची को पकड़ा गर्दन से और ले चला उसे थाने, पुलिस में रिपोर्ट करने...।

अजनबी आंखें

उसके चेहरे पर उसकी आंखें बड़ी अजीब थीं। जैसे उसका सारा चेहरा उसका अपना हो और आंखें किसी दूसरे की हों और उसके चेहरे पर लाके पपोटों के पीछे कैद कर दी गई हों। उसकी छोटी नोकदार ठोड़ी, पिचके हुए होंठ और चौड़े-चौड़े गालों के ऊपर दो बड़ी-बड़ी गहरी सियाह आंखें, कुछ अजीब-सी लगती थीं। पूरा चेहरा एक चालाक, चतुर, चपल, स्वार्थी, कमीने आदमी का चेहरा था—ऐसा चेहरा जो पैंतीस बरस के बाद अक्सर ऐसे इंसानों का होता है, जिन्हें उन हालात में से गुजरने का मौका मिलता है जिनमें से आजकल के बहुत-

से इंसान गुजरते हैं और एक ही जैसा चेहरा लेकर रोज रात को अपने घर लौटते हैं। मुझे उसकी आंखों से बड़ा लगाव-सा पैदा हो गया—पता नहीं कहां से चुराई हैं जालिम ने ये आंखें?

मैं उसकी दुकान पर एक बुश्शर्ट सिलवाने के लिए गया था। कोलून में उसकी दुकान थी—कपड़ों की—बहुत बड़ा बोर्ड लगा था—"यहां पर सूट चौबीस घण्टों में तैयार किया जाता है"—इस बोर्ड ने मुझे उसकी दुकान के अन्दर जाने पर उकसाया। एक तो यह कारण था—दूसरा कारण उसका नाम था जो बाहर साइन बोर्ड पर बड़े-बड़े अक्षरों में लिखा हुआ था—"प्रोपराइटर बी० डी० इसरानी।"

वह बी० डी० इसरानी था और मैं जी० डी० इसरानी। नामों के इस ताल-मेल ने मुझे उस दुकान के अन्दर जाने पर मजबूर किया। वह साटन-बेक टैरीलेन का एक सूट पहने हुए, मुंह में एक लम्बा सिगार दाबे, हाथों पर हीरे की दो अंगूठियां पहने, बढ़िया तम्बाकू का धुआं छोड़ते हुए अपनी खुली दुकान में इधर से उधर घूम रहा था। पहले-पहल उसने मेरा कोई ख्याल नहीं किया लेकिन आर्डर लेते वक्त जब उसने मेरा नाम पूछा तो खुशी से चौंक पड़ा। हम दोनों सिंधी थे और एक ही जाति वाले और यह हांगकांग था—स्वदेश से इतनी दूर। कुछ मिनटों में ही एक-दूसरे से घुल-मिल गए जैसे बरसों के मित्र हों। उसने मुझे रात के खाने के लिए अपने घर आने की दावत दी जो मैंने फौरन मंजूर कर ली—फिर अपनी एक तकलीफ भी उसके सामने रखी।

मैं कैनिथ होटल ठहरा था। बांबे आबजरवर के प्रतिनिधि के रूप में हांगकांग आया था। यह होटल एक साधारण श्रेणी का होटल था पर इतना साधारण भी नहीं था कि छोकरियां सप्लाई करता हो। एक बार रात के दो बजे के लगभग मैं एक नाइट क्लब से कैबरे देख के लौटा तो पता चला कि कैनिथ होटल के आठ-दस कमरों में एक साथ चोरी हो गई है। दुर्भाग्य से उनमें मेरा कमरा भी शामिल था। मेरे दोनों सूटकेस चोरी हो गए थे, और एक टाइप राइटर भी। पुलिस जांच-पड़ताल कर रही थी और करेगी और करती रहेगी मगर मुझे दो दिन बाद बम्बई लौटना था—आबजरवर के एडिटर ने शीघ्र वापस आने के लिए केबिल किया था, क्योंकि हांगकांग में मेरा काम खत्म हो चुका था—अब मुझे बम्बई पहुंचकर वहां से फिर फौरन ही नैरोबी जाना था।

"मुझे कुछ रकम चाहिए," मैंने बी० डी० इसरानी से कहा—"मगर मैं अब उसके बदले केवल अपना चेक भेंट कर सकता हूं—हिन्दुस्तानी बैंक का"

"कितनी रकम चाहिए?"

'पांच सौ।"

"जरा—" बी० डी० इसरानी ने इत्मीनान का सांस लिया, "मेरे साथ चलो—मैं अभी बैंक से अपनी गारण्टी पर आपका चेक कैश कराए देता हूं या खुद रकम दे दूंगा—यहां हम सिंधियों का अपना एक बैंक है।"

'दी सिन्धी मरकेण्टाइल बैंक' एक पांच माले की बिल्डिंग में स्थित था। बी० डी० इसरानी ने मुझे बताया कि बैंक की बिल्डिंग का मालिक खुद बी० डी० इसरानी है—ग्यारह हजार रुपये किराया हर महीने आता है— "मैं बैंक का डायरेक्टर भी हूं।"

पांच सौ रुपया दिलवाकर उसने मुझसे कहा—"शाम के छः बजे मेरी दुकान पर आ जाना—घर जाने से पहले थोड़ा-सा घूम-फिर लेंगे।"

मैं ठीक शाम के छः बजे उसकी दुकान पर पहुंच गया। वह पहले ही से मेरी बाट ताक रहा था। दुकान के नौकरों को आदेश देकर वह मेरे साथ बाहर निकला। दुकान के बाहर बादामी रंग की एक मरसीडेज खड़ी थी। मोटर बहुत तेज चला रहा था वह। मगर गाड़ी के ब्रेक बहुत अच्छे थे। माना उसका चेहरा छोटा था पर उसका शरीर बलिष्ठ था, विशेषकर उसके हाथ बड़े सबल और बालों से भरे हुए दिखाई देते थे। इस सुन्दर सूट के अन्दर उसका शरीर अवश्य किसी वनमानुष या गोरिल्ला का रहा होगा।

वह रास्ता चलते-चलते सीटी बजाता और किसी सुन्दर चीनी लड़की के करीब जाकर अपनी तेज मोटर सहसा धीमी करके उससे चीनी भाषा में कुछ कहता और फिर हंसकर आगे चल देता। उसके हाव-भाव से जान पड़ता था कि वह बहुत गन्दे कटाक्ष कर रहा है।

"किसी चीनी लड़की से पिटे नहीं अब तक?"

"यहां किसमें हिम्मत है जो इसरानी को पीटे—यह गली मेरी है।"

"तुम्हारी कैसे है?"

"इस गली के सब गुण्डों को मैं जानता हूं—यहां मेरे दो जुआखाने चलते हैं—देखोगे।"

"देख लेंगे।"

सामने क्राकरी की दुकान—पिछवाड़े जुआखाना—दोनों के बीच टॉयलेट का एक लम्बा कमरा जिसके अन्दर दो चीनी अधेड़ उमर के, छोटे-छोटे तौलिए लेकर खड़े रहते थे। वे इसरानी को तो पहचानते ही थे इसलिए मुझे टायलेट के

उधर जुआखाने में जाने के लिए किसी अड़चन का सामना नहीं करना पड़ा, पर दूसरे ग्राहकों के लिए कोड-वर्ड था। उस जुआखाने में सिर्फ वही जा सकता था जिसे वह गुप्त शब्द मालूम हो, नहीं तो टायलेट में पेशाब करे और वापस चला जाए।

"मैं हर काम बड़े स्टाइल से करता हूं," बी० डी० इसरानी ने मुझे अपना जुआखाना दिखाते हुए कहा, "सुन्दर सजे हुए दस कमरे, नर्म गदीले कालीन, शांत सुभाषी बैरे, कमल-कामिनी जैसी चपल चीनी सुन्दरियां जाम बढ़ाती हुईं, और धनाढ्य ग्राहक—! यहां हाई क्लास जुआ चलता है— केवल गिने-चुने ग्राहक यहां आते हैं—रोज रात को ढाई-तीन हजार का कर मुझे यहां से मिलता है। बाहर क्राकरी की दुकान भी अच्छी चलती है।

"वेरी नाइस प्लेस!" मैंने उससे कहा—"यहां खलीफा हारून रशीद की तरह ताली बजाने को जी चाहता है।"

"कौन खलीफा?" उसने आश्चर्य से मेरी तरफ देखकर पूछा।

उसकी आंखें बड़ी भोली और अनजान-सी मालूम हुईं मुझे उस समय।

"कुछ नहीं," मैंने बात टालते हुए कहा—"बाम्बे में मेरा एक मित्र है—वह मुझे इस समय याद आ गया। जब वह कोई अच्छी जगह देखता है ताली पीटने लगता है।"

"क्या बचपना है," उसने मुझसे कहा और एक लम्बा सिगार अपने मुंह में लेकर उसका सुगन्धित धुआं मेरे मुंह पर फेंकने लगा—"जुआ खेलोगे?"

"नहीं।" मैंने उत्तर दिया।

वह मुझे जुआखाने से लेकर बाहर आ गया। दूसरा जुआखाना दिखाके वह मुझे टी-हाक स्ट्रीट में ले गया। यहां पर भी सब लोग उसे जानते थे और चेहरों से लगता था जैसे उससे डरते भी हों।

"यहां मेरा एक चंडूखाना है।" इसरानी ने मुझसे कहा।

"क्या अभी तक इधर चंडूखाने मौजूद हैं?" मैंने उससे पूछा।

"हांगकांग में तो हैं, उधर सुना है नहीं रहे।" इसरानी ने मुंह से अपना लम्बा सिगार निकालकर उधर चीन की तरफ इशारा किया।

इस चंडूखाने का वातावरण मुझे बड़ा अच्छा लगा, सुप्रबन्धित, अष्टकोणी चीनी दीपिकाएं—चौतरफा रेशमी झालरें लटकती हुई, छोटे-छोटे प्यालों में नाना प्रकार के मादक पदार्थ और—और तिरछे पपोटों वाली सुन्दरियां जो नशा नहीं करती थीं पर नशा ला सकती थीं, भेंट कर सकती थीं। यह चंडूखाना भी

अष्टकोणी था। हर कमरा एक मुख्य हाल में खुलता था जिसमें कुछ चीनी बैंड वाले बैठे थे और एक चीनी नर्तकी घूम-घूमकर नाच रही थी। दो बड़े-बड़े चीनी पंखे उसके हाथ में थे जिनसे वह कभी-कभी शरीर ढकने का काम लेती थी, नहीं तो बिलकुल नंगी।

"मैकाओ से मंगाई है," इसरानी ने मुझे बताया, "दो सौ डालर रोज पर—कैसी है?"

"अच्छी है।"

"मिलोगे?"

"नहीं।"

"तुम्हारी इच्छा।"

बाहर आकर हम उसकी मरसीडेज में ठहर गए। उसने मुझे बताया, पूरे कोलून में टी-हाक का चंडूखाना सबसे बढ़िया है। रात को पांच-सात हजार डालर की ग्राहकी होती है। दिन को भी दो-ढाई हजार की ग्राहकी हो जाती है।

"वंडरफुल बिजनेस—और भाड़े की दुकान।"

"अरे वह तो एक साइन बोर्ड है—वहां से क्या मिलता है। आजकल सीधा धंधा करके कौन जी सकता है? यू आर ए डैमफूल!" उसने मुझसे कहा।

"इसमें क्यां शक है।"

फिर वह मुझे एक वेश्यालय में ले गया। अब मैं समझ गया वह क्या चाहता है। वह वास्तव में मुझे अपना राज्य दिखा रहा था—"मैं एक गरीब सिंधी आज से चौंतीस बरस पहले दो सौ डालर लेके हांगकांग में आया था। आज बी० डी० इसरानी की गिनती हांगकांग के धनाढ्य लोगों में होती है।"

"ऐसे-ऐसे मेरे छः ब्राथल हैं," उसने मुझे अपना पहला ब्राथल दिखाते हुए कहा—"कोई लड़की पसन्द आई?"

"नहीं।"

"क्या तुमको लड़कियां पसन्द नहीं हैं?"

"हैं तो सही—मगर अपने-अपने घरों में।"

"क्या मतलब?" उसने फिर उन आश्चर्यचकित नजरों से मेरी तरफ देखा जो उसकी बड़ी-बड़ी उजली और चमकीली पुतलियों से घबराकर आ रही थीं। उस पल वे नजरें बड़ी पवित्र थीं और वह जाड़ों की पहली बरफ के समान मेरे चेहरे पर गिर रही थीं। मैंने बिस्तर में जाना ठीक नहीं समझा इसलिए केवल

इतना कहा कि "मेरे लिए हांगकांग के और कलकत्ता या बम्बई के ब्राथलों में कोई अन्तर नहीं है और अगर कोई अन्तर है तो केवल बाहरी सजावट में या फिर चेहरों की बनावट में। वहां लड़कियां हिन्दुस्तानी हैं—यहां चीनी हैं, और कोई अन्तर नहीं।"

"ओह। मैं समझ गया तुमको फॉरेन माल पसन्द है। एम्बेसी रोड पर मेरा जो ब्राथल है उसमें फॉरेन माल भी मिलता है, और बहुत करके बहुत अच्छा मिलता है। मैं अभी तुमको उधर ले चलता हूं—इधर एक नई छोकरी आई है उसको थोड़ा देख लूं।"

इसरानी ने ब्राथल के प्रबन्धक से चीनी में कुछ बात की। वे लोग हमें एक अंधियारे कमरे में ले गए जहां एक चीनी लड़की हाथ-पांव से बंधी सोफे पर रखी थी। इसरानी के कहने पर उसके हाथ-पांव खोल दिए गए। उसकी उमर मुश्किल से पन्द्रह-सोलह साल की होगी। इसरानी कुछ मिनटों तक उसे चीनी भाषा में कुछ समझाता रहा पर वह लड़की बराबर सिर हिलाकर इंकार करती रही और अन्त में चीखने लगी और कमरे से भाग जाने की कोशिश करने लगी। इसपर इसरानी ने घूंसा मारकर उस लड़की को नीचे गिरा दिया। लड़की के मुंह से खून बहने लगा और वह फर्श पर पड़ी-पड़ी सिसकने लगी और सहमी नजरों से हमारी तरफ देखने लगी। इसरानी मुझे लेकर बाहर आ गया। दरवाजा उसने बाहर से बन्द करके अपने माथे का पसीना पोंछा, फिर मेरी तरफ देखकर बोला, "कल ही तैवान से छः लड़कियों का एक बैच मंगवाया है। ब्राथल में हर दूसरे-तीसरे महीने नई लड़कियां मंगानी पड़ती हैं, नहीं तो बिजनेस डल पड़ जाता है। बिलकुल नई छोकरियां हैं, हरण करके लाई हुई हैं इसलिए धंधा बिलकुल नहीं जानतीं—एकदम अनाड़ी हैं हरामजादियां...।"

"ए छुन्ने..." उसने एक लम्बे-तड़गे हिन्दुस्तानी को आवाज दी जो अपने कपड़ों और रख-रखावों से इस ब्राथल का कोई विशेष नौकर जान पड़ता था।

छुन्ना ने पास आकर नम्रता से प्रणाम किया।

"इसपर दस आदमी छोड़ दो," इसरानी ने अन्दर कमरे में बन्द चीनी लड़की की तरफ इशारा किया।

'छुन्ने ने इधर-उधर आवाजें दीं। थोड़ी देर में कमरों के बाहर आठ आदमी जमा हो गए। इसरानी ने सबको लाइन में खड़ा करके क्यू बना दिया और आवश्यक निर्देश देकर वहां से मुझे साथ लेकर चलने लगा। थोड़ी देर में पीछे कमरे से लड़की

की चीखों की आवाज सुनाई देने लगी।

"तुम ऐसा क्यों करते हो," सहसा मैं सहन नहीं कर सका।

"ताकि शर्म बाकी न रहे..." उसने मुझे बड़े ठण्डे स्वर में उत्तर दिया। जब तक लड़की पूर्ण रूप से निर्लज्जन होगी हमारे किस काम की।"

उसका घर बड़ा सुन्दर था—एक छोटी-सी पहाड़ी ढलवान पर। वहां से हांगकांग का सारा दृश्य दिखाई पड़ता था। उसकी बीवी बहुत ही घरेलू और सीधी-साधी औरत थी—दो बच्चों की मां थी—बड़ी प्यारी और भोली-भाली। एक दस साल की होगी और दूसरी कोई बारहतेरह वर्ष की। सबसे बड़ी लड़की की शादी हो चुकी थी—उसने मुझे बताया—उसका पति दक्षिणी अमरीका में बिजनेसमैन है—सिंधी है—पर दक्षिणी अमरीका में बहुत बड़ा धन्धा है उसका—मेरी लड़की के दो बच्चे भी हैं—वह बहुत खुश है अपने घर में।

"तुम्हारा लड़का कोई नहीं?" मैंने उससे पूछा।

"लड़का न होवे तो मुक्ति कैसे होवे।" वह जोर से हंसा—दो लड़के हैं मगर दोनों सयाने हैं—उमर के बड़े हैं—एक को फिलिपाइन में बिजनेस करके दिया है, दूसरा जापान में है।"

ह्विस्की पीकर वह चलने लगा। "भगवान् ने सब कुछ दे दिया है मुझको।" उसकी बीवी उसके पास बैठी हुई हमारी बातें सुन रही थी और पीले रंग की ऊन से एक कार्डीगन बुन रही थी। हंसमुख-प्यारी बीवी—शारदा। मोटी-गोथली बच्चों की तरह मुस्कराने वाली उसकी बीवी कर्डीगन बुनते-बुनते मुस्कराई और उसने जड़ाऊ कंगन वाला हाथ अपने पति पर रख दिया : मेरी कुन्नु और गुज्जू (ये शायद उसकी दोनों लड़कियों के नाम थे) और सावित्री (यह शायद उसकी बड़ी लड़की का नाम था) जिनकी तस्वीर शारदा ने मुझे लाकर दिखाई। एक सुन्दर नासमझ लड़की एक मोटे व्यापारी के साथ थी। दोनों के चेहरों पर वह हिमाकत-भरी खुशी थी जो केवल शादी के दिनों में नजर आती है। "और मेरा बड़ा लड़का सुखदास जो फिलिपाइन में है और हरीदास जो जापान में है," शारदा ने मुझे उनकी तस्वीरें भी लाके दिखाईं—दोनों अपने पिता के पाकिट एडीशन थे। "पैंतीस साल हुए मैं हांगकांग आया था—दो सौ डालर लेकर—आज दो करोड़ से ज्यादा की जायदाद मेरे पास है।"

"तुम एक ज्वालामुखी पहाड़ के मुख पर हो—हांगकांग दो घंटे में जा सकता है।"

"मैं बेवकूफ नहीं हूं।" इसरानी बोला, "इसलिए तो मैंने अपनी फर्म का

आफिस फिलिपाइन में खोल दिया है। सुखदास को उसका इंचार्ज बना दिया है और बाकी प्रबन्ध ऐसा कर रखा है कि मैं भी हांगकांग से दो घंटों में जा सकता हूं।" बड़ी पवित्र प्रसन्नता-भरी मुस्कराहट उसके चेहरे पर थी। वह बड़े इत्मीनान से अपने पेट पर धीरे-धीरे हाथ फेर रहा था—"मैं बहुत खुश हूं।"

खाना खाके हम काफी पी रहे थे कि लाक ने दस बजाए। इसरानी के मुंह से निकला, 'अरे।' और काफी की प्याली उसके हाथ से छूटकर फर्श पर जा गिरी और उसने जल्दी से अपना चेहरा अपने दोनों हाथों में छुपा लिया। शारदा जल्दी से दौड़ी-दौड़ी दूसरे कमरे में गई और दौड़ी-दौड़ी वापस आई। उसके हाथ ने तह पर तह किए हुए बहुत-से रूमाल पकड़ रखे थे। शारदा ने जल्दी से वह रूमाल इसरानी के घुटने पर रख दिए। मैंने देखा, इतनी देर में इसरानी का चेहरा आंसुओं से भीग गया था—न केवल चेहरे बल्कि उसकी हथेलियां भी भीग गई थीं। जल्दी-जल्दी वह रूमाल लेकर अपनी आंखें साफ करने लगा—पर आंसू थे कि उसकी बड़ी-बड़ी आंखों से उबलते चले जा रहे थे।

मैं आश्चर्य से उसकी तरफ देख रहा था। वह रूमाल से अपने आंसू साफ करते हुए बोला, "तुम से बातें करते हुए मुझे ख्याल नहीं रहा।"

"क्या ख्याल नहीं रहा?"

"कि वक्त आ गया है।"

"कैसा वक्त?"

वह थोड़ी देर चुप रहा फिर अपनी आंखें साफ करते हुए बोला, "मैंने तुम्हें बताया नहीं—मुझे इस दुनिया में कोई तकलीफ नहीं है—बस अगर कोई तकलीफ है तो यही—ज्योंही रात के दस बजते हैं मेरी आंखों से आंसू बहने लगते हैं—कभी एक घंटा, कभी दो घंटा, कभी तीन घंटा—मेरी आंखों से आंसू बहते हैं।

"क्या मालूम। अमरीका तक हो आया हूं इन आंसुओं के इलाज के लिए, पर किसी डाक्टर से ठीक नहीं हुआ—किसी डाक्टर को मेरी। बीमारी का पता नहीं चल सका।"

"क्या होता है?" मैंने पूछा—"बस आंसू बहते हैं?"

"बस आंसू बहते हैं।"

"और कोई तकलीफ नहीं होती?"

"और कोई तकलीफ नहीं होती।"

उसकी आंखें रो रही थीं और आंसू उसके गालों पर बह रहे थे और वह

बार-बार रूमाल लगाकर अपनी आंखों को पोंछ लिया करता था और आंसू थे कि उनसे निकलते चले आते थे। अचानक उसका भीगा, गीला, आंसुओं से भरा चेहरा मुझे एक ऐसे शव का चेहरा दिखाई दिया जो पानी में डूबा हुआ हो—फिर दूर किसी गहरे कुंए से मुझे एक लड़की की चीखें सुनाई देने लगीं—शायद ये आंखें प्रतिवाद कर रही थीं।

"क्या?" वह आंखें पोंछते-पोंछते मेरी तरफ आश्चर्य से देखने लगा —"क्या कह रहे हो तुम? मैं समझा नहीं।"

"कुछ नहीं—यह वह रोग है जिसे तुम नहीं समझ पाओगे।"

मैंने सिर पर टोपी रखकर उसे सलाम किया और इसरानी और उसकी बीवी को हैरान और परेशान छोड़कर बाहर निकल गया। वह ब्राथल की लड़की अब हंस रही थी।

चंदरू की दुनिया

कराची में भी उसका यही धन्धा था और बान्द्रा (बम्बई का एक हिस्सा) आकर भी यही धन्धा रहा। जहां तक उसका अपना सम्बन्ध था, कहीं कोई विभाजन नहीं हुआ था। वह कराची में भी सिह सिद्दू हलवाई के घर की सीढ़ियों के पीछे एक तंग और अंधियारी कोठरी में सोता था और बान्द्रा में भी सीढ़ियों के पीछे ही उसे जगह मिली थी। कराची में उसके पास एक मैला-कुचैला बिस्तर, जंगलगी लोहे की पतरी का एक छोटा-सा काला ट्रंक और पीतल का एक लोटा था, यहां पर भी वही सामान उसके पास था।

जहनी लगाव न उसे कराची से था, न बम्बई से। सच बात तो यह है कि उसे पता नहीं था कि जहनी लगाव किसे कहते हैं, कल्चर किसे कहते हैं और देशभक्ति क्या होती है और किस भाव से बेची जाती है। वह इन सब नये धन्धों से अपरिचित था। बस, उसे इतना ही याद था कि जब उसने होश संभाला, उसने अपने-आप को सिद्दु हलवाई के घर में बरतन मांजते, पानी भरते, झाड़ू देते, फर्श साफ करते और गालियां खाते पाया। उसे कभी इन बातों का मलाल तक न हुआ क्योंकि उसे मालूम

था कि काम करने और गालियां खाने के बाद उसे और उसकी तरह के लोगों को रोटी मिलती है। और फिर सिद्दू हलवाई के घर में उसका शरीर बड़ी तेजी से बढ़ रहा था और उसे रोटी की तीव्र आवश्यकता रहती थी और हर समय महसूस होती रहती थी। शायद इसीलिए वह हलवाई के घर के जूठे सालन के साथ-साथ उसकी गाली को रोटी में लपेटकर निगल जाता था।

उसके मां-बाप कौन थे, किसी को पता नहीं था। स्वयं चंदरू ने भी कभी उनकी जरूरत महसूस नहीं की। अलबत्ता सिद्दू हलवाई उसे गालियां देते हुए अकसर कहा करता था कि वह चन्दरू को सड़क से उठाकर लाया था। इस पर चन्दरू ने कभी कोई हैरानी प्रकट नहीं की और न कभी कृतज्ञता की कोमल भावना उसके हृदय से लोप हुई थी। चन्दरू को इतना ही मालूम था कि कुछ लोग ऐसे होते हैं, जिनके मां-बाप होते हैं; कुछ लोग घरवाले होते हैं, कुछ लोग सीढ़ियों के नीचे सोने वाले होते हैं। कुछ लोग गाली देते हैं, कुछ लोग गाली सुनते हैं। एक काम करता है तो दूसरा उसे काम करने पर मजबूर करता है। बस, ऐसी है यह दुनिया और यह ऐसी ही रहेगी—दो खानों में बंटी हुई। यानी एक वह जो ऊपर वाले हैं, दूसरे वह जो नीचे वाले हैं। ऐसा क्यों है और वैसा क्यों है और जो है, वह अकब, क्यों और कैसे बेहतर हो सकता है, वह यह सब कुछ नहीं जानता था और न इस किस्म की बातों में उसे कोई दिलचस्पी ही थी। फिर भी जब कभी वह अपने मस्तिष्क पर बहुत जोर डालकर सोचने की कोशिश करता तो उसकी समझ में यही आता था कि जिस तरह वह कोई दांव लगाने के लिए हवा में सिक्का उछालके टॉस कर लेता है, इसी तरह उसके पैदा करने वालों ने टॉस कर लिया होगा और उसे इसी खाने में डाल दिया होगा, जो उसका भाग्य था।

यह कहना भी गलत होगा कि चन्दरू को अपने भाग्य से कोई शिकायत थी। हरगिज नहीं। वह एक हंसमुख, मेहनत करने वाला, भाग-भागकर और जी लगाकर खुशमिजाजी से काम करनेवाला लड़का था। वह रात-दिन अपने काम में इतना लीन रहता कि उसे बीमार पड़ने की भी कभी फुरसत नहीं मिली थी।

क़राची में वह एक छोटा-सा लड़का था, मगर बम्बई आकर तो उसके हाथ-पांव और पनपे और बढ़े। सीना फैला। गन्दुमी रंग और साफ होने लगा। बालों में लच्छे-से पड़ने लगे। आंखें अधिक रोशन और बड़ी मालूम होने लगीं। उसकी आंखें और होंठ देखकर मालूम होता था कि उसकी मां अवश्य किसी बड़े

घर की रही होगी और उसके फैले हुए सीने और बाहों की मजबूत मछलियां और खुरदरे सख्त हाथ देखकर लगता था कि उसका बाप शायद उसी घर का कोई जवान और तगड़ा नौकर रहा होगा। इस प्रकार के तजुरबे आम तौर पर सड़क पर फेंक दिए जाते हैं।

चन्दरू की दुनिया में आवाज का इस हद तक गुजर था कि वह सुन सकता था, बोल नहीं सकता था। आम तौर पर गूंगे-बहरे भी होते हैं। मगर वह केवल गूंगा था, बहरा नहीं था। सिद्दू, हलवाई उसके बचपन में उसे एक डाक्टर के पास ले गया था और डाक्टर ने चन्दरू को देखकर कहा कि उसके कंठ में कोई पैदाइशी नुक्स है, मगर ऑपरेशन करने से यह नुक्स दूर हो सकता है और चन्दरू को बोलने के योग्य बनाया जा सकता है। पर हलवाई ने कभी इस नुक्स को ऑपरेशन के जरिये दूर करने की कोशिश नहीं की। सिद्दू ने सोचा, यह तो बहुत अच्छा है कि नौकर गाली सुन सके, मगर उसका जवाब न दे सके। चन्दरू का यही नुक्स सिद्दू की नजर में उसकी सबसे बड़ी खूबी बन गया।

शायद सभी मालिकों का आधा जीवन इसी चिन्ता में बीत जाता है कि किस तरह अपने नौकरों को गूंगा कर दें। इसके लिए कानून पास किए जाते हैं, पार्लियामेंट सजाई जाती हैं, समाचारपत्र निकाले जाते हैं, पुलिस और सेना के पहरे बैठाए जाते हैं—"सुन लो, मगर जवाब न दो।"

और चन्दरू तो जन्म से गूंगा था। सिद्दू ऐसा मूर्ख नहीं है कि चन्दरू का ऑपरेशन करवाए।

यों सिद्दू भी दिल का बुरा नहीं था। अपनी विशेष स्थिति में, विशेष सीमाओं के अन्दर रहकर, अपना विशेष दृष्टिकोण रखते हुए वह चन्दरू को अपने ढंग से चाहता भी था। वह समझता था और इस बात पर खुश था और अक्सर गौरव से कहा करता था कि उसने चन्दरू का पालन-पोषण एक बेटे की तरह किया है। कौन किसी यतीम बच्चे को इस तरह पालता है और बड़ा करता है? कौन उसे इस प्रकार काम पर लगाता है? जब तक चन्दरू का बचपन था, सिद्दू उससे घर का काम लेता रहा। जब चन्दरू लड़कपन की सीमाएं फलांगने लगा तो उसने गूंगे चन्दरू के लिए एक नया धंधा शुरू किया। हलवाई की दुकान पर तो उसके अपने बेटे बैठते थे, उसने चन्दन के लिए चाट बेचने का धंधा तय किया।

उसने धीरे-धीरे चन्दरू को चाट बनाने की कला सिखाई। जलजीरा और कांजी बनाने की कला,गोलगप्पे और दहीबड़े बनाने के तरीके,चटखारा पैदा

करनेवाले तीखे मसाले,कुरकुरी पापड़ियां और चने का लजीज मिर्चीला सालन, 'भटूरे' बनाने और तलने के अन्दाज, फिर समोसे और आलू की टिकियां भरने का काम, फिर चटनियां—लहसुन की चटनी, लाल मिर्च की चटनी, हरे पुदीने की चटनी, अदरक की चटनी, प्याज और अनारदाने की चटनी, फिर तरह-तरह की चाटें परोसने के ढंग, दहीबड़े की चाट, मीठी चटनी के पकौड़ों की चाट, आलू की चाट,आलू और पापड़ी की चाट, मूंग के गोलगप्पे, आलू के गोलगप्पे, कांजी के गोलगप्पे, भरे मसाले के गोलगप्पे। जितने बरसों में चन्दरू ने यह काम सीखा, उतने बरसों में एक लड़का एम० ए० पास कर लेता है और फिर भी बेकार रहता है, मगर सिद्दू का घर बेकार ग्रेजुएट पैदा करने की यूनिवर्सिटी नहीं था। उसने जब देखा कि चन्दरू अपने काम में माहिर हो गया है और जवान हो गया है, तो उसने चार पहियोंवाली एक हाथगाड़ी खरीदी, चाट के थाल सजाए और चन्दरू को चाट बेचने पर लगा दिया—डेढ़ रुपया रोज पर।

जहां चन्दरू चाट बेचने लगा, उसका वहां कोई मुकाबला करनेवाला नहीं था। सिद्दू ने बहुत सोच-समझकर वह स्थान चुना था। खार (बम्बई का ही एक हिस्सा), लिंकिंग रोड और पाली हिल के चौराहे के करीब टेलीफोन एक्सचेंज के सामने, उसने चन्दरू की चार पहियों वाली गाड़ी को ला खड़ा किया। इस जगह बहुत चहल-पहल थी। एक ओर यूनियन बैंक था, दूसरी ओर टेलीफोन एक्सचेंज, तीसरी ओर ईरानी की दुकान, चौथी तरफ घोरबन्दर रोड का नाका। बीच में शाम के समय खाते-पीते बेफिक्रे खुशलिबास नौजवान लड़के-लड़कियों का समूह बहता था।

चन्दरू की चाट हमेशा ताजा, उम्दा और करारी होती थी। वह बोल नहीं सकता था, मगर उसकी मुस्कान बड़ी मोहक होती थी। उसका सौदा हमेशा खरा होता था। हाथ साफ और तौल पूरा। ग्राहक को और क्या चाहिए? चन्दरू की चाट इस नई आबादी में चारों ओर मशहूर होती गयी और शाम के वक्त उसके ठेले के गिर्द लड़के-लड़कियों का हुजूम-सा रहने लगा। सिद्दू ने चन्दरू को डेढ़ रुपया से काम पर लगाया था। अब उसे वह तीन रुपया रोज देता था और चन्दरू, जो डेढ़ रुपये में प्रसन्न था, अब तीन रुपये लेकर भी खुश था; क्योंकि खुश रहना उसकी आदत थी। उसे काम करना पसन्द था और वह अपना काम जानता था, अपने काम में उसे लगन थी। वह अपने ग्राहकों को खुश करना जानता था और उन्हें खुश रखने में खुद भी खुशी महसूस करता था। दिन-भर

वह चाट बनाने में व्यस्त रहता। शाम को चार बजे वह चाटगाड़ी लेकर नाके पर आ जाता। चार से आठ बजे तक एक बार भी हाथ रोके बिना, आराम की सांस लिए बगैर जल्दी-जल्दी काम करता। आठ बजे तक उसका ठेला खाली हो जाता जिसे लेकर वह वापस अपने मालिकों के घर लौट जाता। खाना खाकर वह सिनेमा चला जाता। रात को बारह बजे सिनेमा से लौटकर सीढ़ियों के पीछे अपनी चटाई बिछाकर सो जाता और सुबह फिर अपने काम पर लग जाता। यही उसका संसार था।

चन्दरू बेफिक्रा और जिन्दादिल था। न मां, न बाप, न भाई, न बहन, न बीवी, न बच्चे। दूसरे लोगों के बहुत-से खाने होते हैं, उसका सिर्फ एक ही खाना था। दूसरे लोग बहुत-से टुकड़ों में बंटे होते हैं, उन टुकड़ों को जोड़कर ही उनका व्यक्तित्व देखा जा सकता है, मगर चन्दरू एक ही लकड़ी का बना था और लकड़ी के एक ही टुकड़े से। जैसा वह अन्दर से था, वैसा ही बाहर से नजर आता था। वह स्वयं में बेजोड़ और पूर्ण था।

चन्दरू को परेशान करने में सांवली पारो को बड़ा मजा आता था। कानों में चांदी के बाले झुलाती, पांव में छोटी-सी पाजेब खनकाती जब वह अपनी सहेलियों के संग उसके ठेले के गिर्द खड़ी हो जाती, तो चन्दरू समझ जाता कि अब उसकी शामत आई। दहीबड़े की पत्तल लगभग पूरी चाटकर वह जरा-सा दहीबड़ा उसमें लगा रहने देती और फिर उसे दिखाकर कहती—"अबे गूंगे, तू बहरा भी है क्या? मैंने दहीबड़े नहीं मांगे थे, दही-पटाकरी मांगी थी। अब इसके पैसे कौन देगा...तेरा बाप?"

इतना कहकर वह दहीबड़े की तकरीबन खाली पत्तल को उसे दिखाकर घृणा से जमीन पर फेंक देती।

वह जल्दी-जल्दी उसके लिए दही-पटाकरी बनाने लगता। पारो दही-पटाकरी की पत्तल साफ करके उसमें आधी पटाकरी छोड़ देती और गुस्से से कहती—"इतनी मिर्च डाल दी? इतनी मिर्च?...चाट बनाना नहीं आता तो ठेला लेकर इधर क्यों आता है...ले, अपनी पटाकरी वापस ले ले!"

इतना कहकर दही और चटनी में सनी पटाकरी अपने नाखून की कोर में फंसाकर ठेले पर घुमाती। कभी छोटी पटाकरियों के भरे थाल में डाल देने की धमकी देती। उसकी सहेलियां हंसतीं और तालियां बजातीं। चन्दरू दोनों हाथों से 'ना-ना' के इशारे करता हुआ पारो को अपनी जूठी पटाकरी जमीन पर डाल

देने का इशारा करता।

"अच्छा, समझ गयी! तेरे चनों के थाल में डाल दूं?" वह जानबूझकर उसका इशारा गलत समझती।

जल्दी-जल्दी घबराए अन्दाज में चन्दरू फिर जोर-जोर से सिर हिलाता, फिर जमीन की तरफ इशारा करता। पारो खिलखिलाकर कहती, "अच्छा...जमीन से मिट्टी उठाकर तेरे दही के बर्तन में डाल दूं?"

पारो नीचे जमीन से थोड़ी-सी मिट्टी उठा लेती। इस पर चन्दरू और भी घबरा जाता। दोनों हाथ जोर-जोर से हिला-हिलाकर उसे मना करता। तब पारो उसे धमकी देती, "तो चल, जल्दी से छः टिकियां तल दे और खूब गरम-गरम मसालेवाले चने देना और अदरक भी, नहीं तो यह पटाकरी अभी जाएगी तेरे गुलाबजामनों के बरतन में!"

चन्दरू खुश होकर पूरी बत्तीसी निकाल देता। माथे पर आई हुई एक घुंघराली लट को पीछे हटाकर तौलिये से हाथ पोंछकर जल्दी से पारो और उसकी सखियों के लिए टिकियां तलने में मसरूफ हो जाता। फिर कभी-कभी पारो हिसाब में भी घपला करती थी। कहती, "साठ पैसे की टिकियां, तीस पैसे की दही-पटाकरी...दहीबड़े तो मैंने मांगे ही नहीं थे, उनके पैसे क्यों दूं? हो गए नब्बे पैसे? कल के दस पैसे बाकी हैं। ये ले एक रुपया।"

गूंगा चन्दरू पैसे लेने से इनकार कर देता। वह कभी पारो की चंचल, चमकती हुई शरीर आंखें देखता, कभी उसकी लम्बी-लम्बी उंगलियों में कंपकंपाते हुए एक रुपये के नोट को देखता और सिर हिलाकर इनकार करता और समझाने की कोशिश करता। वह समय कमायत का होता था, जब वह पारो को समझाता था। दहीबड़े के थाल की तरफ इशारा करके, अपनी उंगली को अपने मुंह पर रखके चपचप की आवाज पैदा करते हुए मानो उससे कहता—"दहीबड़े तो खा गई हो, अब इसके पैसे कौन देगा?" तीस पैसे दही-बड़े के भी दो, वह अपने पल्ले में से तीस पैसे निकालकर पारो को दिखाता। इस पर पारो फौरन चमककर कहती, "अच्छा तीस पैसे मुझे वापस दे रहे हो। लाओ।"

इस पर वह हाथ फौरन पीछे खींच लेता, "नहीं।" वह इनकार में सिर हिलाकर पारो को समझाता, "मुझे नहीं, तुम्हें देने होंगे यह तीस पैसे।" वह अपनी विरोधपूर्ण उंगली पारो की ओर बढ़ाकर इशारा करता। इस पर पारो उसे फौरन टोक देती, "अबे अपना यह हाथ पीछे रख, नहीं तो मारूंगी चप्पल!"

इस पर चन्दरू घबरा जाता। पारो की डांट से लाजवाब होकर, बिलकुल बेबस होकर, मजबूर और खामोश निगाहों से पारो की तरफ देखने लगता कि पारो को उस पर दया आती। वह जेब से पूरे पैसे निकालके उसे दे देती और बोलती, "तू बहुत घपला करता है हिसाब में! कल से तेरे ठेले पे नहीं आऊंगी!"

मगर दूसरे दिन वह फिर आ जाती। उसे चन्दरू को छेड़ने में मजा आता था। और अब चन्दरू को भी मजा आने लगा था। जिस दिन वह नहीं आती, हालांकि उस दिन भी उसकी बिक्री और कमाई में कोई अन्तर नहीं पड़ता था, जाने क्या बात थी कि चन्दरू को वह दिन बड़ा सूना-सूना-सा लगता था।

जहां चन्दरू का ठेला रखा रहता, पारी उसके सामने की गली से आती थी। पहले-पहल चन्दरू का ठेला बिलकुल यूनियन बैंक के सामने नाके पर था। हौले-हौले चन्दरू ने अपने ठेले को खसकाते-खसकाते पारो की गली के बिलकुल सामने लगा दिया। अब वह दूर ही से पारो को अपने घर से निकलते देख सकता था। पहले दिन जब उसने अपना ठेला यहां लगाया, तो पारो ठेले की बदली हुई जगह देखकर कुछ चौंकी और गुस्से से कुछ भड़क गई, "अरे! तू नाके से इधर क्यों आ गया रे गूंगे?"

गूंगे चन्दरू ने टेलीफोन एक्सचेंज की ओर इशारा किया, जहां वह अब तक ठेला लगाता चला आ रहा था। उधर तार बिछाने के लिए जमीन खोदी जा रही थी और बहुत-से काले-काले पाइस रखे हुए थे।

बहाना जानदार था। पारो लाजवाब हो गई, फिर कुछ नहीं बोली। लेकिन जब तार बिछ गए और जमीन की मिट्टी हमबार कर दी गई, तो भी पारो कुछ नहीं बोली। हां, उसके चंचल भाव में एक अजब तेजी-सी आ गई। अब वह उसे पहले से अधिक सताने लगी।

पारो की देखा-देखी उसकी और सहेलियां और कई छोटे-छोटे लड़के भी अब गूंगे को सताने लगे थे। मगर लड़कों को चन्दरू डांट देता था और वे जल्दी से भाग जाते थे। एक बार उसने पारो की सहेलियों से तंग आ आकर उन्हें भी डांट बताई। इस पर पारो इतनी रुष्ट हुई कि उसने अगले तीन-चार दिन चन्दरू को बिलकुल नहीं सताया। इस पर चन्दरू को ऐसा लगा, जैसे आसमान उस पर गिर पड़ा हो, या उसके पैरों-तले धरती फट गई हो।

तरह-तरह के बहानों से उसने चाहा कि पारो उसे डांट पिला दे। लेकिन जब इस पर भी पारो का व्यवहार नहीं बदला और वह एक सुशील लेकिन चन्दरू जैसे

चाट बेचनेवाले छोकरों को फासले पर रखनेवाली लड़की की तरह उससे चाट खाती रही, तो वह अपनी गूंगी मूर्खता पर बहुत लज्जित हुआ। एक बार उसने पारो के हिसाब में खुद घपला कर डाला। सवा रुपया वनता था, लेकिन उसने पारो से पौने दो रुपये मांग लिए—जान-बूझकर।

खूब लड़ाई हुई। जमके लड़ाई हुई।

आखिर चन्दरू ने सिर झुकाकर दोष स्वीकार कर लिया। यह मानो पिछले सारे अपराधों की भी क्षमा-याचना थी। चन्दरू बहुत प्रसन्न हुआ, क्योंकि पारो और उसकी सखियां उसे अब फिर सताने लगीं।

बस उसे इतना ही चाहिए था—पाजेब की सिर्फ एक खनक, एक चंचल हसी, जो फूलझड़ी की तरह उसकी गूंगी, सुनसान दुनिया के वीराने को चन्द लमहों के लिए रोशन कर दे। फिर जब पारो के कदम सहेलियों के कदमों से गडमड होकर चले जाते, वह उसकी पाजेब की खनक को दूसरी झांझरों की छनक से अलग करके सुन सकता था, क्योकि दूसरी लड़कियां भी चांदी की पाजेबें पहनती थीं। मगर पारो की पाजेब का संगीत ही कुछ और था। यह वह संगीत था, जो उसके कानों में नहीं, उसके दिल के किसी एकान्न अंधियारे और शरमीले कोने में सुनाई देता था। बस, इतना ही काफी था उसके लिए। और वह इतने ही में सन्तुष्ट था, प्रसन्न था।

कि अचानक मुसीबत आई। एक और ठेलेवाला बिलकुल नया और आधुनिकतम डिजाइन का ठेला वहीं आकर लगाने लगा। चारों ओर चमकता हुआ सनमाइका लगा था। ऊपर-नीचे, दायें-बायें, चारों ओर लाल-पीले-नीले-ऊदे रंगों के शीशे लगे हुए थे। गैस के दो हण्डे थे, जिनसे वह ठेला मानो चलता-फिरता एक छोटा-सा प्रकाशित 'शीश महल' लगता था। पत्तलों की जगह चमकती हुई चीनी की प्लेटें थीं। ठेलेवाले के साथ एक छोटा-सा छोकरा भी था, जो ग्राहक को बड़ी मुस्तैदी से एक प्लेट और एक साफ-सुथरा नेपकीन भी पेश करता था। वही पानी भी पिलाता था। चाटवाले घड़े के चारों ओर मोगरे का एक हार भी लिपटा हुआ था, और एक हार चाटवाले ने अपनी कलाई पर भी बांध रखा था। जब वह मसालेदार पानी में गोलगप्पे डुबोकर प्लेट में रखकर ग्राहक की ओर बढ़ाता, तो चाट के मसाले की करारी खुशबू के साथ ग्राहक के नथनों में मोगरे की महक भी शामिल होकर पहुंच जाती और ग्राहक मुसकराकर नये चाटवाले से मानो किसी तमगे की तरह प्लेट भी हासिल कर लेता।

यह नया चाटवाला गंगे चाटवाले की ओर बड़ी घृणा से देखकर ऊंची आवाज में कहता—"चखिए!"

एक-एक, दो-दो करके चन्दरू के बहुत-से ग्राहक टूटकर नये ठेलेवाले के गिर्द जमा होने लगे। तो भी चन्दरू को अधिक परेशानी नहीं हुई। सोचा, फिर आ जाएंगे। यह ऊंची दुकान फीका पकवानवाले कब तक चन्दरू की सच्ची, असली और सही मसालों में रची चाट का मुकाबला करेंगे? हम भी देख लेंगे। उसने एक-दो ग्राहकों को नये चाटवाले की चाट खाते हुए कनखियों से देख भी लिया था। और उसे यह भी पता चल चुका था कि चमकती प्लेटों और होटलों जैसी सर्विस के बाद भी लोगों को नये चाटवाले की चाट ज्यादा पसन्द नहीं आ रही है।

वह पहले से भी अधिक होशियारी से अपने काम में जुट गया। सहसा उसके कानों में एक पाजेब की खनक सुनाई दी। उसका दिल जोर-जोर से धड़क गया। उसने नजर उठाकर देखा, गली से पारो पाजेब खनखनाती अपनी सहेलियों के संग निकल रही थी। जैसे चिड़ियां चहकें, वैसे लड़कियां बोल रही थीं। कितनी बड़ी-बड़ी शोख और चंचल निगाहें थीं! फिजा में अबाबीलों की तरह तैरती हुई। वे सड़क पार करते हुए उसके ठेले की ओर बढ़ने लगीं।

सहसा पारो की निगाहें नये ठेलेवाले की ओर उठ गईं। वह रुक गई। उसकी सहेलियां भी रुक गईं। जैसे चन्दरू का दिल रुक गया। वह सांस लिए बिना पारो की तरफ देखने लगा। पारो ने एक उचटी-सी नजर चन्दरू के ठेले पर डाली, फिर एक अजब अहंकार और अदा से मुंह फेरकर और मुड़कर अपनी सखियों के संग नये ठेलेवाले की तरफ चली गई।

"तुम भी?...तुम भी...ओह, पारो तुम...भी?" चन्दरू का मुख लज्जा और क्रोध से लाल हो गया। रगों और नसों में रक्त गूंजने लगा। जैसे उसका कण्ठ खून से भर गया हो, वह कुछ बोल भी नहीं सका, मगर उसे देखकर लगता कि वह बोलने की कोशिश कर रहा है। वह उस मोटी दीवार को तोड़ देगा, जो उसकी आत्मा को चारों ओर से घेरे हुए है। उसके चेहरे को देखकर लगता था, जैसे वह अभी कहेगा... 'तुम भी?...तुम भी?...ओह, पारो, तुम भी?' मगर खून उसके हलक में भर गया था। उसके कान किसी बढ़ते हुए तूफान की आवाज सुन रहे थे। उसका सारा शरीर थर-थर कांप रहा था। बोलने की अन्तिम चेष्टा गोया किसी लोहे की दीवार से टकराकर टूट गई और वह सिर झुकाकर

अपने ग्राहकों की ओर ध्यान देने लगा था, मगर उस बेचैन पाजेब की खनक अभी तक उसके दिल में थी।

पारों और उसकी सखियां नये चाटवाले के गिर्द जमा होकर तरह-तरह की चाटें खाए जा रही थीं और बीच-बीच में प्रशंसा भी करती जाती थीं। इन सबमें पारों की आवाज सबसे ऊंची थी—"हाय कितनी मजेदार चाट है! कैसे बराबर के मसाले हैं! उस मुए (नाम न लेकर केवल इशारा करके) पुराने चाटवाले को तो चाट बनाने की तमीज ही नहीं है!"

"अब तक जूठी पत्तलों में चाट खिलवा रहा है!"

"और उसके हाथ तो देखो!" पारो ने चमककर चन्दरू की ओर इशारा किया—"कैसे गन्दे और गलीज! ऐसा लगता है, जैसे सात दिन से नहाया नहीं!"

"एक नेपकीन तो है नहीं उसके पास! जब हाथ पोंछने के लिए कुछ मांगो, तो वही अपना गन्दा मैला कपड़ा आगे कर देता है!"

"ऊंह!" पारो के पतले-पतले होंठ नफरत से सिकुड़ गए—"मैं तो कभी उस चाटवाले के ठेले पर थूकूं तक नहीं!"

इसके आगे चन्दरू कुछ सुन नहीं सका। एक लाल आंधी उसकी आंखों में छा गई। वह गूंगों की-सी पागलाना चीख के साथ अपना ठेला छोड़कर आगे बढ़ा और उसने नये ठेलेवाले को जा पकड़ा और उससे गुत्थमगुत्था हो गया। लड़कियां चीख मारकर परे हट गईं। चन्दरू उस नये ठेलेवाले और उसके छोकरे, दोनों पर भारी साबित हुआ। चन्दरू एक वहशी पशु की तरह लड़ रहा था। उसने नये चाटवाले को मार-मारकर उसका भुरकस निकाल दिया, छोकरे की पिटाई भी की। उसके ठेले के कांच तोड़ डाले। नया ठेला उसकी सारी सामग्री और सामान समेत सड़क पर औंधा कर दिया। फिर सड़क के बीच खड़ा होकर जोर-जोर से हांफने लगा।

पुलिस आई और उसे पकड़कर ले गई।

कोर्ट में उसने अपना अपराध स्वीकार कर लिया। अदालत ने उसे दो मास कैद और पांच सौ रुपये जुरमाने की सजा दी। जुरमाना न देने पर चार मास की और कड़ी कैद।

सिद्दू, हलवाई ने जुरमाना नहीं भरा और चन्दरू का दूसरा था ही कौन, जो उसका जुरमाना भरता। चन्दरू ने पूरे छः माह जेल काटी।

जेल काटकर चन्दरू फिर सिद्दू हलवाई के घर पहुंचा, क्योंकि कोई दूसरा

उसका ठिकाना भी नहीं था। सिद्दू, हलवाई उसे देर तक गालियां देता रहा और उसकी मूर्खता पर उसे बेभाव की सुनाता रहा। देर तक चन्दरू सिर झुकाए सब कुछ सुनता रहा। अगर गूंगा न भी होता, तो भी किससे क्या कहता! उसका दोष यह नहीं था कि उसने एक ठेले वाले को मारा था। उसका अपराध यह था कि उसने एक पाजेब की खनक-सुनी थी।

जब सिद्दू हलवाई ने खूब अच्छी तरह गालियां देकर अपने दिल की भड़ास निकाल ली, तो उसने फिर उसे काम से लगा लिया। आखिर क्या करता! चन्दरू ईमानदार, मेहनती और अपने काम में निपुण था। अब जेल काटकर आया है, तो कुछ थोड़ी-सी अकल भी आ गई होगी कि कानून को अपने हाथ में लेने का क्या नतीजा होता है। उसने खूब अच्छी तरह समझा-बुझाकर दो-तीन दिन के बाद फिर से चन्दरू को ठेला देकर उसे अड्डे पर रवाना कर दिया।

सिद्दू हलवाई ने चन्दरू की गैरहाजिरी में अच्छा काम किया था। उसने चन्दरू के ठेले पर नया रंग-रोगन कर दिया था। कांच भी लगवा दिया था। पत्तलों के स्थान पर कुछ सस्ती किस्म की प्लेटें और चमचे भी रख दिए थे।

चन्दरू छः मास बाद फिर से ठेला लेकर चला। आठवीं, नवीं, दसवीं और ग्यारहवीं सड़कें पार कर लिंकिंग रोड के नाके पर आया, यूनियन बैंक से घूमकर टेलीफोन एक्सचेंज के सामने पहुंचा, तो उसने देखा कि पहले जहां उसका ठेला रहता था वहां नये चाटवाले का ठेला है। बही छोकरा है, वही ठेलेवाला है। उस ठेलेवाले ने घूरकर चन्दरू को देखा। चन्दरू ने अपनी नजरें चुरा लीं। उसने नये ठेले वाले से कुछ फासले पर टेलीफोन एक्सचेंज के एक तरफ अपना ठेला खड़ा कर दिया और ग्राहकों का इन्तजार करने लगा।

चार बज गए, पांच बज गए, छः बज गए, कोई ग्राहक उसके पास नहीं फटका। दो-एक ग्राहक आए मगर वे सब नये थे और उसे जानते नहीं थे। चार-छः आने की चाट खाकर चल दिए। बुझे दिल से चन्दरू अपने-आप को अपने ठेले के गिर्द व्यस्त रखने का प्रयत्न करने लगा। कभी तोलिया लेकर कांच चमकाता, कड़छी डालकर मसालेदार पानी को हिलाता, अंगीठी की आंच ठीक करता, हौले-हौले आलू के भुरते में मटर के दाने और मसाला डालकर टिकियां बनाता रहा।

फिर सहसा उसके कानों में पाजेब की खनक सूनाई दी। दिल जोर-जोर से धड़कने लगा। खून गालों की ओर दौड़ने लगा। वह अपने झुके हुए सिर को ऊपर

उठाना चाहता था, मगर उसका सिर ऊपर नहीं उठता था।

पाजेब की खनक अब सड़क पर आ गई थी। जी-जान का जोर लगाकर उसने अपनी झुकी हुई गरदन को ऊपर उठाया और जब देखा, तो उसकी आंखें पारो पर जमी की जमी रह गई। उसके हाथ से कड़छी गिर गई और तौलिया उसके कंधे से सरककर नीचे बाल्टी में जा गिरा, तभी एक ग्राहक ने निकट आकर कहा—"मुझे दो समोसे दो।"

मगर उसने कुछ नहीं सुना। उसके शरीर में जितनी चेतनाएं, जितनी भावनाएं, जितनी अभिलाषाएं थीं, सब सिमटकर उसकी आंखों में आ गई थीं। अब उसके पास कोई शरीर नहीं था, सिर्फ आंखें थीं। यह उसका ठेला था, चन्द कदम पर दूसरा ठेला था। और वह देखता जा रहा था कि पारो किधर जाएगी? हौले-हौले सरगोशियों में बातें करते हुए, कभी-कभी उसकी ओर देखते हुए वे लड़कियां सड़क पर चलती हुई इन दोनों ठेलों के निकट आ रही थीं। धीरे-धीरे उनमें कोई वाद-विवाद चल रहा था।

एकाएक जैसे इस बहस का खात्मा हो गया। लड़कियों ने सड़क पार करके दूसरे ठेलेवाले के ठेले को घेर लिया।

मगर चन्दरू की निगाहें दूसरे ठेलेवाले की ओर नहीं फिरीं। वह वहीं देख रहा था, गली और सड़क के संगम पर, जहां आज छः मास बाद उसने पारो को देखा था।

वह अपने में लीन, आसपास से बेखबर उधर ही देखता रहा, पत्थर की तरह खड़ा रहा...और केवल शून्य में देखता रहा। सहसा बड़ी तेजी से अकेली पारो अपनी सखियों से कटकर उसके ठेले पर आ गई और चुपचाप उसके सामने नजरें झुकाए अपराधी की तरह खड़ी हो गई।

उसी क्षण गूंगा फूट-फूटकर रोने लगा। ये आंसू नहीं थे, ये जीवित शब्द थे कृतज्ञता के। ये दफ्तर थे शिकायतों के। उबलते हुए आंसू, निर्मल और कोमल उलाहनों की तरह उसके गालों पर बह रहे थे। और पारो सिर झुकाए सुन रही थी। आज पारो गूंगी थी और चन्दरू बोल रहा था। पारो कैसे कहे उस पगले से कि उसने भी छः मास इन्हीं आंसुओं का इन्तजार किया है!

मिट्टी का तेल

सुबह से अपना स्टोव नहीं जला था। पुराना स्टोव है, किसी कबाड़िये उसे साढ़े तीन रुपये में खरीदा था। पिछले दो साल से नया स्टोव खरीदने की आशा रखते हैं। आशा का एक गुण यह भी है कि आदमी इसे रख सकता है। वह घर, पत्नी, नौकरी, गाड़ी रख सके, न रख सके, उनकी आशा अवश्य रख सकता है। हमारे देश में अभी आशा रखने पर किसी प्रकार की पाबन्दी नहीं है। इसके लिए किसी कोटे, पर्मिट, लाइसेंस की आवश्यकता नहीं, जितनी चाहे आशाएं रखिए। कैसे भाग्यवान् हैं हम लोग! हमें आशा रखने की पूरी आजादी है। जब से मुझे मालूम हुआ है कि आशाओं के विषय में हमारा देश कितना आजाद है, मैं कुछ ज्यादा ही देशभक्त हो चला हूं। मुझे उन अभागे मुल्कों का खयाल आता है जहां की जनता आशाओं के सिलसिले में बहुत मजबूर है। वे लोग कोई ख्वाहिश भी नहीं रख सकते। स्टोव उनके पास पहले से ही मौजूद है। कपड़े? वे भी ढेरों सड़ रहे हैं! टेलीविजन? वह भी हाजिर है। फ्रिजडियर? वह भी एक कोने में पड़ा है। गाड़ी? घर के बाहर खड़ी है। चांद? वहां तक भी पहुंच गए। अब क्या करें, किसकी इच्छा करें बेचारे? मुझे इन लोगों पर बड़ा तरस आता है। और एक हम हैं, जितनी चाहें इच्छाएं रख सकते हैं, कोई टैक्स दिए बिना। बल्कि मेरे पास तो आजकल इच्छाओं का इतना स्टाक जमा हो गया है कि सोचता हूं कि इनको 'क्लियरेन्स सेल' पे बेच दूं। फिर सोचता हूं, खरीदेगा कौन? इसलिए यह इच्छा भी अगर इच्छा है तो अच्छा है।

स्टोव उठाकर नुक्कड़ पर गया। छः आने में स्टोव सुधरवाकर लाया। फिर भी स्टोव नहीं जला तो मालूम हुआ घर में मिट्टी का तेल नहीं है। मिट्टी तो बहुत है, पर उसका तेल नहीं है। मिट्टी के तेल की बोतल उठाकर उसकी सुगन्ध को सूंघता हुआ, अपनी रंगारंग इच्छाओं से खेलता हुआ राशन की दुकान पर पहुंचा तो मालूम हुआ कि मिट्टी का तेल शाम को पांच बजे आएगा। आम तौर पर ग्यारह बजे तीन पहियों वाला एक ट्रेलर आता है। उस ट्रेलर में गीले रंग का एक बड़ा ड्रम रखा होता है, जिसके नीचे एक नलकी लगी होती है। वह ड्रम मिट्टी के तेल से भरा होता है, उसे देखते ही जाने किस तरह घर-घर वायरलेस से खबर पहुंच जाती है। स्त्री-पुरुष, बच्चे, नौकर मिट्टी के तेल की खाली बोतलें, डिब्बे, छोटे पीपे या जो भी बर्तन मिले उसे उठा भागे-

भागे चले आते हैं। तीन पहियेवाले ट्रेलर के चारों ओर भीड़ इकट्ठी हो जाती है। वह धक्कमपेल होती है कि मनुष्य उस भीड़ को न देखे, केवल आंखें बन्द करके उसका शोर सुने तो उसको गुमान हो कि कहीं पर कुत्ते लड़ रहे हैं। कभी-कभी कुत्ता बन जाने को बहुत जी चाहता है, कैसा आजाद-निर्भय जीवन है उसका—जिधर जी चाहा चल दिए, जिस कूड़े के ढेर पर चाहा मुंह मार दिया, जिसपर चाहा भौंक लिए, जब चाहा टांग उठाकर पेशाब कर दिया। मगर हम कुत्ते नहीं हैं, हम इन्सान हैं, हम सभ्यता के पीले ड्रम के चारों ओर जमा हैं। और मिट्टी के तेल की आशा रखते हैं।

बनिये ने जब यह सूचना दी कि मिट्टी का तेल पांच बजे आ जाएगा तो खुशी के मारे दिल उछल गया। फिर एकदम धक् से बैठ गया, क्योंकि अभी तो सुबह के सिर्फ ग्यारह ही बजे हैं और मिट्टी का तेल पांच बजे आएगा। जब तक खाना कैसे पकेगा? घर में सब भूखे हैं।

घर आकर सलाह की तो मालूम हुआ कि एक चीज होती है अंगीठी। लोहे की अंगीठी देखी है। उसमें कोयला जलता है। कोयला जलाने से धुआं निकलता है। कभी-कभी उसमें आग भी निकलती है जो खाना पकने के बाद बुझ जाती है। बहुधा खाना पकने के पहले ही बुझ जाती है। फिर भी खाना पकाने के सिलसिले में अंगीठी बड़े काम की चीज है।

अंगीठी के सिलसिले में सब जानकारी लेकर कबाड़िये के यहां गया लोहे की अंगीठी खरीदने के लिए। उसने बताया, निस्सन्देह मैं लोहे की सेकंडहैंड अगीठी खरीदता हूं, पर बेचता नहीं।

"बेचते क्यों नहीं हो?" मैंने उससे पूछा।

वह बोला, सेकंडहैंड अंगीठी को बेचने से वह लाभ नहीं होता जो उसे स्क्रैप आयरन करके बेचने से मिलता है।"

"तो मैं क्या करूं? मुझे तो लोहे की सेकंडहैंड अंगीठी चाहिए।"

"तो नई खरीदिए।"

घर आकर फिर सलाह की। नई अंगीठी को खरीदने के लिए जो पैसे कम पड़ते थे वो भी लिए। बाजार गया, नई अंगीठी खरीदकर लाया। किचन में नई अंगीठी रखके कोयले वाले की दुकान से कोयले लेने गया था। वह बोला :

"कोयले वाली लारी शाम को सात बजे आएगी।"

"क्या, वह इस टाइम नहीं आएगी?"

कोयले वाला बोला, "पर सात बजे जो लारी आएगी, उसमें से भी आपको

कोयले नहीं मिल सकेंगे।"

"क्यों नहीं मिल सकेंगे?" मैंने पूछा।

कोयले वाला मुस्कराकर बोला, "मैं अपने सब ग्राहकों को पहचानता हूं। आप पहली बार मेरी दुकान पर आए हैं। मैं तो केवल अपने स्थायी ग्राहकों को कोयले देता हूं।"

अब भूख जोर पकड़ रही थी, इसलिए मैंने उससे पूछा, "स्थायी ग्राहक बनने की क्या शर्तें हैं?"

वह बोला, "मेरी दुकान में एक रुपये का फार्म मिलता है, पहले उसे भरो। अपना नाम, पिता का नाम, अपना काम, अपने काम के दाम, घर का पता, घर का किराया, सब लिखो। इनकमटैक्स कितना देते हो? बैंक का हिसाब क्या है? महीने में कितने कोयले चाहिए?"

मैंने कहा, "अपने यहां एक महीने में शायद बारह-तेरह रुपये का मिट्टी का तेल जलता है।" कोयले वाले ने हिसाब लगाकर कहा, "तो बाईस रुपये के कोयले जलेंगे। बाईस रुपया एडवांस लेंगे—बाकी रकम के लिए जमानत।"

"जमानत काहे के लिए?"

"अगर तुम महीने के बाद बाकी रुपया न दो तो?" कोयले वाले ने मेरी आंखों में आंखें डालकर पूछा।

मैं घर लौट आया। घर आकर फिर सलाह की। पर अब सलाह की सीमा से घर वाले उकता चके थे। ऐसी भूख लग रही थी उनको कि कहीं मुझे ही कच्चा न खा जाएं। इसलिए मैं रुपये लेकर एकदम भागकर वापस कोयले वाले की दुकान पर गया। फार्म भरा, एक रुपया दिया। दूसरा फार्म भरा, दस रुपया एडवांस दिया। एडवांस लेकर कोयले वाले ने रसीद पर अपनी मोहर लगाई। ठीक उसी समय याद आया कि बचपन में कभी पढ़ा था, 'अशर्फियां लुटें, कोयलों पर मुहर।' उस समय समझ में नहीं आया था कि कोयलों पर मुहर कैसे लगाई जाती है, आज समझ में आ गया। एडवांस ले कर और उसे संदूकची में बन्द करके कोयले वाले ने बताया, "अभी-अभी कोयले के डिपो से फोन आया है, कोयले का स्टाक खतम हो गया है। जो लारी आज शाम को सात बजे आने वाली थी, वह कल शाम को सात बजे आएगी।" यह सुनकर दूसरी कहावत याद आई, 'कोयले की दलाली में मुंह काला।' पर आजकल मुंह ही काला नहीं होता, दिल भी काला होता है।

निराश होकर घर लौटा। अब एक बज चुका था, मैंने घर वालों को समझाया, आज दोपहर का भोजन किसी सूरत में नहीं पक सकता। तुम सब लोग ठंडे पानी का एक-एक गिलास पियो और भगवान का शुक्र अदा करो। शुक्र अदा करने के लिए पानी का नल खोला गया तो नल में पानी नहीं। मालूम हुआ, आजकल म्युनिसिपैलिटी के नल से पानी नहीं आता, सिर्फ आवाज आती है।

खून का घूट पीकर रह गया। यह तो मैंने यूं ही कह दिया है, मगर सत्य तो यह है कि आजकल खून का घूंट भी पियें तो किसका? अपना इसलिए नहीं पी सकते कि नसों में खून नहीं है। किसी दूसरे का इसलिए नहीं पी सकते कि दूसरे का खून 'ब्लड बैंक' से मिलता है और उसके लिए भी किसी डाक्टर का सर्टिफिकेट चाहिए। पुरानी कहावतों को बदलने की बड़ी जरूरत है, यही सोचते-सोचते प्रायः बेहाल-सा होके फर्श पर चटाई बिछाकर लेट गया। पत्नी ने कहा, "बिजली का पंखा खोलो," तो मालूम हुआ, बिजली बन्द है। दोपहर के डेढ़ बजे से लेकर साढ़े चार बजे तक, जब तक दिन की गर्मी रहती है, बिजली भी बन्द रहती है, यूं देखा जाए तो एक तरह से यह बहुत अच्छा है। बिजली के पंखे से आराम करने की आदत पड़ जाती है, पर आजकल के जमाने में हमारे देश को कड़े परिश्रम की जरूरत है।

जाने कैसे खाली पेट इस गर्मी की हालत में ऊंघ आ गई। सहसा पत्नी ने झंझोड़कर जगाया। आंखें खोलकर देखा, वह मेरे सिरहाने मिट्टी के तेल की बोतल लिए खड़ी थी और घबराकर कह रही थी, "उठो, भागो, साढ़े चार बज गए, पांच बजे मिट्टी का तेल आने वाला है।"

मैं हड़बड़ाकर उठा, और लड़खड़ाकर भागा। भागते-भागते घर से बाहर निकल गया। नुक्कड़ से घूमकर तीन-चार गलियों को पार करके बाजार में पहुंच गया। और बनिये की दुकान की ओर लुढ़कने लगा।

मेरे हाथ में मिट्टी के तेल की बोतल देखकर और मुझे दौड़ते देखकर दूसरे बहुत से लोग भी दौड़ने लगे।

"मिट्टी का तेल आया, मिट्टी का तेल आया," पुकारने लगे। कोई ड्रम उठाए हुए था, कोई पीपा, कोई बोतल, कोई घबराहट में घर से पतीली ही उठा लाया था। एक सज्जस, जिनके पास घर जाने का समय नहीं था, सिर से टोपी उतारकर और उसे अपने हाथ में लेकर भागे जा रहे थे, "मुझे मिट्टी का तेल दे दो, मिट्टी का तेल।"

बनिये की दुकान से थोड़ी दुर तीन पहियों की एक गाड़ी आके रुक गई थी और हमारे पहुंचने के पहले ही वहां भीड़ लग चुकी थी। उसी ट्रेलर के निकट एक

लारी भी खड़ी थी। इतनी दूर से कुछ ठीक ढंग से दिखाई नहीं देता था। लोग, लारी, ट्रेलर सब गडमड हो रहे थे। पुलिस का सिपाही सीटी पर सीटी बजा रहा था, पर कोई उसकी ओर कोई ध्यान नहीं दे रहा था। पर हमारे पहुंचने से पहले ही पहले पहुंचने वालों को मालूम हो चुका था कि यह मिट्टी के तेल का ट्रेलर नहीं था। अंग्रेजी साबुन बेचने वाली फर्म का ट्रेलर था, जो बाजार में उसी बनिये की दुकान के निकट एक लारी से टकरा गया।

जब मैं भीड़ के करीब पहुंचा तो एक सज्जन अपना खाली डिब्बा हिलाते हुए भीड़ के अन्दर से निकले और मेरी ओर देखकर बड़ी निराशा से बोले, "अरे उधर कोई मिट्टी का तेल नहीं है—केवल एक आदमी एक्सीडेंट से मर गया है।"

OO